고교생 이솝우화를 다시 보다

고교생 ✒
이솝우화를
다시 보다

초판 1쇄 인쇄_ 2016년 6월 25일 | 초판 1쇄 발행_ 2016년 6월 30일
지은이_광명희망 | 엮은이_최선길 | 펴낸이_오광수 외 1인 | 펴낸곳_꿈과희망
디자인 · 편집_김창숙, 윤영화 | 마케팅_김진용
주소_서울시 용산구 백범로 90길 74, 대우이안 오피스텔 103동 1005호
전화_02)2681-2832 | 팩스_02)943-0935 | 출판등록_제2016-000036호
E-mail_ jinsungok@empal.com
ISBN_978-89-94648-95-8   43810
※ 책 값은 뒤표지에 있습니다.
※ 새론북스는 도서출판 꿈과희망의 계열사입니다.
ⓒPrinted in Korea. | ※ 잘못된 책은 바꾸어 드립니다.

우화 속에서 삶의 멘토를 찾다!!

고교생
이솝우화를
다시 보다

광명희망 **지음** | 최선길 **엮음**

광명의 혼(魂)을 지닌 멋있는 남자가 되어라

꿈과희망

머리말

　이 책은 우리 광명고교 인문학 동아리 학생들이 2015년 3월부터 12월까지 매주 토요일 아침에 진행한 '2015 고교생 인문학 책출판 10성(星) 4년차 프로젝트' 토요 정기 강독 및 집중 토론회에 나온 내용을 중심으로 엮은 것이다. 매년 1권씩 10년 동안 고교생이 인문학 책을 쓴다는 계획의 일환으로 프로젝트를 진행하고 있는데, 지극히 평범한 일반계 고교생의 이야기식 독서토론에서 나온 결과물이라 책의 수준이 매우 미흡하다. 하지만 매주 토요일 오전 세 시간씩 진행되는 토론 활동에 우리 학생들이 정말 적극적으로 참여하고 쓴 책이라 그 의미가 매우 크다고 본다.

　이번에 토론대상으로 선정한 『이솝 우화(寓話)』는 이덕형 교수의 번역본을 저본으로 하였으며, 그 해석본을 바탕으로 매주 토요일 진행한 정기 강독 및 토론회 과정에서 나온 학생들의 다양한 견해와 인식을 바탕으로 한 권의 책을 썼다. 부산 광명고교 고교생 인문학 책쓰기 동아리 〈광명희망〉은 2013년에 한국과학창의재단에서 기획한 내 인생의 교과서 My life book 학생저자 프로젝트에 선정되어 E-book "동양고전 장자(莊子)에서 길을 찾다"를 출간하였고, 2014년에는 창비출판사 선정 학급문집 프로젝트 "고교생이 사기열전을 만나다"를 제작하는 등의 일련의 고교생 인문학 책쓰기 활동에 지속적으로 참여하고 있다.

　2015년에는 토요 정기 강독 및 토론회 텍스트로 "이솝우화"를 선정하여 학생 저자 각자 두 화(話)씩 맡아 재해석한 책쓰기 활동을 하였다. 학생저자가 각자 맡은 화(話)의 대체적인 내용을 먼저 발표하고 동아리 구성원

전체가 참여하는 토론회를 가졌다. 토론회에서 나온 내용과 논문을 비롯한 각종 자료들을 참고하였고, 그것을 바탕으로 우리가 살아가고 있는 현대 사회의 정치, 경제, 문화, 교육 등등의 다양한 영역과 연관지어 고교생의 시각에서 재해석한 책을 쓰게 된 것이다.

주지하다시피 토론대상 도서인 『이솝 우화』는 고대 그리스 시절의 풍자적인 우화집으로, 고대 그리스에 살았던 노예이자 이야기꾼이었던 아이소포스가 지은 것으로, 의인화된 동물들이 등장하는 단편 우화 모음집을 가리키는 총괄적 용어이기도 하다. 친숙한 동물이 나오고 풍부하고 다양한 교훈이 들어 있다는 점에서 오늘날 전 세계적으로 어린이 덕성교육을 위한 교재로 널리 활용되고 있다. 지은이가 노예였다는 점 때문에 학대받던 민중의 문학이라고 할 수 있는 이 작품은 동물에 빗대어 인간 생활의 다양한 모습을 그려내고 있으며, 각종 처세술과 유머가 풍부하게 녹아 있다. 이솝우화는 르네상스 시대에 와서 높은 평가를 받아 세계적인 문학으로 자리매김했다.

약육강식의 논리가 지배하고 있는 인간 세상의 권력구조를 날카롭게 꿰뚫어 본 이솝 특유의 명철한 지혜가 돋보이며, 그리스 신화에 나오는 신들을 비롯하여, 동물·인간, 나무나 태양 같은 대상들을 등장시켜 인간사를 풍자하고 있다. 이 책은 우리가 현명하게 살아가는데 필요한 지혜와 용기, 겸손함과 신중함을 키울 수 있는 최적의 양서라 할 수 있다. 겉으로 보기에는 평범하고 단순한 화제(話題)라고 쉽게 볼 수 있지만, 실제 풍자의 깊이와 넓이는 상당하다.

우리 동아리 학생들이 매주 토요일 이솝 우화를 대상으로 토론회를 진행하는 것을 보고 강렬한 인상을 받은 점이 있다. 평소 수업시간에 그렇게 많이 졸던 학생들이, 토요일 이 토론회에는 매우 적극적이고 밝고 명랑하게 토론에 참가하였다는 것이다. 학생이 스스로 활동하고 참여하는 수업이 매우 효과적임을 실감하게 되었다. 매 화(話)의 대강 내용과 세부적인 사항에 들어가 심층 토론을 거치면서 이솝우화의 가치를 실감하였으며, 학생들이 흥미를 갖고 이야기식 독서토론을 전개하면서 자신도 모르게 발표력에 자신감을 갖게 되었으며, 그러한 토론 경험이 누적되면서 인성과 창의력이 더욱 배가되었다고 본다. CEDA방식의 타이트한 경쟁을 지양하고 느슨하면서도 편안하면서 누구든 부담없이 토론에 참여할 수 있게 전개하였으며, 하브루타 방식과 액션러닝(Action learning) 기법을 도입하여 개인별, 조별 발표 방식을 진행하였다.

우리 학교 학생들이 인문학에 대한 인식이나 글을 쓰는 역량은 미흡하지만 인문학 책을 자주 접함으로써 자신의 삶을 주도적인 관점에서 바라볼 수 있게 될 것이다. 실제로 인문학이란 인간과 인간의 근원적인 문제, 즉 문학, 역사, 철학 등을 연구하는 학문이고, 좀더 구체적으로 말하자면 인문학은 사람의 본성과 세상의 이치를 알고 사람이 사람답게 살아가는 것에 관한 학문이다. 자기성찰을 통해 자신과 세상을 보는 새로운 눈을 열어 주고 동시에 무엇을 위해 어떻게 살아가야 하는지 지혜를 주는 학문이기 때문이다. 인문학은 본질적으로 사람이 참된 삶을 살기 위한 철학이기 때문에 그저 경쟁에서 이기고 돈을 벌고 생존하는데 실용적인 지식이나 수단에 치중하는 자기개발서와 구별되는 학문 분야이다.

자본주의의 발달에 따라 생활의 편리나 물질적 만족감은 매우 높아졌다, 하지만 지나친 물질만능주의 역기능과 경제성장의 한계에 직면한 현실에서 자신을 성찰하고 물질이나 경쟁보다는 여유와 행복을 추구하는 '정신적인 삶의 가치'를 중시해야 한다. 그리고 이젠 부의 원천이 산업사회에서 지식사회를 넘어 이제는 '창조와 감성의 시대'로 이행되는 추세를 보이고 있다. 스티브 잡스의 아이폰 예에서 보듯 창조의 원천이 단편적인 지식이나 기술보다 인문학적·감성적·영적 능력이 부각되고 기업이나 사회가 그것을 요구하기 때문에 우리 학생들의 인문학적 소양을 배양하고, 자신의 삶을 정신적으로 더욱 살찌우기 위해 앞으로도 동서양 고전을 비롯한 다양한 인문학 관련 독서와 책쓰기를 더욱 확대해 나갈 것이다.

최선길(지도교사)

차례

01 헤르메스와 나무꾼

– 서광찬

The Woodcutter and Hermes

Hermes is also the Woodcutter's honesty why I am glad he gave me as a gift to the other two axes.

한 나무꾼이 강가 위에서 나무를 하고 있었습니다. 그런데 그가 손에 잡고 있던 도끼가 그만 나무 몸통을 치며 빗나가 물 속으로 떨어져 버렸습니다. 나무꾼이 슬퍼하며 물가에 서 있을 때 헤르메스 신이 나타나 왜 슬퍼하는지를 물었습니다. 나무꾼의 사정을 듣고 그것을 불쌍히 여긴 헤르메스가 강물 속으로 잠수하여, 황금 도끼 하나를 건져 올리고 이것이 잃어버린 도끼냐고 물었습니다. 나무꾼이 자기 것이 아니라고 답하였습니다. 그러자 헤르메스가 다시 물 속으로 들어가 이번에는 은도끼 하나를 건져서 이것이냐고 물었습니다.

"그것도 제 것이 아닙니다."

나무꾼이 말했습니다. 헤르메스 신이 다시 물 속에서 나무꾼이 진짜로 잃었던 나무 도끼를 건져 올렸습니다. 나무꾼은 자신이 잃은 나무 도끼를 찾아준 헤르메스 신에게 깊이 감사하다고 말을 하였습니다. 헤르메스는 나무꾼의 정직함에 감동하여 다른 두 도끼까지 선물로 주었습니다. 그 마을로 돌아간 나무꾼이 친구들에게 이야기를 들려주자 친구 하나가 나무꾼의 행위를 질투하게 됩니다. 그 친구도 강가에서 나무를 베기 시작했습니다. 그런데 그는 일부러 도끼를 물 속에 떨어뜨렸습니다. 헤르메스 신이 나타나서, 물 속으로 잠수하여 지난 번에 나

1 남의 물건을 탐하지 않는 정직한 사람이 복을 받는다는 설화로 우리에게 매우 친숙한 〈금도끼 은도끼〉는 『이솝우화』에 수록된 고대 그리스의 전래동화이다. 『이솝우화』는 1896년에 출간된 『신정 심상소학(新訂尋常小學)』 학부편 전3권에 처음으로 소개되었다. 이 설화는 개화기 학생들의 교과서에 번역, 수록되면서 한국적 이야기로 정착된 것으로 보인다. 나무꾼이 산에서 나무를 하다가 연못에 도끼를 빠뜨렸다. 연못에 앉아서 울고 있을 때, 산신령이 나타나 우는 사연을 물었다. 사연을 들은 산신령은 금도끼와 은도끼를 가져와서 이것이냐고 물었다.
그런데 나무꾼은 자신의 도끼는 쇠도끼라고 정직하게 말했다. 나무꾼의 정직함에 감탄한 산신령은 금도끼와 은도끼를 모두 주었다. 이러한 이야기를 전해 들은 욕심쟁이는 일부러 도끼를 연못에 빠뜨리고 오히려 화를 당했다. 개화기에 번역·수용된 이래 우리에게 매우 친숙하다. 정직한 사람은 복을 받고 욕심쟁이는 화를 당한다는 교훈을 담으며, 남의 물건을 탐내지 않는 정직한 사람을 통해서 인간의 끝없는 욕심을 경계하고 있다. 이 이야기는 정직한 사람이 복을 받고 행복하게 산다는 교훈을 담고 있다. 또한 뜻밖에 부정한 기회가 오더라도 욕심을 버리고 정직하게 사는 것이 가치 있음을 강조한다. 강은해(姜恩海), [네이버 지식백과] 금도끼은도끼 (한국민속문학사전(설화편), 국립민속박물관)

무꾼에게 물어본 것처럼 금도끼 하나를 건져 올렸습니다. 이것이 네 것이냐는 헤르메스 신의 질문을 기다렸다는 듯이 그는 외쳤습니다.

"그건 내 것입니다. 내 것이에요."

그리고 그 귀한 것을 받으려고 손을 힘껏 내밀었습니다. 그러나 헤르메스는 그의 정직하지 못한 행동이 너무나 역겨워 금도끼도 진짜 잃었던 도끼도 찾아주지 않았습니다.

＊＊＊

정직한 사람이 보답을 받아야 아름다운 세상이 된다고 한다

이솝우화의 이 화(話)는 우리들에게 익숙한 이야기다.[1] 우리가 어렸을 때 즐겨 읽었던 전래동화 〈금도끼 은도끼〉의 내용과 너무나 흡사하기 때문이다. 정직한 사람이 복을 받고, 정직하지 않고 욕심을 부리는 사람은 화를 당한다는 것이 우리가 흔히 접하는 교훈이다. 실제 나도 어렸을 때는 그러한 교훈을 그냥 받아들였다. 우리의 삶도 그렇게 전개되어야 된다고 믿었다. 과연 현실도 그렇게 정직한 사람이 복을 받을까. 실제로 정직한 사람이 복을 받는 경우도 있겠지만 아무리 봐도 정직하지 않은 사람이 달콤한 열매를 모두 가져가는 것 같다. 정직한 사람이 우대를 받고 사회적으로 존경받아야 하는데, 왠지 손해를 보는 것 같다는 생각이 드는 것이다. 오히려 권모술수에 능하고 상대방을 교활하게 속이는 능력이 뛰어난 사람이 돈도 잘 벌고 높은 지위에 쉽게 올라가는 것 같은 생각이 많이 든다. 문학 작품에서도 그런 것을 가끔 접한다. 우리가 살아가는 당대 현실을 반영하는 소설을 예로 들어 보겠다.

부천시 원미동이라는 동네에서 살아가는 변두리 인생들의 기구한 삶의 내력과 애환을 담아낸 연작 소설집이자 1980년대 사실주의 소설의 문제작으로 유명한 양귀자 원작소설 『원미동사람들』 중 '비오는 날이면 가리봉동에 가야 한다.'에는 '정직한 삶'에 관한 통렬한 풍자가 들어 있다.

임씨는 드디어 술이 취해 부르짖는다. "어떤 놈은 몇 억씩 챙겨먹고 어떤 놈은 한 달 내내 뼈품을 팔아도 이십만 원 벌이가 달랑달랑한데, 외제 자가용 타고 다니며 꺼덕거리는 놈, 룸싸롱에서 몇 십만 원씩 팁 뿌리는 놈은 무슨 재주로 그리 사는 거야? 죽일 놈들. 죽여! 죽여!" 그리고 그는 아무리 생각해도 저 '죽일 놈들' 속에는 자신도 섞여 있는 게 아니냐는 자괴감이 들어 임씨를 달래지 못하고는 울적한 마음으로 취한 임씨를 뒤로 하고 집으로 돌아간다.

이 소설에 등장하는 사실상 주인공인 임씨라는 인물이 '나'의 집 보수 공사를 맡게 되는데, 그가 사실은 연탄배달부로서 여름 한철에만 이것저것 잡일을 하는 어설픈 막일꾼이라는 사실 때문에 보수 공사를 맡겨야 하는 사람들로부터 불신을 받게 된다. '나'도 임씨를 불신하고 있다. 실제로 임씨가 올린 견적서의 공사비에 비해, 일이 너무 수월하게 끝날 것으로 보이자, 공사를 맡긴 '나'의 아내가 억울해 하기 시작하고 '나' 역시 수상쩍어하는 눈빛을 거두지 못한다. 예상 외로 높은 견적서 때문에 불신을 초래하고, 게다가 온갖 직업을 다 겪어 보았다는 임씨의 내력도 불신의 한 원인이 된다. 임씨가 '견적에서 돈 남기고 공사에서 또 돈 남기는 재주는 임씨가 막판에 배운 못된 기술'의 전형을 보여주는 사람으로 인식되고 있는 것이다. 실제로는 임씨가 정직한 사람이지만 그의 과거 이력 때문에 정직하지 못한 사람이라는 불신을 받는 것도 이 사회의 잘못된 속성이 아닐까 싶다.

어쨌든 내가 의뢰한 목욕탕 공사는 여섯 시쯤에 마무리되지만, 임씨는 남은 시멘트로 손볼 다른 데가 있으면 마저 일을 해주겠다고 하여 내친김에 그간 심각하지는 않아 미루고 있었던 옥상 방수공사까지 하게 된다. 젊은 보조 일꾼이 사라지고 나서는 보수 공사를 맡긴 집주인인 '나'도 임씨의 일을 거들게 된다. 의외로 오랜 시간이 걸린 옥상 공사는 여름밤이 이슥해서야 마무리된다. 이처럼 늦게까지 옥상공사를 마무리하는 임씨의 일솜씨와 철저함을, 같이 비지땀을 흘려가며 겪고 나서야 그는 앞서 품었던 의심을 어느 정도는 거둔다. 하지만 옥상 공사까지 시켜놓고도 돈을 다 내주기가 아깝다는 듯 태도를 보이는 아내 앞에서 임씨는 애초에 목욕탕 전체를 뜯을지 몰라 18만 원으로 올려 쓴 견적서에서 이것저것 제하고는 7만 원만 주시면 된다고 한다. 옥상 공사는 '서비스'였다고 덧붙이면서. 그리고 그가 바라는 대가라고는 겨울에 연탄을 자기 집에서 대어달라는 것뿐이었다. 실제로 임씨가 너무나 양심적이고 정직한 사람이었는데도 주위의 불신을 받은 것이다. 18만 원이 처음부터 견적을 높이 불러 이득을 취하려 한 것이 아니었다. 그리고 예상했던 목욕탕 공사를 하지 않은 것을 감안하여 7만 원만 받겠다는 임씨의 정직과 양심을, 옥상공사는 무료로 해주는 '서비스'였다는 그 선의를 '나'와 아내가 의심한 것이다.

그런데 임씨가 그렇게 정직하게 살아가는데도 왜 이처럼 세상 살기가 어려울까? 임씨가 일을 마친 뒤 구멍가게에서 맥주를 한잔 하면서 임씨가 자신의 기구한 삶의 이야기를 '나'에게 털어놓는다. 쉐타 공장하던 사장에게 일년 내 연탄을 대줬는데 그 사장이 연탄 값을 떼먹고 야반도주를 해가지고는 가리봉동에 가서 더 큰 공장을 차렸다는 것, 비오는 날이면 일거리가 없어서, 아니 일거리가 없는 비오는 날이라야 그 돈 80만 원을 받으러 줄창 찾아가지만, 그 사장은 온갖 핑계를 대며 결제를 해주지 않는다는 것이다. 가리봉동을 찾아 당연히 받아야 하지만 받지 못한 연탄값을 받으러 가는 임씨의 사례에서 보듯이 이 세상은 그냥 정직한 것만으로 살아가기에는 너무 벅차다. 임씨가 마흔이 되도록 지하층 방에 세들어 살며 온갖 직업을 전전하면서도 아이들에게 곰국 한번 제대로 먹이지 못하는 처지에 놓이게 된 것은, 바로 임씨의 직업의식이 이와 같이 정직함을 벗어나지 않았기 때문임을 '나'는 깨닫게 된다.

이번에는 여론조사에서 '정직한 삶'이 이 사회에 어떻게 인식되고 있는가를 알아보자. 실제로 우리 사회에서 정직에 대해 여론조사 결과를 보면 대부분의 청소년들도 정직한 사람이 그렇게 바람직한 삶을 살아갈 것이라고 인식하지 않는다. 흥사단 투명사회운동본부 윤리 연구센터가 2013년 전국 2만 1000명을 대상으로 설문조사를 하여 유효 응답자 1만 172명(초등 3086명, 중등 3520명, 고등 3566명)의 응답을 분석하여 청소년의 정직지수와 윤리의식을 발표하였다. 청소년의 전체 평균 정직지수는 74점이고, 학년별로 초등학생 84점, 중학생 72점, 고등학생 68점으로 학년이 올라갈수록 학생들의 정직지수는 계속 떨어지는 것으로 나타났다.[2] 대표적인 설문조사 항목을 보면 다음과 같다.

> ※ "10억 원이 생긴다면 잘못을 하고 1년 정도 감옥에 들어가도 괜찮다."에 초
> 등학생 16%, 중학생의 33%, 고등학생 47%가 괜찮다고 응답하였다.
> ※ "이웃의 어려움과 관계없이 나만 잘 살면 된다." 조사에는 초등학생의 19%,
> 중학생의 27%, 고등학생의 36%가 괜찮다고 응답하였고,
> ※ "친구의 숙제를 베껴서 낸다." 등의 문항에는 초등학생 46%, 중학생의
> 56%, 고등학생 64%가 그렇다고 응답하였다.

우리나라 청소년의 도덕지수에 대한 조사결과는 학년이 올라갈수록 청소년의 도덕의식이 낮아지고 있음을 보여주고 있다. 단 한 번의 여론조사만으로 이 사회 전체의 상황을 단정지어 평가하는 것은 어쩌면 무리인지 모른다. 그리고 이 여론조사가 이 사회의 모든 것을 판단하는 자료나 기준이 된다고도 생각하지 않는다. 그러나 그 여론조사를 바탕으로 세상을 보자면 우리 아이들이 갖고 있는 관점을 어느 정도 이해하는 데 도움이 될 것이다. 실제로 주위에 있는 사람들과 대화를 나누어보면 정직한 삶을 강조하는 경우가 드물다. 오히려 수단 방법을 가리지 않고 자신의 재산을 불리는 모습이 더 쉽게 눈에 띈다. 그렇게 엄청난 부(富)를 축적한 사람이 이 사회의 기득권자가 되어 정치 사회 경제 교육 등 모든 면에서 최고의 지위와 명예까지 독점한다. 그리고 그러한 부가 콘크리트처럼 강고해지면서 대물림까지 되어 가니 한번 가난의 나락에 떨어진 사람은 결코 이 사회적 지위 격차를 극복할 방법이 거의 없게 된다. 그러한 부를 축적하는데 수단방법을 가리지 않는 것도 정당화되기까지 한다. 그런데도 어른들은 우리에게 정직하게 살아야 한다고 강조할 수 있을까.

숱한 언론 보도에서 보듯이, 살아가는데 전혀 지장이 없는 고위 공직자들이 부정부패를 저질러 체포되는 장면을 자주 목격한다. 그들이 지금 받고 있는 급

---

2 어울림교육개발원 블로그 http://blog.naver.com/PostView.

료만으로도 충분히 안락한 삶을 누릴 수도 있는데 도대체 왜 그렇게 정직하지 않은 방법으로 남들의 손가락질을 받을까. 지위도 높고, 연봉도 많고, 사회적 명예도 갖춘 사람들이 뭐가 욕심이 나서 그렇게 정직하지 않게 뇌물이나 받아 하루아침에 남들의 눈총을 받는 어리석은 짓을 할까. 돈이 그리 좋은가. 자신의 모든 것을 다 버릴 수 있을 만큼 위대한가. 진지하게 묻고 싶다. 요즘은 TV를 비롯한 대중매체에서 정직한 사람이 최후에 승리하는 모습을 보여주는 경우가 드물다. 그리고 정직을 강조하는 어른들이나 선생님도 거의 계시지 않는다. 정직한 사람이 대우받아야 한다는 것이 너무나 당연한 일이라 굳이 강조할 필요가 없어서 그런 것인지 아니면 정직한 사람이 이 사회에서 결코 윤택한 삶을 누릴 수 없다는 사실을 먼저 깨달아서 우리들에게 말하지 않는 것인지 모르겠다.

다시 이솝우화 '헤르메스와 나무꾼' 이야기로 돌아가 보자. 이솝의 본래 의도는 정직한 삶은 복을 받으니 사람들이 그렇게 정직하게 살아가는 게 바람직하다는 것을 강조하려는 것이었다. 하지만 우리가 살아가는 21세기 현대 사회에는 사실상 약육강식이 지배하는 정글 속과 같아서 그렇게 정직한 삶이 우대받지 못하는 것 같다. 다시 한번 강조하자면 오히려 조금은 덜 정직해도 적당하게 속임수도 쓰고 해서 부(富)를 축적하여 자신의 삶의 수준을 높이는 것이 더욱 바람직하다는 생각이 든다. 물론 이 사회가 그렇게 가선 안 된다. 하지만 현실은 그렇지 않다는 것이 안타깝기 그지없다.

예전에 인터넷 기사[3]에서 접한 소식이 있는데, 어느 개인 병원 의사가 할아버지를 치료해 주었다가 낭패를 당했다. 80대 할아버지가 떡을 먹다가 목구멍에 걸려 질식이 되어 병원에 온 것을 보고 그 의사가 심폐소생술을 하는 도중 갈비뼈 하나를 부러뜨리는 바람에 80대 할아버지 보호자가 고맙다는 인사 대신 병원비를 물어달라고 요구한 것이다. 어떻게 이런 일이 있을 수 있는가. 세상이 이렇게 삭막해진 것은 도대체 누구 때문일까. 우리 사회의 구조적인 문제 때문일까. 아니면 자본주의의 발전에 따른 물질 만능주의 탓일까. 민주주의가 덜 성숙된

---

3 출처 : 헤럴드 리뷰스타 백진희 기자
(http://reviewstar.heraldcorp.com/Article/ArticleView.php?WEB_GSNO=10285402)

탓일까.

물론 그렇다고 정직하지 않은 삶이 바람직하다고 생각하는 것 또한 아니다. 비록 우리 사회에 반칙과 불법과 같은 부정직한 상황이 팽배할지라도 정직한 사고방식을 더욱 확장시켜 나가야 한다. 남이 그렇게 살아간다고 내가 정직하지 않게 처신하는 것에 정당성이 주어지지 않는다. 나 한 사람이라도 정직하게 살아가면서 노력을 기울이면 주위 사람들도 그 영향을 받아 이 사회에 점점 퍼져 나가지 않을까 싶다. 흙탕물 가득한 저수지에 맑은 물 한 방울은 그 효과가 극히 적을지 모른다. 하지만 그러한 '정직'이라는 작은 물방울이 곳곳에 모여 거대한 흐름을 형성할 때 저수지의 흙탕물도 어느새 맑고 깨끗한 물로 변할 것이다. 사람도 마찬가지이다. 이 사회가 정직과 거리가 먼 곳이라고 한탄만 할 것이 아니다. 나부터 정직을 생활 모토로 삼아 최선을 다해 살아간다면 내 주위 사람부터 그 영향을 받을 것이다. 그리고 개인들의 정직한 삶이 점차 확대된다면 가족 나아가 사회와 국가 전체에 기여하는 결정적인 변화가 될 수도 있다.

이번 이솝우화에서 접하는 금도끼 은도끼가 단순한 전래 동화라고 생각하지 않는다. 너무나 단순한 스토리에 불과할지 모르나 오늘을 살아가는 우리들이 그 글이 주는 의미를 확장시켜 이 사회를 정직하고 신뢰 가득한 세상으로 만들어 가는 데 커다란 실마리가 되었으면 좋겠다. 실제로 프랜시스 후쿠야마의 『트러스트』에 보면 사회적 자본이란 말이 나온다. 정직을 바탕으로 하는 신뢰가 그 사회의 자본이 되어 사회구성원들의 공동체 의식을 고양하는데 절대적 역할을 하게 된다는 것이다. 정직이 이 사회 전반에 가득하게 퍼져 나갈 때 우리 사회는 전체적으로 더욱 풍요로워질 것이다.

02
나귀와 여우와 사자

– 서광찬

The Ass, the Fox, and the Lion

The Lion killed the Fox without delay after taking hold as a relaxing ass Gala Awards.

나귀와 여우가 먹을 것을 찾아 함께 길을 나섰습니다. 얼마 안 가서 그들은 사자 한 마리가 앞으로 다가오는 것을 보았습니다. 나귀와 여우는 사자를 보는 순간 겁에 질리고 말았습니다. 그러나 여우에게는 그 와중에도 자신의 목숨을 구할 수 있는 방법을 찾았습니다. 그래서 여우는 대담하게 사자에게 다가가서 사자의 귀에다 속삭입니다. 자기 혼자 살겠다는 생각에서 말이지요.

"사자님, 저를 건들지만 않는다고 약속하신다면, 힘들게 잠복하는 어려움을 겪을 필요도 없이 저 나귀를 잡도록 제가 도와 드리겠습니다."

사자는 여우의 제안을 듣고 고개를 끄덕였습니다. 그러자 여우는 다시 친구인 나귀를 속여서, 사냥꾼들이 야생동물을 잡기 위해 은밀히 파놓은 구덩이로 나귀를 유도했습니다. 나귀가 도망칠 수 없이 확실히 잡힌 것을 보자 사자가 나귀보다 여우쪽으로 바라보았습니다. 그리고 사자는 지체하지도 않고 바로 여우를 죽여 고기맛을 즐긴 뒤에 느긋하게 나귀를 마음껏 잡아 먹었습니다.

＊＊＊

잔꾀는 실패의 지름길

이 우화 영문 원본을 보면 당나귀를 ass로 표현하고 있다. 왜 당나귀를 donkey라고 하지 않고 ass라고 할까 의문이 들었는데 ass의 의미 중에서 '멍청이'가 들어 있는 것을 보면 아마도 그 멍청함을 강조하기 위해서 그렇게 쓴 것 같다. 그래서 이 우화에서는 여우가 자신만 살겠다고 잔꾀를 부리다가 친구인 나귀와 함께 사자의 밥이 되는 비극을 초래한 사실에 초점을 두고 전개하고 있지만, 나귀는 여우의 말을 너무 믿었을 정도로 멍청하였다. 여우는 나귀와 같이 힘을 모아서 사자로부터 도망칠 방법을 생각하지 않고, 오히려 사냥꾼이 만든 덫으로 나귀를 유인하여 사자의 밥이 되게 한 뒤 혼자만 살아가려는 흉계를 꾸밀 정도로 비열하고 교활하였다. 하지만 결과적으로 여우나 나귀 모두 사자의 밥이 되고 말았다. 자신만 살기 위해 친구도 가족도 안중에 없이 그야말로 비열한 방법을 동원한 여우의 행태를 보면서 아주 사소한 이익을 추구하다 사회 전체의 공멸을 초래하는 현실을 생각해 본다. 나귀처럼 멍청하거나 순진한 사람들을 유인하여 자신의 이익을 도모

하는 사람들이 자신의 꾀에 넘어가 철창 신세를 지는 사기꾼들이 있는가 하면, 개인의 이익만 추구하다 민족 전체를 외세에 갖다 바친 참으로 못난 위인들도 있다.

영화 '광해, 왕이 된 남자'의 대사 중에 "이 나라가 누구의 은혜로 유지하고 있소이까. 오랑캐의 말발굽에 짓밟히는 한이 있다 하더라도 대명 황제의 은혜에 보답하는 것을 잊어선 안 되는 것이오."

이에 광해가 사대의식에 절어 이 민족 이 나라를 대명 황제에게 송두리째 바치려는 대신들을 신랄하게 일갈하는 장면이 나와 관객들의 속을 사이다처럼 시원하게 해주지만, 우리 역사적 현실에서 영화에 나오는 광해의 캐릭터가 얼마나 존재하였을까. 그저 사대부들이 모여 자신들의 이익을 도모하고자 이 나라 이 민족을 공멸의 길로 끌고 간 사례가 더 많지 않았을까.

여우와 같은 교활한 사람이나 사자와 같이 전체 공동체를 허물어뜨리는 사람들이 활개치지 않게 하려면 이 우화에 나오는 나귀 같은 사람들의 시민의식을 키워야 한다. 스스로든 아니면 교육 시스템이든 사회 구성원들의 시민의식을 배양하여 자신의 삶을 주도적으로 의식하고 설계하며 실천하면서 각자의 역량을 키워나가야 하는 것이다. 시민의식이 성장해야 정치·사회·문화·교육 등 다양한 영역에서 바람직한 현상이 일어날 수 있는 계기를 마련해야 한다. 애초부터 남을 속이고 그 바탕 위에서 자신의 이익을 추구하다가 결국 이 사회가 함께 망하지 않기 위해서도 나귀에 해당하는 사람들이 스스로의 능력을 키워야 하는 것이다.

이 이야기에 등장하는 주요 캐릭터를 우리가 살아가는 사회에 적용하여 본다면, 나귀는 그냥 평범한 보통 사람, 여우는 불법 다단계 직원, 사자는 불법 다단계 회사에 비유할 수 있겠다. 다단계 회사와 고객 a, b가 있다고 하면 고객 a가 다단계 회사로부터 물건을 구입하고 그 물건이 좋아서 고객 b에게 추천을 해서 고객 b는 고객 a를 통해서 물건을 사고 그 물건 가격의 일부를 고객 a가 받는 그런 형식을 다단계라고 한다. 나귀나 여우 모두 불법 다단계회사의 손아귀 안에 잡혀 있어서 그 마수에서 결코 벗어날 수 없는 구조 속에 살고 있다. 특히 여우 같은 다단계 직원의 경우를 보자. 그가 아무리 달콤한 말로 평범한 사람을 꾀어 자신의 영업에 활용한다고 해도, 최종 이익은 사자로 상징되는 불법 다단계 회사로 다 돌아간다. 그리고 자신은 다시 미래를 기약할 수 없는 영업 전선에서 또 다른 피해자를 만들어내는 것이다. 다단계 회사는 그냥 자리만 펴놓고 수많은 사람들이 바치는 금전적인 이익을 가로채는 모습이 이 우화에 나오는 상황과 유사하다. 결국 평범한 보통 사람을 유혹하여 다단계 회사로 유도하는 다단계 회사 직원 모두 회사에 모두 잡아먹히는 존재에 비유할 수 있는 것이다. 정확하게 일치하는 것은 아니지만, 다단계는 평소에 가족이나 친구, 지인 등을 통해서 물건을 팔게 된다. 이 우화에서 당나귀는 여우의 친구였기에 여우가 당나귀를 일시적으로 속일 수 있었다고 본다. 여우와 당나귀는 원래 평범한 친구 관계였는데 여우가 당나귀를 통해 조그만 이익을 얻게 되지만 결국은 사자와 같은 다단계 회사의 상술에 놀아나 커다란 피해를 겪게 된다. 이 우화가 주는 교훈은 '적은 언제나 가까이에 있다.' 또는 '상대를 지나치게 믿는 것이 독이 된다.' 가 되겠다. 소탐대실(小貪大失)도 해당될 수 있다. 소탐대실도 엄밀히 말하면 눈앞의 작은 이익에 눈이 멀어 훗날 엄청난 재앙을 겪게 되는 사례에 빗대어 설명할 수 있기 때문이다.

이러한 소탐대실은 우리의 일상생활에서도 확인할 수 있다. 예를 들어 학교 시험이 눈앞인데 나도 모르게 스마트폰이나 컴퓨터 게임을 하고 있는 것도 소탐대실의 결과를 낳을 수 있다. 스마트폰이나 컴퓨터 게임을 하면서 누리는 재미는 소탐(小貪), 떨어진 시험성적 결과가 대실(大失)라고 생각할 수 있다. 그리고 이런 소탐대실은 유명한 책인 '마시멜로 이야기' 에서도 비슷한 내용이 나온다. 4살 된 아이들 대상으로 마시멜로 한 개 들어 있는 접시를 보여주고 선생님이 돌아올 때까지 먹지 않고 있으면 두 개를 주겠다고 한다. 그리고 이 실험을 통과한 집단과 그렇지 못한 집단의 10년 뒤의 결과를 비교한 사례가 나온다. 10년 뒤에 보니 그 실험에 통과한 집단이 그렇지 못한 집단보다 학업 성적이 뛰어났다는 것이다. 반면 마시멜로 실험에 통과하지 못한 집단은 훗날 실제 삶에서도 성공할 수 있는 가능성이 낮았던 것이다.

중국의 역사에서도 이 우화와 유사한 사례가 있다. 가도멸괵(假道滅虢)이라 하는데, '괵(虢)을 멸하려 하니 길을 빌려달라' 는 뜻을 지니고 있다. 『춘추좌씨전』

희공오년조에 실려 있는 내용을 제시하고자 한다. 강국인 진(晉)나라에 근접한 우(虞)나라와 괵(虢)나라는 동성(同姓)의 형제국이었다. 그리고 우나라는 강국 진나라와 괵나라 사이에 있었다. 두 나라를 모두 멸하려고 호시탐탐 노리고 있었던 진(晉)은 BC 655에 두 나라의 연결고리부터 끊기 위해 가도멸괵을 내세웠다.

진왕(晉王) 헌공(獻公)은 책사 순식(荀息)을 우(虞)에 보내, 천리마 4필과 큰 구슬을 바치면서 잠시 길을 빌려줄 것[假道]을 요구했다. 우공은 진의 침공을 전전긍긍하던 터에, 자국이 아니고 옆의 괵나라를 친다는 데 일단 안도하였다. 약소국의 왕으로서 처음 대하는 엄청난 뇌물에 현혹되어 길을 내주려 하였다. 그러자 충신 궁지기가 순망치한(脣亡齒寒)을 들어 간(諫)했다.

"괵은 형제 나라입니다. 그것은 마치 이와 입술의 관계[脣亡齒寒]와도 같습니다. 입술이 무너지면 이가 시린 법입니다. 괵나라를 멸한 다음엔 반드시 우리 우나라가 칠 것입니다."

어리석은 우공이 끝내 진나라에 길을 터주자, 궁지기는 우나라를 떠나면서 탄식했다 한다.

"우(虞)는 올해 안으로 망하고 말 것이다."

진나라는 우나라가 빌려준 길을 따라 괵을 치고 돌아오는 길에 우나라까지 삼켰다. 우공이 조그만 이익에 현혹되어 이웃의 괵나라를 치러갈 수 있도록 협조해 주었으니 여우와 다를 것이 무엇이겠는가?

단순히 길을 빌려 준다는 뜻으로만 좁혀 본다면, 우리 역사에서도 이와 유사한 사례로 가도멸명(假道滅明)이 있는데, "명을 치려 하니 길을 빌려 달라."는 뜻이다. 정명가도(征明假道)라고도 한다. 조선 선조 당시 임진왜란을 일으킨 토요토미 히데요시 군사들이 동래성을 밀고 들어왔을 때, 왜군이 이 네 글자를 제시하였는데, 동래부사 송상현은 그 제안을 단호히 거절하고 치열한 전투 끝에 전사하고 만다. 종주국인 명나라를 치러가는 길을 빌려주지도 않았고, 조그만 이익에 현혹된 것도 아니지만 특정 나라를 치기 위하여 길을 빌려달라고 한 점에서는 유사하다. 그에 반해 임진왜란이나 일제 시대나 일본에 빌붙어 이 나라 백성의 생명과 재산을 희생한 고위 관리들의 행태에서 가도멸괵에 나오는 우나라 임금의 모습이 오버랩되는 것은 순전히 나의 좁은 생각 탓일까.

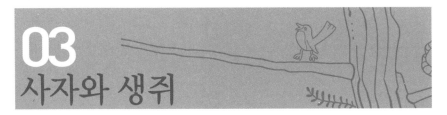

03 사자와 생쥐

– 윤정무

The Lion and the Mouse

Just then the little Mouse happened to pass by, and seeing the sad plight of the Lion, went up to him and soon gnawed away the ropes that bound the King of the Beasts. "Was I not right?" said the little Mouse.

굴 속에서 잠자던 사자가 자기 얼굴 위로 마구 뛰어다니는 생쥐 때문에 잠에서 깨고 말았습니다. 화가 머리끝까지 난 사자가 발톱으로 생쥐를 잡고 막 죽이려 하였습니다. 생쥐가 목숨만은 살려달라고 사자에게 애처롭게 울부짖었습니다.

"제발 풀어 주세요. 절 보내 주시면 언젠가 어르신의 은혜에 보답하겠습니다."

아주 작은 미물이 자기를 위해 무엇이든 보답해 줄 수 있다고 하니, 사자도 너무나 재미가 있어서 큰 소리로 웃으며 기분 좋게 그 생쥐를 풀어 주었습니다.

어느 날 사자가 사냥꾼들이 짐승들을 잡으려고 쳐놓은 그물에 그만 걸리고 말

앗습니다. 그때 생쥐가 사자가 포효하는 소리를 듣고 곧바로 그곳으로 달려가 이빨로 밧줄을 갉아 잘라 곧 사자를 탈출하게 하는 데 성공했습니다.

"자, 보세요."

생쥐가 의기양양하게 말했습니다.

"제가 보답하겠다고 약속했을 때 분명히 어르신께서도 저를 비웃으셨지요? 하지만 생쥐도 은혜를 알고 보답하기 위해 도울 수도 있답니다. 아셨죠?"

*＊＊

덕(德)을 베풀면 돌아오는 것

이처럼 항상 강하기만 하던 사자도 힘이 약하고 보잘 것 없어 보이는 생쥐에게 도움을 받을 수도 있다, 그런데 여기서 약간의 의문이 든다. 이 교훈에서 살짝 벗어나 생각해 볼까 한다. 왜 무리지어 생활을 하는 사자가 홀로 외로이 굴 속에서 잠을 청하고 있었던 것일까? 그리고 생쥐도 사자를 보고 어르신이라고 불렀다. 이 부분으로 미루어 보았을 때 사자는 이미 힘이 없고 늙었거나 병이 들어 무리에서 추방당했을 가능성이 높다. 숫사자는 무리를 이끌고 보호하며 무리의 기둥 역할을 하지만 나이가 들거나 병에 걸리면 다른 숫사자에게 자신의 무리를 빼앗기거나 무리 내부에서 추방당하게 된다. 동물의 왕으로서 명성을 떨치고 있는 사자의 삶은 겉으로 보이는 것처럼 휘황찬란하지 않다. 그들은 태어나자마자 경쟁을 시작한다. 치열한 생존경쟁을 하면서 위력을 잃은 숫사자는 백수의 제왕이 아니라 오히려 힘없고 볼품없는 존재가 되고 마는 것이다.

무리에서 태어난 숫사자들은 무리를 이끄는 사자에게 잘못 걸리면 물려죽을 수도 있어 눈칫밥을 먹으며 자란다. 그리고 표범이나 치타들의 눈에 띄는 날에는 바로 죽은 목숨이다. 사자들 역시 치타나 표범새끼를 발견하면 그 즉시 물어죽인다. 초원의 먹이경쟁자를 줄이기 위함이다. 어느 정도 성장한 숫사자는 무리를 떠나 여기저기 돌아다니며 떠돌이 생활을 한다. 운 좋게 무리를 이끄는 우두머리를 쓰러뜨릴 경우 그 무리를 장악하게 된다. 무리를 장악한 사자의 첫 행동은 무리의 새끼사자들을 물어 죽이는 것이다. 자신과 관계없는 유전자의 싹을 잘라내는 것이다. 잔인해 보이지만 이 방법은 오랫동안 사자가 생태계에서 적응해낸 결과이고 그들만의 생활방식이다.

이렇게 무리로부터 버림받은 사자는 보통 외부로부터 공격을 받을 일이 많기 때문에 신경이 매우 날카로웠을 것이다. 이 날카로운 심기를 때마침 생쥐가 건드렸다. 아마 생쥐가 아니라 여우, 늑대 같은 동물이었다면 늙고 병든 사자가 어찌할 도리가 없었겠지만 몸집이 작고 보잘것없는 생쥐였기에 사자는 그간 쌓였던 설움을 생쥐에게 화풀이를 하고 싶었을 것이다. 그러나 생쥐의 뛰어난 언변에 기분이 살짝 풀린 사자는 별다른 생각 없이 생쥐를 놓아주었고, 우연히 그물에 걸렸을 때, 생쥐의 도움을 받아 목숨을 연명하였다. 이 이야기는 생쥐가 자신이 쓸모가 있다는 점을 사자에게 어필하면서 끝이 나지만 그 뒷내용을 두 가지로 나누어 추론해 볼 수 있다. 우화가 결국 인간 세상을 풍자하는 것이라고 생각하면서 우리네 삶의 과정에서 추론해 보는 것이다.

'사자가 더 이상 괜한 자존심을 부리지 않고 생쥐와 친해져서 말년에 좋은 친구가 생겼습니다…….' 라는 해피엔딩과 '생쥐가 자신을 구해 주었지만 동물의 왕이었던 사자가 하찮은 생쥐 따위에게 도움을 받았다는 사실에 자존심이 상해서 생쥐를 꿀꺽 먹어버린 후 또다시 굴 속에서 외롭게 살다가 홀로 비참한 최후를 맞는다.' 는 배드엔딩으로 나누어 생각할 수 있다. 여기서 해피엔딩은 사자가 비록 현재는 보잘것없는 미물이지만 자신을 사지에서 꺼내준 생쥐의 능력을 인정하는 것이고, 배드엔딩은 생쥐가 사자를 사지에서 구해 주기는 하였으나 하찮은 생쥐가 아무리 큰 공을 세워봤자 생쥐는 생쥐라는 미물일 뿐이고 그 생쥐라는 태생적 한계는 불변하다는 이야기이다. 일반적으로 우리들이 생각하는 이상은 첫 번째 해피엔딩이겠지만 우리들이 살아가는 현실은 배드엔딩에 가깝다.

자, 이제 우리들에게 익숙한 인물 김삿갓 이야기로 들어가 볼까 한다. 옛날 옛적 삿갓 하나만 쓰고 전국 방방곡곡을 유람하던 방랑시인 김삿갓은 여행을 하던 중 여독을 풀기 위해 잠시 강가에 앉아 술잔을 기울였다. 몸은 천근만근이고 정신은 알딸딸하여 잠시 눈을 붙이던 중 김삿갓의 귀에 다급한 목소리가 들린다.

"어푸, 어푸, 나좀 살려주오!!! 사람 좀 살려주오!!!"

이 소리를 들은 김삿갓은 황급히 강물에 뛰어들어 물에 빠진 남자를 구하기 위해 한치의 망설임도 없이 강물로 뛰어들었다. 물에 뛰어든 김삿갓은 남자를

무사히 구해 주고 그 남자의 보따리까지도 건져 주었고 그 남자에게 말했다.

"괜찮으시오??"

그러자 남자가 하는 말이,

"쿨럭!! 쿨럭!! 이건 내 보따리가 아니잖소!!! 내 보따리에는 땅문서와 집문서가 들어 있는데 이 보따리에는 겨우 엽전 100냥만 들어 있잖소!!!"

물에 빠져 죽을 뻔한 사람을 힘들게 구해 주었더니 자신의 보따리를 내놓으라고 윽박지르는 남자! 참으로 통탄할 일이다. 여기서 나온 속담이 '물에 빠진 사람 구해 주니 보따리 내놓으라 한다.' 이다. 이와 비슷한 고사성어로 '기차당 우차방(旣借堂 又借房)' 이 있다. 旣(이미 기) 借(빌릴 차) 堂(집 당) 又(또 우) 借(빌릴 차) 房(방 방)이니 풀이하자면, '대청을 빌리고 나면 안방까지도 빌리자고 한다.' 라는 뜻으로 이 고사성어 역시 위기에 처한 자를 구해 주니 오히려 적하반장격으로 화를 내며 또 다른 것을 요구한다는 것이다.

비슷한 사례로 평소 불의를 보면 참지 못하는 행인 A씨. 그는 한밤중 집으로 귀가하던 중 다급한 여성의 목소리를 듣게 된다. 소리가 난 장소로 황급히 달려간 A씨는 그곳에서 한 여성이 성폭행을 당하기 직전의 상황을 마주하게 된다. A씨는 여성을 구하기 위해 현장에 뛰어 들었고 그 과정에서 용의자를 주먹으로 때렸다. 이 상황에 놀란 여성은 그 길로 도망을 쳤고 끔찍한 범죄는 일어나지 않았다. 그러던 어느 날 A씨는 재판장에서 폭행 및 상해죄로 벌금형을 선고받는다. 성폭행미수범이 A씨를 고소한 것이었다. 정작 성폭행을 당할 뻔하였던 여성은 자취를 감춰 증거가 없는 상황. 옳은 일을 하고도 오히려 처벌을 받은 것이다.

우리는 보답을 바라고 덕을 베푸는 것이 아니지만 은혜를 원수로 갚는 불상사를 보고도 웃어넘길 만큼 유쾌하지는 않다. 이러한 사건들이 빈번하지는 않지만 끊임없이 발생하고 있다. 이런 상황이 반복되면 구성원들 사이에 마음의 문은 서서히 닫혀가고 우리들의 시선은 이제 모두에서 우리로, 우리에서 나로 점점 좁아져만 간다. 이러한 현상을 '심리학적 이기주의의 심화' 라고 하는데 영국의 철학자 '토마스 홉스' 의 저서 『리바이어던』에 이런 현상이 잘 명시되어 있다.

홉스에 의하면 모든 인간은 자기 자신의 이익을 위해 행동한다. 때에 따라 홉스는 사람은 누구나 스스로가 자신의 이익이 된다고 지각하는 바의 추구만이 유일한 동기가 되어 행동하고 있다고 말하고 있기도 하다. 그러므로 인간이란 천성적으로 사회적 활동에 적합하지 않으며 제약을 받지 않으면 서로 충돌할 수밖에 없다는 논리이다.

이러한 문제를 해결하기 위하여 인간들은 자연본성으로 궁지에서 벗어나기 위해 본문에서 '리바이어던'이라고 불리는 국가라는 제약을 창조해낸 것이다. 여기서 나오는 '리바이어던'은 성서에 등장하는 여호와의 적이며, 혼돈의 원리로 제시되며, 악어나 고래의 형상을 한 신화적 상징물이다. 홉스가 국가라는 개념을 성서에 등장하는 악마의 이름을 따서 설명하는 것을 보면 그는 아마도 국가를 천성적으로 이기심을 가진 인간이라는 존재들이 법이라는 규정 아래에서 제한되는 장소라고 생각하지 않았을까?

이처럼 우리 사회에는 이런저런 불합리한 일이 빈번하게 발생한다. 이런 일들이 지속되다 보니 한국인들의 무관심과 이기심은 극에 달한 상태이다. '다른 사람이 도와주겠지.' 나만 아니면 되……. '나랑은 상관없는 일이야.' 괜히 나서다가 귀찮은 일에 엮일지…… 등의 생각들이 우리들의 머릿속을 가득 채운다. 이러한 현상을 흔히 '방관자 효과' 또는 '제노비스 신드롬'이라고 하는데, 주위에 사람들이 많을수록 어려움에 처한 사람을 돕지 않게 되는 현상을 뜻하는 심리학 용어이다.

또는 어떠한 사건이 일어났을 때, 다른 사람들은 어떻게 행동하는가에 따라 판단하여 행동하는 현상을 의미한다. '대중적 무관심' 또는 '구경꾼 효과'라고 하기도 한다. 한 가지 사례를 들자면 '도요타 상사 살인사건'이 있다. 이 사건의 시작은 '도요타 상사 사기 사건'에서 비롯 되는데 노인들을 대상으로 7,500억 원을 횡령해 피해자가 만 명이 넘은 일본 사상 최악의 사기 사건으로 불린다. 이 사건의 주모자라 할 수 있는 도요타 상사 회장 나가노 가즈오가 1985년 6월 18일 연행되는 장면이 방송국을 통해 전국으로 생방송으로 나오고 있었다. 당시 회장의 거주지 앞에 약 30여 명의 기자들이 연행되는 장면을 취재하기 위해 모여 있었는데, 갑자기 두 명의 사나이가 "도요타 상사 회장을 죽이러 왔다."라고 고함을 친 뒤에 곧장 아파트의 유리창을 깨고 회장의 집 안으로 침입, 살해를 한 후 걸어 나온 것이다. 사건 당시 주위에 30여 명이 밀집되어 있었는데, 살인 과정을 그냥 방관하고 있었다. 물론 두 사람은 형을 선고받았지만 수많은 사람들이 있었는데도 그 어느 누구도 범행을 막으려고 나서지 않았다. 물론 그 회장이 사회적 지탄을 받아 마땅한 인물이긴 하지만, 그렇다고 자연인이 나서서 사람을 살해하는 것 또한 정당할 수 없는 일이다.

이렇게 우리들 서로서로 관심이 없이 개인주의가 팽배한 세상을 살아가면 여러 가지 심각한 일이 발생할 수 있다. 가까운 미래에는 서로에게 힘이 되어주는 사람 사는 하나의 세상이 서로가 없는 기계가 사는 5천만 가지의 세상이 될지도 모른다. 이대로 세상이 흘러가게 해서는 안 된다. 이웃의 아픔을 공감하고 그들의 상처를 보듬어 주는 생각이 넘쳐나는 세상을 만들기 위해 노력을 기울여야 한다. 아무리 황금만능주의가 판치는 세상이라 해도 다른 사람이 어떻게 되든 나는 모른다는 생각이 팽배하게 방치해선 결코 안 된다. 적어도 우리의 후손들에게 사람 사는 세상을 보여줄 수 있도록 나 하나가 아닌 우리 모두가 조금의 용기를 낸다면 '우리'라는 근사한 단어는 사라지지 않을 것이다.

04 까마귀와 물주전자

– 윤정무

The Crow and the Pitcher

At last, at last, he saw the water mount up near him, and after casting in a few more pebbles he was able to quench his thirst and save his life.

목이 무척 말랐던 까마귀 한 마리가 마침 물이 담긴 물주전자를 발견했습니다. 그런데 물주전자의 주둥아리가 너무 좁아 아무리 노력해도 부리가 물까지 닿지 않았습니다. 까마귀는 물이 눈앞에 있는데도 마시지 못해 목말라 죽을 것 같아 발을 동동 굴렀습니다.

그때, 까마귀에게 정말 좋은 생각이 떠올랐습니다. 까마귀가 조약돌을 물주전자 속으로 떨어뜨리기 시작했습니다. 조약돌이 떨어질 때마다 물이 점점 위로 올라와 마침내 물은 주전가 주둥아리까지 차올랐습니다. 이리하여 영리한 까마귀는 갈증을 달랠 수 있었습니다.

지식보다 지혜를 쌓아야 한다

목이 마른 까마귀는 번뜩이는 영리함으로 자신의 갈증을 달래어 또다시 힘찬 비상을 계속할 수 있었다. 그런데 이 이야기, 어디서 많이 들어보지 못하였는가? 어디 한번 시칠리아로 가 보자. 아득한 옛날 역사의 현장에 가본다면 빨리 이해할 수 있을 것이다.

시칠리아의 국왕 히에론 왕은 자신이 받은 왕관이 순금인지 아니면 자신이 속아서 은이 섞인 왕관을 받았는지 매우 궁금하였다. 그래서 왕은 아르키메데스를 불러 자신의 궁금증을 해결해 주기를 요구하였다. 그렇지만 왕관을 녹이지 않고서야 어찌 그 왕관이 순금인지 불순물이 섞였는지 알아낸단 말인가? 고심을 하던 아르키메데스는 피로를 풀기 위해 뜨거운 탕 안에 들어갔는데 그때 자신이 들어가자 잔잔하던 탕 안의 물이 넘쳐 밖으로 흘러 내렸다. 그때, 아르키메데스의 뇌리에 무언가 번뜩이며 그는 탕 밖으로 뛰쳐나가며 소리쳤다.

"유레카(알았다)!!!!!!!!!!!!!!!!!!!!!!"

바로, 모양이 불규칙한 물체의 부피만큼 물이 흘러나온다는 사실을 깨달은 것이다. 이것이 지금까지도 널리 알려진 유레카의 어원이다. 여기서 아르키메데스의 원리를 더욱 구체적으로 알아보자면 다음 그림과 같다.

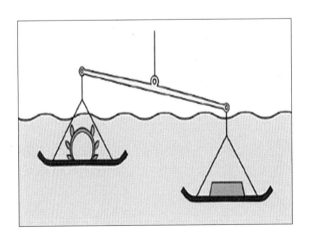

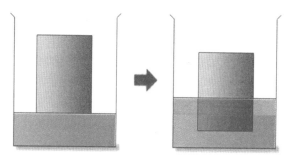

물체가 물 속에 잠기면서 물체의 부피만큼 물이 밀려남

　은이나 구리 등의 물질은 금보다 밀도가 작기 때문에 같은 질량의 금보다 그 부피가 더 크다. 따라서 은이나 구리 등을 섞어서 왕관을 만들었다면 같은 질량의 금으로 만든 왕관보다 그 부피가 더 클 것이다. 아르키메데스는 왕관과 또 그것과 같은 질량의 금을 따로따로 물 속에 담그고 넘쳐 흘러나온 물의 부피를 측정하였다. 그리고 왕관을 넣은 쪽에서 흘러나온 물이 더 많다는 것을 근거로 왕관이 순금으로 만들어지지 않았다는 것을 알아낼 수 있었던 것이다.

〈아르키메데스〉
고대 그리스의 수학자·물리학자 '아르키메데스의 원리', "구에 외접하는 원기둥의 부피는 그 구 부피의 1.5배이다."라는 정리를 발견하였다. 지렛대의 반비례법칙을 발견하여 기술적으로 응용하였으며, 그 외의 업적으로 그리스 수학을 더욱 진전시켰다.

　목이 마른 까마귀도 마치 아르키메데스와 같이 물병 안에 돌멩이를 넣어 수위를 높여 물을 마실 수 있었다. 그리고 여기 또 번뜩이는 기지로 어려움을 헤쳐나간 사례가 있다.

　조선 선조 30년(1597년) 12척의 배로 133척을 물리친 기적적인 사건이 있었다. 그 엄청난 승전이 바로 충무공 이순신장군이 지휘하여 대승을 이끌어 낸 명량해전이다. 이순신장군은 한산도 대첩, 노량해전 등 여러 전투에서 큰 공을 세웠지만 특히 명량해전에서 발휘한 기지는 단연 돋보였다. 당시 조선 수군은 칠천량해전에서 크게 대패하여 고작 12척만이 남아 사기가 꺾여 심각한 열세였다. 그러나 이 순간에 삼도수군통제사에 임명된 이순신 장군은 바다의 유속이 매우 빠르고 수로가 좁은 울돌목의 지리적인 이점을 이용하여 적선 133척 중 31척을 침몰시키는 놀라운 전과를 일궈내었다. 그 누구도 이길 수 없는 싸움이라 생각하였지만 그의 놀라운 지혜는 막막한 난관을 극복하여 승리를 쟁취하였다.

　어렵고 힘든 난관에서 돌파구를 개척하는 것은 지식이 아니라 지혜이다. 지식은 아는 것에서 끝나지만 지혜는 나아가 문제를 통찰하여 해결책을 제시한다. 이것이 지식과 지혜의 본질적인 차이이다. 그러나 안타깝게도 오늘날 우리들은 지혜보다는 방대한 지식의 바다 속에서 살아가고 있다. 하루에도 막대한 양의 지식이 머릿속에서 소용돌이치며 혼란스럽게 한다. 그리고 그 지식들은 정기적으로 평가되어 누가 더 많은 지식을 가졌는가가 내림차순으로 공개가 된다. 그 결과로 우리들의 진로가 결정되어 사회구성원으로서 기능을 한다. 때문에 크게 국가적 재난사태부터 작게는 개인적 위기가 닥칠 때 지식들로 가득 찬 사회는 격동한다. 그들은 방대한 지식 속에서 살면서 지혜라는 것을 접할 기회가 드물었기 때문에 위기대처능력이 현저하게 떨어진다. 우리들에게 만약 지혜를 접할 기회가 늘어나 지식과 지혜가 조화를 이룬다면 어떠한 시련에도 흔들리지 않고 극복해 나갈 수 있을 것이다.

한 소주회사 A가 있었다. 그 회사의 소주는 맛도 깔끔하고 도수도 적당해서 큰 인기를 끌고 있었다. 그러던 어느 날 A회사의 경쟁상대인 B사의 신제품이 출시되자 업계점유율이 1위였던 A사의 소주의 점유율이 점점 하락하여 B회사에 역전이 되어버리고 만 것이다. 사태가 심각해지자 A사의 사장은 이 사태를 해결할 만한 돌파구를 찾기 위해서 대대적인 회의를 지시하였다. "아, 무슨 좋은 방법이 없을까?" A사의 모든 직원들이 고민을 하고 있을 때 어느 사원이 손을 들었다. "저한테 좋은 방법이 있습니다." 그 사원의 말에 모두의 시선이 그에게로 집중이 되었고 그는 특이한 방법을 제시하였다. 그 사원의 해결 방안을 들은 직원들은 처음에는 저 사원이 B사의 스파인가 하는 의문이 잠시 들었지만 A사 사장은 그 의견을 수용하였고 결과는 대성공이었다. 그 사원이 어떤 말을 했기에 이런 일이 일어날 수 있었던 것일까? 그 방법은 이러하다.

"저희 A사의 소주는 소주잔으로 8잔이 나옵니다. 그래서 저는 소주의 양을 줄여 7잔으로 만들면 어떨까하고 생각했습니다. 보통 술은 혼자 마시러 오는 경우보다 다수의 사람들이 함께 마시는 경우가 많습니다. 술의 양을 7잔으로 양을 줄인다면 대부분의 경우 술이 모자라게 될 것입니다. 짝을 맞추기 위해서는 적어도 한 병을 더 시켜서 짝수로 딱 떨어지게 마셔야 합니다. 그렇다면 한 병만 팔릴 것을 두 병으로 늘리는 결과가 됩니다. 그리고 한 병만 팔리더라도 저희 회사는 1잔의 소주를 이득을 보는 것이므로 결코 손해는 아닐 것입니다."

혼자서 마시러 오는 것보다 여러 명이서 마시러 온다. 그러나 소주의 양이 딱 짝수로 떨어져 모두 같은 양의 소주를 마신다면 깔끔하게 술집을 나오겠지만 술의 양이 홀수라면 어떨까? 모두 같은 양을 늘리는 것도 아니고 양을 줄여서 매출을 늘리다니, 정말 기발하고도 문제의 핵심을 관통하는 명쾌한 해답이 아닌가? 우리는 살면서 많은 위기를 겪고 그것을 대처해 나가야만 한다. 그러나 꼭 위기라는 거대한 파도 앞에 맞서는 것만이 정답이 아닐 때도 있다. 때로는 순리에 따라 그 파도에 몸을 맡기는 유연함과 서핑보드로 파도를 타는 재치도 필요한 법이다. 세상은 정공법만으로도 해결되지 않는 일들이 수없이도 차고 넘친다. 우리도 앞으로 '수능'이라는 파도가 매섭게 다가오고 있지만 꼭 그 압박과 스트레스에 정면으로 부딪치는 것보다 잠깐 여유를 가지면서 학업의 부담감을 유연하게 극복하는 것도 괜찮지 않을까라고 생각해 본다.

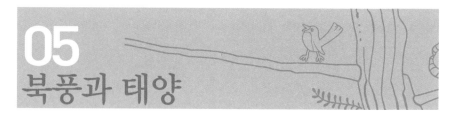

05
북풍과 태양

‑ 서진우

The Wind and the Sun

Kindness effects more than severity.

　차가운 북풍과 따뜻한 태양 사이에 말다툼이 벌어졌습니다. 각자 상대방보다 자기가 더 강하다고 주장했습니다. 마침내 그들은 길을 떠나는 한 여행자의 외투를 누가 더 빨리 벗길 수 있는가로 승부를 짓기로 하였습니다.

　북풍이 먼저 도전했습니다. 북풍이 먼저 무서운 회오리바람을 여행자 위에 쏟아 부으면서 일격에 외투를 떼어내려 하였습니다. 그러나 찬 바람이 세차게 불면 불수록 여행자는 더욱 단단히 외투로 몸을 감싸는 것이었습니다. 다음으로 태양이 나섰습니다. 태양이 여행자 몸 위에 부드럽게 내려 쪼이기 시작했습니다. 그러자 여행자는 곧 외투를 잡았던 손을 풀고 외투가 어깨에 느슨히 매달리게 한 채 걸어갔습니다. 태양이 다시 있는 힘을 다하여 따뜻한 기운을 쏟아 부었습니다. 그랬더니 여행자는 몇 걸음도 가기 전에 외투를 기꺼이 벗어 버리고 더

가벼운 차림으로 여행을 끝냈습니다.

***

무엇이 진정 강한 것인가

　북풍과 태양이라는 이야기를 읽으면서 어떤 난제든 무식하게 힘으로만 맞서는 것보다는 부드럽고 차분하게 대처해야 한다는 교훈을 얻을 수 있었다. 그리고 이솝이 애초에 의도하였던 원래의 교훈 '부드러움이 때로는 강함을 이긴다.'에서 나는 '급할수록 돌아가라.'라는 새로운 가르침을 발견했다. 센 찬바람이 동반된 북풍이 따뜻한 기운 가득한 태양보다 분명 강렬한 이미지를 주지만, 어떤 과제를 수행하고 어떤 목적을 달성해야 할 것인가와 같은 구체적 각론에 들어가면 북풍보다 따뜻한 햇살이 더 큰 역할을 할 수 있는 것처럼 강한 것도 절대적인 개념이 아닌 상대적인 개념으로 변하게 된다. 국가 정책 수행 과정에서 정부 안의 구성원을 보면 반드시 강경파와 온건파로 나누어진다. 흔히 매파와 비둘기파라고 비유하지만 외부에서 보면 분명 매파가 강하게 느껴진다. 그런데 산적한 난제를 해결하는 과정에서는 비둘기파로 상징되는 온건파들이 의외로 쉽게 해결점을 찾아내는 경우가 많다. 북풍보다 따뜻한 태양의 기운이 실질적으로 역할이 크다고 할까.

북풍과 태양 이야기와 비슷한 역사적 사례에 대하여 생각해 보자. 고려 시대 북방 강성 거란족의 소손녕 군의 침략 당시 서희의 외교담판이 무력보다는 외교로써 평화롭게 해결한 것을 보아, 북풍과 햇살의 우화에서 태양의 역할과 비슷한 사건인 듯하다. 고려는 거란의 공격을 여러 차례 받았다. 그중에서도 거란의 제 1차 침입 당시에 서희가 벌인 외교활동에 주목해 볼까 한다. 거란이 고려로 쳐들어오던 당시에, 고려에서는 거란에게 항복하자는 의견과 거란에게 빼앗긴 땅을 다시 찾아오자는 의견으로 대립하게 되었다. 그러자 서희는 직접 왕의 동의를 받고 나섰다. 고려는 고구려의 정신을 계승한 나라이며 거란이 갖고 있는 옛 고구려의 영토를 반환해 달라는 내용의 담판을 진행하였다.

또한 거란과는 교류가 없고 송나라와의 교류가 잦은 것은 거란과 고려 사이에 여진이 있어서 힘들다는 점을 어필하며 거란이 직접 여진을 처리하게 하는 훌륭한 결과를 만들어 낸다. 만약 고려와 거란이 전쟁을 하였다면 어떻게 되었을까. 신흥 강대국인 요나라의 거란족과 전면전을 벌였다면 승리하기도 어렵거니와 설령 승리하였다고 해도 고려 측의 피해도 컸을 것이다. 우리가 어떤 문제를 결정하기 위해서 회의를 해 보면 강경파가 선명한 이미지를 주기 때문에 회의 분위기를 주도하는 경우가 많다. 그리고 대부분 그러한 강경파의 주장대로 정책을 밀고 나가는 경우가 많다. 하지만 고려가 거란의 대군과 충돌했을 때 강경파의 주장처럼 맞대응하였다면 고려가 생존할 수 있었을까. 서희의 외교 전략이 부드러움이 가득하여 상대에게 유약한 이미지를 주었을지 모른다. 하지만 북풍과 같이 강력한 힘으로 상대방을 굴복시키는 것보다 햇살처럼 부드럽고 따뜻한 외교로 상대를 설득하고 그들의 예봉을 돌리게 하면서 고려의 영토를 온전하게 지켜 낸 서희의 외교가 더욱 바람직한 결과를 만들어 내었다.

빠름만을 추구하는 시기에 나타난 느림의 미학

'부드러움이 강함을 이긴다.' 라는 내용을 떠올리니 최근에 급부상하는 한 야구선수가 떠오른다. 바로 두산 베어스의 유희관 투수이다. 모든 야구 구단들이 150km의 강속구로 상대 타자들을 힘으로 압도하는 정통파 투수, 빠른 직구로 강렬한 삼진을 잡아내는 투수에 주목하던 최근의 분위기에 저항하듯 나타난 유희관 선수는 120km 후반에서 130km 정도의 직구와 110km대의 변화구, 그리고 뛰어난 제구력을 가지고 그라운드에 나타났다. 사람들은 말했다. 평생 공만 치면서 생활해 온 그 쟁쟁한 프로선수들이 저렇게 느린 그 공을 왜 못 치겠는가, 보나마나 얼마 가지 않아 사라질 것이다. 그러나 결과는 예상과는 한참 멀었다. 올해의 성적만 보아도 누가 감히 그런 이야기를 했을까 하는 말이 나올 정도로 유희관 투수의 성적은 놀라웠다. 2015년도의 성적은 18승 5패, 평균 자책점 3.94, 탈삼진 126개로 다승 2위, 평균자책점 10위, 탈삼진 15위. 누가 보아도 감탄을 금치 못할 훌륭한 성적이다. 유희관 투수의 경우를 보면 꼭 빠르고, 강력한 것만이 반드시 강한 것은 아니라는 것을 알 수 있다. 남들보다 공의 속도가 빠르지 않아도 더 많은 승리와 더 많은 기록들을 가질 수 있다는 것을 보여주는 대표적인 사례라고 생각한다. 우리도 자신에게 주어진 어떠한 일을 할 때, 무조건 강하게 빠른 것만을 추구하기보다 가끔은 조금 천천히, 여유롭게, 유연하게 대처하는 것이 어떨까하는 생각이 든다.

북풍은 어리석은가, 아니라면?

'북풍과 태양' 이야기에서 북풍은 잦은 감정의 기복을 보인다. 북풍은 여행자의 외투를 벗기기 위해서 바람을 일으키기 시작했는데, 뜻대로 되지 않자 더더욱 강한 폭풍을 일으키며 순간적으로 감정이 격해지는 태도를 보인다. 이렇게 순간적으로 감정이 격해지는 북풍의 모습과 히스테리성 인격 장애를 연관지을 수 있을 것이다. 히스테리성 인격 장애란, 감정 표현이 과장되고 주변의 시선을 받으려는 일관된 성격상의 특징인 인격 장애를 뜻한다. 우리는 알고 있다. 아무리 바람을 일으키고 더더욱 강한 폭풍을 일으켜도 외투를 벗는 사람은 없다는 것을. 북풍은 그러한 사실을 아는지 모르는지 그저 바람을 더 세게 일으키고 있다. 어리석은 것일까 아니면 정말 인격 장애인 것일까. 세상을 살아가면서 무조건 강경 일변도로 나아가는 것보다 가끔은 부드럽게 문제를 해결하는 것도 현명한 방법일 수 있다. 아니면 '당근과 채찍' 전략으로 두 가지 방법을 병행하는 것도 좋을 수가 있다.

이 우화에서 강조하는 것처럼 강한 북풍만이 여행객의 옷을 벗기는 것이 아님을 깨달아야 한다. 예전에 우리의 대북 정책에 햇볕 정책이라는 것이 있었다. DJ 정부시절 햇볕정책을 펼쳐 한반도에 전쟁의 위험을 해소하고 평화를 추구했다. 하지만 최근에 북한 김정은이 핵이나 미사일을 실험하여 한반도를 초긴장 상태로 몰아넣는 바람에 우리 정부의 대북 정책이 강경 일변도로 나아가고 있지만 한반도의 미래를 생각한다면 남북 정책 당국자 모두 강경 세력에 휘둘려 살벌한 전쟁 분위기로 끌고 가는 것보다 통일 한국의 미래를 생각하며 서로 조금씩 물러서 따뜻한 햇볕이 불게 하면 어떨까 한번쯤 생각해 본다.

06
소년과 개구리

– 서진우

The Boys and the Frogs

You may throw the stones just for fun, but what is play to you is death to us

소년들이 연못가에서 놀고 있었는데, 그중 몇 명이 재미삼아 물 속을 향해 돌을 던졌습니다. 그런데 이 연못에는 많은 개구리들이 살았으며, 개구리들은 어쩔 수 없이 차례로 소년들이 던지는 돌에 맞았습니다. 그러자 한 늙은 개구리가 연못 밖으로 머리를 내밀고 말했습니다.

"소년들이여, 우리에게 그렇게 던지지 말아 주시오."

"우리는 그저 놀이로 던졌을 뿐이야." 소년들은 말했습니다.

"알고 있습니다." 개구리가 말했습니다. "그러나 그 돌들이 얼마나 우리를 다치게 하는지 생각해 보시오. 그대들은 그저 재미삼아 돌을 던질 뿐이지만, 우리는 그 돌을 맞아 죽을 수도 있다오."

***

이래도 사소한 장난에 불과한 것인가

이 우화에서 우리가 얻을 수 있는 대표적인 교훈은 '장난삼아 한 행동이 남에게 엄청난 피해를 입힐 수도 있다.'로 매사에 신중하여 사소한 말 한 마디라도 깊이 생각하여 해야 한다는 것이다. 생각해 보라, 소년들이 개구리에게 돌을 던질 때 그러한 심각한 후유증을 생각하지도 않을 것이고, 돌을 던지는 행위에 대해 깊이 판단할 리는 결코 없다. 그저 자신의 유희로, 장난으로 돌을 쉽게 던지고 그 돌이 타인을 맞히든 아니든 그리 중요한 것이 아니다. 자신만 즐겁고 행복하면 그 외의 문제는 그리 심각하게 고민하지 않는 것이다.

세상이 망하든 말든 자신만 즐거우면 된다는 극단적인 이기주의가 남에게 어떤 위험이나 피해가 발생할 것인가를 전혀 고려하지 않는다. 나에게는 그저 가벼운 유희였는데, 그 결과가 남에게 엄청난 피해로 돌아가는데도 그저 장난이라고 억지 주장하는 경우가 얼마나 흔한가. 그런데 막상 어떤 심각한 문제가 발생하면 그에 대한 자기합리화만 강하게 펼쳐 자신의 잘못을 덮고 지나가려 하는 것이다.

대표적인 사례로 요즘 가장 큰 사회적 문제로 손꼽히고 있는 학교폭력을 예로 들 수 있다. 학교폭력 문제를 조사해 보면, 가해 학생은 대부분 '나는 장난이었는데, 피해 학생이 그 정도로 고통스러워할 줄 몰랐다.' 라는 식의 대답을 한다. 장난이라고 한 행동이 이렇게까지 심각해질 줄은 몰랐다는 말이다. 가해 학생들은 이렇게 몰랐다는 말만 늘어놓지만 피해 학생들은 말로 표현할 수 없는 어마어마한 피해를 겪는다. 온 몸에 멍이나 상처는 기본이고, 심부름시키기, 돈 빼앗기, 숙제 대신 시키기 등 육체적, 정신적으로 엄청난 피해를 겪는다. 더 심한 경우에는 자살까지 하고 마는 것이다. 피해 학생이 학교 폭력을 당하여 정신적, 육체적으로 극심한 고통을 겪고 난 뒤에, 오랜 기간 트라우마를 겪을 정도로 심각한 후유증을 낳는데도, 가해 학생이나 그 부모는 그저 가벼운 장난으로 치부해 버리고, 금전적으로 피해보상을 해주면 되지 않느냐고 너무나 쉽게 발언하는 경우를 접하면 피가 거꾸로 솟구치게 된다. 가해자의 입장에서는 극히 사소한 문제일지 몰라도 피해자는 그러한 말들이 엄청난 충격으로 와 닿기 때문에 절대로 그런 행동을 하지 않아야 한다. 학교 폭력 피해자가 겪는 상황이 위 우화에 나오는 돌맞는 개구리와 너무나 흡사하기 때문이다.

마셜 B. 로젠버그의 『비폭력대화』[4]에 보면 우리들이 평소에 얼마나 폭력성이 가미된 말을 너무나 쉽게 하는지 알 수 있다. 개구리에게 장난삼아 돌을 던지는 것과 유사하게 그저 상대방과 친숙하게 지내려고 단순하게 건넨 말이 씻을 수 없는 상처를 주는 경우가 비일비재하다. 정작 그렇게 상처를 주는 사람 자신은 그 발언의 심각성을 전혀 인식하지 못한다. 오히려 피해자가 상처를 받는다고 말하면 그것을 의아하게 생각할 정도이니 사람의 마음은 알다가도 모를 일이다. 지금부터라도 남이 나의 말 때문에 상처를 받을 수 있다는 점을 깊이 생각해 보아야 한다. 로젠버그의 주장을 들어

---

4 마셜B. 로젠버그 저, 캐서린 한 역, 한국NVC센터, 2011.

보자.

자신이 하는 일이 전혀 폭력적이 아니라고 생각하면서 말할 때에도 본의 아니게 우리의 말하는 방식이 서로의 마음에 상처를 주고 상대를 아프게 할 때가 있다. 수세기 동안 우리는 불행하게도 갈등, 내적고통, 폭력을 영속화시키는 방식으로 생각하고 말하는 법을 배웠다. 이 책에서 마셜 로젠버그는 우리가 지금까지 배웠던 소통 방식을 근본적으로 변화시킨다. 우리 삶에서 폭력을 줄이고 우리가 원하는 바를 평화롭게 충족할 수 있는 방법이 비폭력대화(NVC, Nonviolent Communication)이다.

비폭력대화는 우리가 날 때부터 지닌 우러나는 방식으로 다른 사람들과 유대관계를 맺는다. 우리 자신을 더 깊이 이해하는 데 도움이 되는 대화방법이다. 비폭력대화를 통해 우리는 자신과 다른 사람들의 깊은 욕구를 듣게 되어, 자신이 가진 연민의 깊이를 발견할 수 있다. 또한 우리 모두가 갖고 있는 공통의 인간성, 이것이 우리의 힘이다. 우리의 힘을 모두의 욕구를 충족하는 방향으로 사용할 수 있게 된다. 이런 측면에서 비폭력대화는 '영성의 실천'일 뿐만 아니라, 삶의 활기로 가득 찬 가정과 공동체를 만들 수 있는 구체적인 방법이기도 하다.

말로 상처를 주고받고 있는 것은 바로 당신이다. 비폭력 대화로 만나는 사람들과 성숙한 관계를 만들고 내면의 힘을 키울 수 있다. 어렵게 생각하지 않더라도 좀 더 쉬운 소통의 방법도 제시하고 있는 책이다. 이 책에서 우리가 하는 말이 어떻게 서로의 관계를 돈독하게 하고, 신뢰를 구축하고, 갈등을 예방하고, 아픔을 치유할 수 있는 지 발견할 수 있다. 또한 친밀한 관계에서 뿐 아니라 직장, 의료, 사회복지분야, 경찰, 교정 분야, 정부, 학교, 사회단체에 이르기까지, 다방면에 걸쳐 어떻게 치유와 화해의 길이 열리는 지 볼 수 있다.

사람들이 무슨 의도를 가지고 상대방에게 악의에 찬 말을 건네는 것은 당연히 문제가 있다. 그것은 상대방의 감정을 촉발시켜 분노를 비롯한 다양한 반응이 초래될 것이며, 상대방 또한 오랜 기간, 아니 영원히 원망의 마음을 가지게 된다. 그런데 의도하지 않았다 하더라도 결과적으로 상대방에게 상처가 되는 말이 의외로 심각한 결과를 초래하기도 한다.

물론 상대방을 가볍게 하는 유머도 있다. 하지만 그런 유머가 오히려 부정적인 결론을 초래할 수도 있으니 더욱 신중을 기해야 한다. 유머의 결과가 좋냐 나쁘냐의 결과는 명확하게 구분되지 않는다. 그래서 신중해야 하는 것이다. 어설프게 분위기를 조성한다고 유머를 한 것이 상대방의 육체적 약점을 공격하여 씻을 수 없는 상처를 입히는 경우를 생각해 보라. 그래도 그것을 유머라고 억지 주장할 것인가. 우리는 가벼운 유머보다 기어코 상대방의 약점을 공격하여 웃음을 억지로 자아내려고 하는 경우를 쉽게 목격한다. 자신은 그저 장난으로 던진 돌이라 여기겠지만 개구리는 그 돌에 맞아 죽을 수도 있다는 것을 깊이 인식해야 한다.

물리학에서 바라 보다

이번에는 '소년과 개구리' 우화에서 물리적 요소를 생각해 보았다. 우화의 특성상 인간 사회의 풍자라는 대강의 의미만 파악하면 되겠지만, 소년들이 던지는 돌에 개구리가 죽을 수 있다는 사실에 어떤 물리적 요소가 있을까 알아보는 것도 의미가 있다고 본다. 궤도, 속도, 질량, 밀도, 그리고 돌을 맞는 개구리들에게 발생하는 충격량 등이 대표적인 물리적 요소라고 할 수 있다. 소년들이 던지는 돌에는 운동량이라는 것이 존재한다. 운동량이란, 운동중인 물체가 운동하려는 정도를 나타내는 물리량으로 크기와 방향을 가지며 그 크기는 물체의 질량과 속

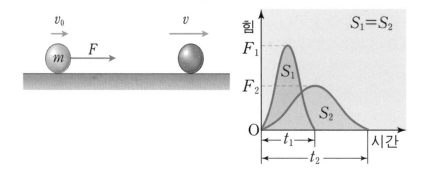

도의 곱으로 표현한다.(운동량 = 질량×속도, p=mv)

충격량은 물체가 받는 충격의 정도를 나타내는 물리량으로 크기는 힘과 시간의 곱으로 표현한다(충격량 = 힘×시간, $I = F\Delta t$). 충격량은 운동량과 밀접한 연관을 가진다. 바로, 물체가 받은 충격량은 운동량의 변화량과 같다는 것이다. 소년이 던진 돌의 질량이 클수록, 속도가 빠를수록, 가속을 많이 받을수록 개구리가 받는 충격량은 크다는 것이다. 사람이 던진 돌에 개구리가 맞아 겪을 고통의 정도를 한 번이라도 깊이 생각해 보라.

07 하녀와 닭

- 차민준

The Slaves and the Cock

Her servants wake up earlier than hear a chicken cry as usual, even though the middle of the night was to work.

어느 독한 과부에게 하녀가 둘 있었습니다. 그런데 과부가 하녀들을 지독하게 부려 먹었고, 하녀들은 아침 늦게까지 잠자리에 누워 있는 것은 절대 용납되지 않았습니다. 새벽에 수탉이 울면 과부는 하녀들을 깨워 일을 시켰습니다. 하녀들은 새벽 그렇게 이른 시간에 일어나야 하는 것이 너무나 싫었고, 특히 겨울철이 되면 더욱 끔찍하였습니다.

그들은 수탉 녀석이 그처럼 일찍 여주인을 깨우지만 않는다면 자기들은 더 오래 잠을 잘 수 있다고 생각했습니다. 그리하여 그들은 수탉을 잡아 목을 비틀었습니다. 그런데 수탉이 죽고 새벽에 닭의 울음소리가 들리지 않자 전보다 과부가 예전보다 더 일찍 하녀들을 깨워 한밤중에도 일을 시키게 되었습니다.

***

정보 낚시가 떠오른다

두 하인은 닭을 죽여서 잠을 더 자려고 했지만 잠은커녕 평소보다 더 일찍 일어나 일을 하게 되었다. 왜 두 하인은 닭을 죽여서 스스로에게 피해를 만들게 되었을까. 하인들이 닭을 죽인 이유는 바로 스스로 만들어낸 '거짓 정보'를 맹신했기 때문이다. 두 하인은 닭을 죽이면 얻게 되는 가시적인 이익에 눈이 멀어 '잘못된 정보'를 믿었기 때문에 스스로를 얽어매는 자승자박 신세가 된 것이다. 눈앞의 작은 이익에 구속되어 제대로 상황 판단을 하지 못한 채 어이없는 짓을 하여 더욱 심각한 피해를 초래하는 경우가 그 얼마나 많은가.

21세기는 '정보의 시대'라 할 만큼 '정보'라는 존재가 주목받는 시대이다. 또한 정보의 양은 우리의 상상을 뛰어 넘을 만큼 차고 넘쳐 '정보의 바다'라고도 불린다. 바다에서 낚시를 하면 물고기를 낚을 수도 있지만 쓰레기 같은 것들을 낚아 올릴 때도 많다. '정보의 바다'도 마찬가지이다. 하지만 정보란 스스로 원하던 물건과 쓰레기를 구분하는 것이 매우 어렵다. 그래서 우리들은 정보를 맹신해서도 안 되고 정보의 바다에서 '진실'만을 낚아 올려야 하는 필요가 있다. 그렇지 못한다면 작게는 재물의 상실, 작은 상처로 끝날 수도 있지만 크게는 한 사람의 인생을 잃어버릴 수도 있게 된다는 것이다. 실제로 정보의 홍수 속에서 섣부른 판단이나 잘못된 인식 때문에 극단적인 피해를 겪은 사례도 많다.

처음 정보의 중요성에 관해 글을 써야 하겠다고 마음먹었을 때 가장 먼저 생각난 사례가 있다. 한때 예쁜 외모로 사랑 받던 아가씨가 있었다. 이 여성은 몇 년 후 '선풍기 아줌마'라는 별명으로 알려지게 된다. 당시 그녀는 가수로서도 활동했는데 성형중독에 걸린 그녀는 계속해서 외모를 변신시켜 갔다. 그러다 자가 시술을 하는 방법을 알게 되는데 그때 몸속에 투여했던 이물질이 몸 안에서 굳어 부풀게 되어 흉측하게 바뀌게 되었다. 그녀는 수차례 수술을 한 후 이물질을 많이 제거했지만 겉에 남은 상처와 수술 후유증으로 힘들어 하고 있다. 거짓 정보에 현혹되어 자신의 신세를 망친 대표적인 사례로 들 수 있겠다.

비슷하지만 또 다른 사례를 하나 들려고 한다. 때는 성형 열풍이 불 때였다. 많은 사람들이 성형을 하기를 원했고 관련된 글도 그만큼 많은 시기였다. 한 여성이 홈페이지에 성형외과를 추천해달라고 했고 많은 댓글 중 눈에 띄는 글이 있었다. 가격도 좋고 실력도 좋다. 이 말에 여성은 그 성형외과에서 수술을 했고 붓기가 늦게 빠지자 다시 카페에 글을 올렸다. 그러자 충격적인 말이 돌아왔다. '꼴 좋다' 사실 댓글을 단 여성도 같은 성형외과에서 피해를 입고 혼자 죽기 싫어서 소위 말하는 물귀신 작전을 편 것이다. 이처럼 거짓 정보를 고의로 흘리는 사람도 있다.

정보는 때론 개인이 아닌 집단에 피해를 끼치기도 하는데 우연히 방송에서 들은 이야기를 예로 들어 볼까 한다. 북한에서 군최고 통솔자가 백옥과 같은 피부를 선호한다는 말이 돌고 있을 때였다. 그 당시 많은 북한 여성들은 백옥 같은 피부를 갖기를 원했고 알려진 민간요법 중 하나가 바로 치약 세안이다. 당시 많은 여성들이 백옥 같은 피부를 꿈꾸며 세안을 했지만 치약에 성분이 얼굴 피부에 영향을 줘 피부가 벗겨지고 상처가 나는 사람이 많았다고 한다.

정보의 바다에 고의든 실수든 쓰레기가 퍼질 수 있다. 왜 퍼져나가는 잘못된 정보가 정정되기까지 오랜 시간이 걸리게 되는 것일까? 첫 번째 원인은 정보의 바다 자체가 너무 넓다는 것이다. 퍼져나가는 속도와 넓이는 우리가 예측할 수 없을 만큼 넓어 지구촌 구석구석까지 수십 일, 짧게는 수십 분 안에 퍼지게 될 수 있다. 두 번째 이유는 바로 초기 대응 미흡 때문이다. 많은 전문가들이 정보의 오류에 즉시 대응하는 것이 아니라, 소문이 어느 정도 퍼지고 나서 하나 둘 수정을 시작한다는 것이다. 왜 그들은 빠른 대응을 하지 않았을까, 그에 관련하여 몇 가지 심리요인을 조사해 보았다.

첫 번째 심리요인은 '책임 분산'이다. 책임 분산이란 서로 책임을 미룬다는 것인데, 책임 분산과 관련된 실험이 있다.

1) 달리와 라테인 실험

1968년, 대학생들을 집단 토론을 실시한다는 명목으로 불러서, 각자 다른 방에 혼자 있게 하고, 마이크로폰과 헤드폰을 이용해서 대화하게 했다. 대학생들 중에는 2명씩 대화하는 경우도 있었고, 4명, 7명 이렇게 많은 수로 대화를 하는 경우도 있었다. 실험 도중, 한 사람이 갑자기 "머리가 아픕니다, 쓰러질 것 같아요"라고 말하고는 조용해졌는데, 그 사람은 사실 실험을 위해 미리 짠 조교였다. 이때, 2명씩 1:1로 대화를 하고 있었던 학생은 85%가 즉시 나와서 사고가 났음을 알렸다. 그러나 4명(조교 1명 포함)이 있던 경우는 62%가, 7명이 있던 경우는 31%만이 보고했다. 실험이 끝나고 보고를 하지 않았던 학생들에게 보고하지 않은 이유를 질문했는데, "알려야 한다고 생각은 했지만 남들이 알릴 거라고 생각했습니다."라고 대답했다.

한편 실험 결과를 보면 인원이 늘어날수록 신고 확률이 줄어 드는 것을 알 수 있다. 즉 엄청난 숫자의 사람이 있는 네트워크에서는 엄청난 책임 분산이 일어나난다는 것이다. 그런 책임 분산 효과 때문에 많은 전문가들이 발벗고 나서지 않는 이유라고 생각한다.

두 번째 요인으로 '대중적 무관심'을 생각했다. 대중적 무관심은 사람들이 판단을 잘못해서 관심을 갖지 않는다는 것인데 실험 내용을 보면 이해하기 쉬울 것이다.

2) 로딘과 라테인 실험

1969년, 대학생들을 실험을 할 것이라는 명목으로 불러 대기실에서 기다리게 했다. 방을 여러 곳으로 나누어 어떤 사람들은 혼자 있게 하거나, 어떤 사람들은 여러 명씩 같이 있게 했다. 그리고 대기실마다 문틈으로 연기가 새어 들어가게 만들었다. 학생들은 불이 난 것인지 그냥 단순한 수증기인지 에어컨 증기인지 당연히 알 수 없다. 그렇게 문틈으로 연기가 새어들어오자, 혼자서 대기실에서 기달리던 사람들의 75%는 2분 이내에 보고했다. 그러나 여러 명씩 기다리던 사람들은 6분 이내에 13%가 보고했다. 그리고 사람 수가 더 많을수록 그 비율은 더욱 떨어졌다. 실험에 참가한 대학생들 중에서 보고하지 않은 사람에게 질문을 했다. 그러자 "불안하긴 했는데, 남들이 가만히 있기에 저도 별일 아니라고 생각했습니다."라고 대답했다.

전문가까지 아니더라도 평소에 그 정보에 분야에 관심을 가지고 있던 사람들이라도 정보의 진실 여부 정도는 구분할 수 있었을 것이다. 하지만 전문가들이 나서서 잘못을 지적하지 않으면서 어중간한 사람들은 혼란을 갖게 되고 나서지 않게 되는 것이다. 정보를 바로 잡아줘야 할 사람들이 이러한 두 가지 심리요인과 익명이라는 가면에 얼굴을 숨겨 잘못된 정보는 널리 퍼질 때까지 정정되지 못하게 되는 것이다.

08

선은 왜 숨어야만 했는가?

- 차민준

The Goods and the Ills

While the Goods proceed from Jupiter, and are given, not alike to all, but singly, and separately; and one by one to those who are able to discern them.

지구가 생성된 직후에는 선(善)과 악(惡)이 다 동등하게 인간사에 끼어들었습니다. 그리하여 선과 악 어느 쪽도 일방적으로 인간 세상을 지배하지 않았지요. 선이 악을 압도하여 인간들을 전적으로 축복받게 하지 않았고, 또한 악이 압도적으로 선을 능가하여 인간을 비참하게 할 수도 없었습니다. 그러나 인간들의 어리석음 때문에 악이 그 수를 무섭게 증가하고 위력을 떨치게 됩니다. 마침내 악이 인간사에 참여할 선의 몫을 탈취하고 지구에서 선을 몰아낼 것처럼 보였습니다.

그래서 선이 제우스신에게 자신이 받은 대우에 대해 불평하면서 동시에 악에게서 자기를 보호해 주시기를 빌었습니다. 그리고 인간들과 어떻게 화합할 것인

가 하는 방식에 관해 충고도 해달라고 기원했습니다. 제우스는 보호해 달라는 선의 요구를 들어주었고 이어서 명령했습니다. 장차 선(善) 네가 떼를 지어 한꺼번에 인간들 사이로 들어가면 적개심이 강한 악(惡)의 공격을 받게 될 것이다. 그러니 그렇게 하지 말고 홀로 들어가 눈에 띄지 않게, 그것도 드문드문 시간의 간격을 두고 예상치 못하는 시간을 골라 인간들 속으로 들어가라고 가르쳐 주었습니다. 이런 까닭으로 지구가 악으로 가득 차게 된 것입니다. 악은 언제든지 제 마음이 내키는 대로 왔다 가며, 가더라도 절대로 멀리 가지 않기 때문이라는 것이었습니다. 반면 선은 다만 하나씩하나씩 가끔 나타나며 하늘에서부터 먼 길을 여행하고 와야 되기 때문에 어쩌다가 한 번씩 우리 눈에 띄기 때문이지요.

***

진정 선(善)은 악(惡)을 이길 수 없는가

선과 악 이야기를 듣자 마자 떠오른 생각은 '왜 선은 악을 이길 수 없는가?'에 대한 것이었다. 최근 외국 SNS상에서 유명해진 '선'의 전염을 다룬 광고가 있었다. 한 사람이 선한 행동을 취할 때 주변에 있는 사람도 다른 방식으로 사람을 돕는 선한 행동을 한다는 그런 내용이었다. 그걸 보면서 나도 뭔가 마음이 따뜻해진다는 느낌을 느낄 수 있었다.

한 사람의 선행이 주위에 영향을 끼쳐 퍼져나갈 수 있다는 것을 생각하면서 나도 그렇게 선행의 대열에 끼고 싶었다. 우리 사회가 언뜻 보면 정직하지 않은 사람이 이익을 챙긴다는 말을 많이 하지만 난 그런 말보다 나부터 선행을 시작하여 그런 말이 조금이라도 사라졌으면 하는 희망을 가졌다. 선이 악을 구축하여 밀어내는 현상이 요원의 불길처럼 퍼져나가는 모습을 상상하기도 하였다. 그리고 그런 바람직한 현상이 충분히 가능하다고 보았다. 그래서 더 의문점이 가기 시작했다. 악은 선보다 전염이 더 잘 되어서일까? 퍼져 나가는 선을 어떻게 악이 가로막을까? 이런 생각들을 여러 가지 방식으로 정리해 보았다.

번화가를 지나다 다리가 불편한 장애인이 바닥에 주저앉아 구걸을 하는 모습을 보고 '연민'을 느낀 적이 있었다. 하지만 선뜻 도와줄 생각이 나지 않았다. 노숙자가 내밀던 통에는 이미 다른 사람이 적선한 돈이 들어 있었고, 그걸 보면서 나는 '다른 사람들이 돕겠지'라는 생각에 그쳐 그 자리를 지나쳤다. 빈 통 안에 동전이 있다는 것은 앞서 그 장애인을 보았던 사람들의 선행이 있었다는 뜻인데 난 그 선행의 흔적을 보고도 그냥 지나치고 말았다. 남의 어려움을 보고 도와주는 선행은 분명 아름답고 장려할 만하다. 그렇지만 그냥 생각에만 그치고 행동하지 않았던 당시의 나의 사례와 같이, 선은 다양한 형태로 전파해 나가지만 전파 도중에 힘을 잃어 생각에 그쳐 '無'가 되기도 한다는 것이다.

하지만 악은 다르다. 악은 때로는 한 사람의 희생으로 많은 사람들의 관심을 모으는 경우가 있다. 학교생활에서 흔히 있는 집단 언어폭력을 생각해 보자. 한 학생이 눈에 띄는 단점을 하나 가지고 있다 하자.(예를 들어 까맣다, 뚱뚱하다 등) 단점을 가진 친구는 이유 없이 주변에서 공격을 받게 된다. 그로써 많은 사람들이 멸시의 웃음을 짓고 그 집단 속에서 약점을 가진 친구는 점점 더 많은 친구들의 놀림거리가 된다. 하지만 문제는 여기서 그치지 않는다. 이런 집단 놀림에 문제점은 많은 사람이 참여하기 때문에 없는 말도 만들어져 유통되는 것이다. 그로써 약점을 가진 친구는 훨씬 더 큰 상처를 안고 지내게 된다. 이처럼 선이 지속성을 갖기 어려운 것과는 달리, 악은 강력한 힘을 갖고 있어서 어떤 제지가 있더라도 보이지 않게 더 멀리 더 빨리 더 자극적으로 퍼져 나가게 된다.

선과 달리 악이 더욱 강한 영향력을 미치는 또 다른 이유는 완벽한 '선'의 기준이 없기 때문이다. 분명 개념상 선과 악은 확실히 구별이 된다. 하지만 일상생활에선 선의 기준은 모호하다. 그래서 사람들은 '아! 나는 지금 선한 행동을 하고 있어'라고 생각하지만 주변인들에게는 나의 행동이 '악'으로 여겨지기도 한다. 자신이 생각하기에 선이라고 판단된 사실도 우리가 살아가는 사회 현실의 맥락상 선이라고 보기 어려운 일도 많다. 사람은 어쩔 수 없이 지극히 주관적이다. 물론 다수가 선이라고 평가한다고 해도 그것이 진정한 선인지도 쉽게 판단하기 어렵기도 하다. 그래도 사람은 사회적 동물이니 내가 속한 이 사회의 다수의 판단을 존중한다면 다수가 선이라도 판단하면 선이라고 보는 것이 유연할 것이다. 그래서 개인이 스스로 선이라고 단정한다고 해도 다수가 거부하면 선이 되기 어렵기도 하니 우리 현실에서 선의 개념이 모호해지는 경우가 많다. 그래서 더욱 선한 행위를 하기 어려운 것 같다.

화제를 돌려 보자. 요즘 SNS에서 웃지 못할 사건을 패러디한 만화가 떠돌던 적이 있었다. '한 여성이 바다에 빠져 해상구조요원이 그 여성을 가까스로 건져 인공호흡을 했다. 구조 요원의 필사적인 노력 끝에 여성은 정신을 차렸다. 그런데 그 여성이 죽음 위기에서 자신을 구해 준 그 해상구조요원을 추행으로 고소를 했다. 인공호흡 과정 중 가슴을 만지고 강제로 키스를 했다는 이유였다. 어이없게도 재판 결과 법원은 최종적으로 여성의 손을 들어주었다.

또 이런 일도 있었다. 소방관이 구조신고를 받고 산에 헬기를 끌고 올라갔는데. 등산객들이 정상에서 비켜주지 않아 헬기를 착륙시키지 못했고 우여곡절 끝에 다른 곳에 헬기를 착륙시켰다. 그들의 횡포는 여기서 끝나지 않았다. 구조가 끝난 구조대에게 몇몇의 등산객이 찾아와 항의를 했다. 바로 도시락에 먼지가 들어갔다는 것이다. 소방관들에게 대접하는 공짜 커피가 맘에 들지 않았던 사람들은 그러한 작은 대접조차도 문제가 있으니 시정해 달라고 건의했다.

이러한 사례들에서 보듯이 선행을 한 사람에게 이런 일이 반복되면 사람들이 선행을 하고 싶은 의지도 잃게 된다. 결국 '선(善)의 대물림'이 이어지지 않게 되는 것이다. 이러한 배은망덕이 선한 사람들에게 세상에 대한 분노와 좌절을 불러 일으켜 '선의 날개'를 분지르는 결과가 되는 것이다. 이런 일을 겪고 누가 남들을 도우겠다고 나서겠는가. 하지만 이렇게 팍팍한 세상에서도 '선'을 행하는 사람들이 있다. 그런데도 어떻게 '악'은 선행을 한사람들을 궁지로 몰아놓기도 한다.

선과 악이 이러한 행동의 차이를 보이는 근본 원인은 무엇일까? 나는 그 원인을 선과 악의 정신적인 상태의 차이 때문이라고 생각한다. 그렇다면 선과 악의 행동에서 찾아 볼 수 있는 정신적 상태는 어떠할까? 이 우화에서 선은 악에 의해서 자신의 자리를 점점 잃어가자 악과의 타협이 아닌 최고 권력자인 제우스에게 가서 중재를 부탁하는 소극적인 자세를 보인다. 이 행동을 다르게 해석해 본다면 선은 자신과 잘 맞지 않는 '악'이라는 존재를 피해 자신에게 호의적인 제우스를 찾아가는 것이다. 이런 행동과 유사한 병적 증세가 있다. 바로 성격장애 중 하나인 '회피형 인격장애'이다. 만약 선이 악에게 '공존'이라는 단어를 부탁한다면 거절당할 확률이 매우 높다. 선도 그것을 알고 거절당하는 것이 무서워 최고 권력자에게 매달리는 이런 행동이 '회피형 인격장애' 병적 증세 중 하나이다. 이와 반대로 악은 '자기애적 인격 장애'가 의심된다. 선과의 균형을 파괴하고 더 많은 '자신'의 자리를 만들어 나가는 행위와 사람들 눈에 잘 띄는 곳에서만 존재하던 행위도 '자기애적 인격장애' 환자에게서 쉽게 찾아 볼수 있는 증세이기 때문이다.

우리 사회에 선행을 한 사람에게 기가 찬 일이 많이 일어난다. 보답을 바라고 한 선행도 있겠지만 대부분 순수한 마음으로 어려움에 처한 사람을 도왔을 것이다. 그런 일을 겪게 되면 세상 사람들에게 실망하고 심한 경우에 질려 버리지 않겠는가. 더욱이 선행을 한 뒤에 돌아온 것이 정신적, 육체적 손해라면 오히려 배신감에 치를 떨지 않을까. 이런 일이 많이 발생하면 그 사회가 바람직한 공동체로 존재하기 어렵다. 이처럼 선이 악보다 퍼져나가지 못하는 시점에서 진짜 선마저 악으로 둔갑시켜 버리는 사회에 선은 바로 설 자리가 줄어들고 있다. 선이 악을 뛰어넘는 날을 만들기 위해서는 사람들의 '인식'에 올바른 축을 바로 세워야 할 것이다.

09 토끼와 개구리

– 임재성

The Rabbits and the Frogs

So the rabbits decided to go to the pond, and go drown.

어느 날 토끼들이 함께 모여 자신들의 불행한 운명을 통탄했습니다. 사방 가득히 위험에 노출된 데다 스스로를 지탱할 힘도 없고 용기도 없었기 때문이었습니다. 인간, 개, 새, 그 밖에도 숱한 포식자들이 토끼들을 노리고 매일같이 토끼들을 죽이고 먹어 치웠습니다. 그리하여 그러한 박해를 더 참고 사느니 차라리 그들의 비참한 삶을 종식시키기로 결심했습니다. 그들은 단호한 결심을 하고 물속으로 몸을 던지려고 이웃에 있는 연못을 향해 일제히 달려갔습니다. 제방 위에는 많은 개구리들이 앉아 있다가, 토끼들이 우르르 뛰어 오는 소리를 듣고 일제히 물로 뛰어들어 깊은 곳에 몸을 숨겼습니다. 그러자 무리 중에 지혜가 있고 나이도 지긋한 토끼가 동료들을 향해 소리쳤습니다.

"모두들 발을 멈추고 용기를 가지시게나. 우리 자살하지 말았으면 하네. 여길 보시게나! 여기에 우리를 무서워하고 우리보다 더 겁이 많은 개구리들을 보시게나."

***

자살을 강요하는 사회, 보호해 주지 못하는 사회

토끼와 개구리 이야기는 사회적으로 위험에 처한 토끼들이 단체로 자살하러 연못으로 갔는데 자신보다 더 약한 개구리를 보면서 마음을 고쳐 먹고 자살하지 않았다는 내용이 중심이다. 처음 이 우화를 접했을 때 단번에 우리 사회의 현실을 떠올렸다. 포식자, 사냥꾼 등이 지배하는 자연 환경은 토끼가 쉽게 살아갈 만한 사회가 아니다. 우리가 살아가는 사회에서도 토끼와 같이 수많은 위험요소에 둘러싸여 험난한 삶을 살아가야 하는 사람들이 많다. 서로 존중하고 배려하면서 살아가야 한다고 학교에서 배우지만 막상 사회에 진출하여 맞닥뜨리는 현실은 그리 녹록치 않다. 또 설령 지금 우리가 고등학교에서 정말 열심히 공부하여 대학에 들어 간다고 해도 그 뒤에 이어지는 현실이 그리 쉽지 않다.

OECD 통계에 나타난 한국 청년 실업률을 보라. 2015년 7월 발행된 것이다. 청년 실업률 10% 정도라면 참으로 심각하지 않는가. 대학을 나와도 제대로 된 정규직 자리를 구하기가 하늘의 별따기가 되었으니 말이다. 어쩌면 청년 실업률에서 나타난 심각한 상황이 우리에겐 정말 이 세상이 강자만 존재할 수 있는 살벌한 지경을 보여줄 것 같다. 취업한 자는 그 험난한 세상에서 낙원으로 가는 열차에 올라타고 대다수는 그 행렬에서 떨어져 험난한 삶을 영위해야 하니 말이다. 공무원 시험에 목숨을 거는 수많은 청춘들의 대학 생활을 보라.

아래 보고서는 OECD 2015년 고용 전망이라는 자료인데, 그중 청년 실업률 (15~29세)이 눈에 확 들어왔다. 이 비율은 NEET 지수라고 하는데 'Not in Education, Employment, or Training'의 약자이다. 그러니까 학생도 아니고 취업도 안 하고 직업 훈련을 받고 있지도 않는 사람의 비율을 말한다. 자발적이든 혹은 강요된 것이든 사회에 수용되기를 스스로 거부하고 있는 계층인데 이 비율을 나타낸 그래프이다.

15~29세를 대상으로 했고 OECD 평균은 14%이며, 요즘 문제가 되어 있는 그리스, 스페인, 터키, 멕시코 등이 엄청난 비율의 NEET 지수를 보이고 있다. 말하자면 '미래 계획' 자체가 형성되어 있지 않은 집단의 비율이 동 연령대의 1/4이라면 심각하지 않은가. 이들의 생활은 그러면 가족, 또는 사회 보장 제도에 의한 구제, 혹은 단기 시간 근로로 충당되어야 하기 때문이다.

우리나라 비율은 18%로 매우 높다. 우리보다 높은 국가가 그러니까 터키, 그리스, 이태리 멕시코, 스페인, 칠레, 슬로바키아 정도이다. 주지하다시피 우리나라의 교육 지수를 생각해 보면 학력 인구 중 고교생 비율은 95% 이상이고 대학생은 80%에 육박하기 때문에 '교육 중'인 인원을 뺀 수치가 위 NEET 지수가 된다.

그렇게 험난한 세상에서 살아가는 우리 학생들이 겪어야 할 숱한 일들이 두렵게 느껴진다. 그런 삭막한 현실에서 남으로부터 고통을 당한 사람들의 사례가 부지기수로 보도되는 것에서 또한 절망감을 맛보게 된다. 트라우마 또는 외상후 스트레스 장애라는 단어는 한 번쯤은 들어 본 적이 있을 것이다. 흔히 드라마, 영화에서 주인공이 가족, 친구를 사고로 잃는 경험이 있어 그걸 극복하는 소재로 많이 나오는데 이 작품 중 나오는 토끼 집단은 모두 다 외상 후 스트레스 장애를 겪고 있다고 보면 된다. 함께 평화롭게 살아가던 동료 토끼들이 갑자기 포식자에게 잡아먹히는 모습을 바로 옆에서 목격할 때 느끼는 공포감, 분노, 수치, 자괴감, 억압 등 갖가지 복합적인 감정을 느낄 수밖에 없다. 그리고 그러한 사태가 지난 뒤에도 토끼들의 뇌리에는 명치끝을 찌르는 듯한 기억이 갑자기 북받쳐 올라 자신도 모르는 행위를 하게 된다. 그리고 그 트라우마를 극복하는 것은 엄청나게 많은 시간이 필요하다. 개구리도 저렇게 살아 있다는 현실을 보고 스스로 바보 같다는 생각에 자살을 포기하고 삶에 최선을 다하는 것이 불가능할지 모른다. 언제 자신도 죽을지 모른다는 공포가 집단을 지배하여 자살을 하러 가게 만든다. 하지만 아이러니컬하게도 그들은 자신보다 더욱 약한 존재를 보게 된다. 바로 개구리다. 우리 사회도 마찬가지다. 스스로 약한 계층에 속한다고 생각하는 사람들이 자살 충동을 느낄 즈음에는 그보다 훨씬 열악한 계층이 존재하니, 각 계층마다 어쩌면 모두 트라우마로 인한 자살 충동을 갖고 있는 것이 아닌지 모르겠다.

　토끼들은 자신보다 약한 존재인 개구리들도 살아남으려고 한다. 무슨 이유로 자신보다 약한 존재를 보고 그들은 살아갈 의미를 얻었을까 하는 생각이 저절로 들었다. 사람들이 자신의 삶에 절망하면 다른 사람의 생활이 눈에 들어오기나 할까. 자기보다 못한 사람들의 열악한 삶을 목격하면 정말 자살을 포기할까? 여러 가지 생각이 든다. 실제로 자살 충동을 느낀 사람들이 아주 사소한 말에도 자

일본 자살명소에 붙여진 간판

살을 포기한다고 하지 않는가? 자살의 공간으로 유명한 장소에 쓰인 사소한 문구 하나가 사람들의 생존 의욕을 불러일으킨다고 하니 신기하기만 하다. "1분만 기다려봐, 하드디스크는 지우고 왔니?"라는 글귀가 적혀 있다. 매년 뉴스에서는 사회에 여러 가지 따돌림에 대해서 기사를 내보낸다. 학교폭력, 회사 사원 심지어 노인정에까지 따돌림 현상이 공공연히 일어나고 있다. 그중에서도 학교폭력에 대해 유심히 살펴보도록 하자 이솝우화 토끼와 개구리를 학교에

대입 해보자면 여우, 사냥꾼 같은 포식자는 잘나가는 애들, 토끼는 평범한 학생 개구리는 소외된 학생들이라고 비유할 수 있겠다.

토끼 무리는 평범한 학생집단과 유사하다. 하지만 그들은 포식자인 일진들이 자신들 중 한 명을 괴롭힐지 모른다는 생각을 가지고 있고 우화 속에서 그들은 스스로 저항을 하지 않았다. 왜냐하면 사방에 위험이 노출이 되어 있기 때문이 었다. 그리고 그들은 자살을 하러 갔고 개구리를 목격하게 된다. 자신들보다 약한 존재들도 어떻게든 살고 있는 것을 보고, 자살을 시도하려는 마음을 고쳐 먹고 다시 살아가려고 한다. 이 우화에서 늙은 토끼가 하는 말을 다시 살펴 보자.

"여러 친구들, 발을 멈추시오. 용기를 가지시오. 결국 자살하지 맙시다. 여길 보시오! 여기에 우리를 무서워하고 우리보다 더 겁이 많은 개구리들이 있는 것을 보십시오."

토끼들은 자신의 환경을 탓하지 않았다. 오직 자신보다 열약한 존재를 보고 삶을 포기하지 않고 다시 삶에 대한 의욕을 가지게 된다. 이런 일들이 벌어지는 상황을 보고 나는 정말 슬펐다. 사회로 인해 자신이 피해를 보았지만 자신보다 약한 존재도 있다고 하면서 위안을 삼는 모습은 현대 사회에서 보호받지 못하는 많은 사람이 떠올랐기 때문이다. 정글같이 이웃을 경쟁 상대로 여겨 짓밟으려 하는 현실에서 토끼와 같은 사람인들 무슨 의욕이 있을 것인가.

그런데 이솝은 토끼와 개구리라는 이야기로 인간사회에 대해 무엇을 이야기 하고자 했을까? 나는 사회 제도에 대해서라고 주장하려 했다고 생각한다. 인간은 동물과 살아가는 방식이 다르다. 서로 이야기를 하며 의견이 다르더라도 상대방을 마음대로 죽이는 것이 용인되지 않는다. 서로의 의견이 대립이 격하게 되더라도, 서로를 보호하기 위한 장치로 법을 운용하고 있다. 그런데도 법의 존재와 상관없이 부당한 현실에 사람들은 자살하고 만다.

이 예로 학교폭력 피해자들이 자살하는 경우이다. 자연에서는 피식자의 수가 줄어들면 포식자는 줄어든다. 하지만 인간 사회에서는 피해자들이 고통 받고 자살하더라도 가해자의 수는 그대로이다. 자연에서는 포식자, 피식자 둘 다 생명이 걸려 있지만 인간사회에서는 그렇지 않다. 피해자들은 부당한 현실에 못 이겨 자살하지만, 토끼와 비슷한 처지인 우리는 그것을 방관하고 있고, 다음에는 내 차례가 아니길 빌고 있는 것처럼 보인다.

앞서 말한 것처럼 우리의 사회제도로 사람들이 고통에 못 이겨 자살하는 것을 막을 수는 있다. 학교에서는 117, 학교폭력예방교육, 인성교육 등을 하여 충분히 예방을 할 수가 있다. 매번 학교폭력 예방교육을 들으면 117 신고를 강조하며 적극적으로 권장한다. 하지만 우리가 직접 만나는 상황은 엄중하다. StoryonTV '이승연과 100인의 여자' 39화의 〈학교 폭력 신고상담 전화 117, 그 실체는?〉이라는 방송에서 우리는 충격적인 결과를 볼 수가 있다 상담사와 인터넷 연결 시간은 24시간으로 되어 있지만 제대로 연결되는 사례가 적다. 설령 연결된다 하더라도 상담사가 상담을 대충하며 이상한 말을 하는 것을 볼 수 있었다. 그리고 상담실에 설치된 6개의 전화기 모두 응답 거절로 되어 있는 상황을 불 수가 있었다. 이처럼 아무리 좋은 사회제도라도 제대로 관리를 안 하면 오히려 무용지물이 되고 만다.

인간은 사회적 동물이기 때문에 서로 대화를 나누며 소통을 할 줄 아는 생명체이다. 그리고 공동체를 구성하는 모든 사람들이 법이나 도덕의 이름으로 공평하게 보호받아야 한다. 구성원 각자가 처한 계층이 각각 달라도 이 사회에서 모두 보호받아야 한다. 그것도 공평하게 보호받아야 한다. 자살하러 연못에 갔다가 개구리들을 보고 자살을 포기하는 그런 존재가 아니라 애초부터 모든 사람들이 자신의 삶에 자존감을 가지고 살아갈 수 있도록 사회제도가 뒷받침되어야 한다. 개구리들도 소외받아서는 안 된다. 그들도 지금 자신이 처한 열악한 환경을 이겨내고 더 나은 삶을 보장받을 수 있도록 사회 전체가 노력을 기울여야 하며, 자신의 현 상황에 너무 절망하여 삶의 의지까지 상실하는 일이 없도록 우리 모두 노력을 기울여야 한다. 모든 사람들은 보호받아야 할 인권이 있다.

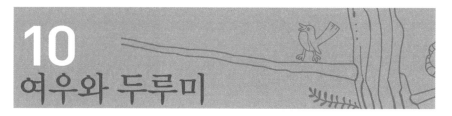

10
여우와 두루미

- 임재성

The and Fox the Stork.

"Pray do not apologize," said the Stork.

여우가 두루미를 저녁만찬에 초대했는데, 거기서 나온 식사는 크고 평평한 접시 바닥에 깔린 묽은 죽뿐이었습니다. 여우는 맛있게 그것을 홀랑 핥아먹었습니다. 그러나 두루미는 긴 부리로 그 맛있는 죽을 좀 먹어보려고 노력했지만 허사였습니다.

얼마 후 이번에는 두루미가 여우를 초대하고는 여우 앞에다 길고 좁은 목이 달린 주전자를 놓아주었습니다. 두루미는 쉽게 부리를 그 주전자 속으로 집어넣을 수 있었지요. 이처럼 두루미가 만찬을 즐기는 동안 여우는 배를 곯으며 속절없이 앉아 있었습니다. 그 식기에 담긴 구미가 동하는 내용물에 입을 대는 것은 불가능한 일이었습니다.

＊＊＊

문화의 차이로 인한 선입견과 편견

 이 이야기는 어렸을 때 누구나 접했던 유명한 우화이다. 여기에 등장하는 여우는 매우 무례해 보인다. 저녁식사에 두루미를 초대하여 그를 곤혹하게 만들었으며 두루미를 배려하지 않았기 때문이다. 물론 나중에는 자신도 똑같이 두루미에게 당하는 결말로 이야기는 끝이 난다. 우리는 이 장면에서 대부분 정당한 복수라고 생각을 하는데, 과연 그럴까?

 이것이 여우와 두루미의 문화의 차이라고 생각한다. 우리가 흔히 다큐멘터리 프로그램과 여행 프로그램을 보면 각 나라마다 기후가 달라서 식사예절을 비롯한 여러 가지 풍습이 다른 것을 볼 수가 있는데 어렸을 때 보았던 영화 인디아나 존스(Indiana Jones And The Temple Of Doom, 1984)[5]에서 문화권 차이에 대해 매우 감명 깊은 장면이 있었다. 주인공과 일행들은 악당의 계략으로 인해 타고 있던 비행기가 추락하지만 구사일생으로 살아남아 인도의 한 마을에 가게 된다. 주민들은

그들이 시바신이 보낸 자들이라 믿고 극진히 대접하는데 여주인공이 벌레 등으로 요리된 음식을 보자 기겁하면서 거절하고 그것을 본 인디아나 존스가 그녀의 행동이 매우 무례하다면서 음식을 거절하지 말라고 하는 장면이 나온다.

 이 영화에서 보여주듯이 여주인공은 식기구를 사용하고 벌레를 먹지 않는 문화권에서 자랐다. 인도에서 손을 사용하여 음식을 먹는 문화와 벌레를 날 것으로 먹는 문화를 거절하는 모습을 보였다. 한 나라 안에서도 음식에 대한 선입견이 생기는 경우가 있다. 도시 사람이 시골 사람의 밥상을 봐도 못 먹겠다고 말할 수

---

5 영화감독 스티븐 스필버그가 1981년에 처음 제작한 영화 인디아나 존스이며 가공의 인물인 고고학자 인디아나 존스(해리슨 포드 역)의 모험을 다루었다. 지금 소개하는 작품은 인디아나 존스의 2번째 시리즈이다.

있고 지역이 달라 음식을 거부하는 경우도 있다.

각 나라마다 환경이 다르고 문화권이 다르다. 음식 문화가 다른 것은 너무나 당연하다. 이 우화에 나오는 여우와 두루미도 서로 자란 환경이 다르니 식사 방법이 당연히 다른 것이다. 남을 초대했을 때 당연히 사람마다 문화의 차이가 있으니 손님에게 적합한 요리를 대접해야 한다. 하지만 우리가 여행을 다닐 때 현지인에게 초대를 받았다고 한번 가정을 해보자. 당연히 그 나라의 문화를 따라야 하며 식사 예절도 그들 풍습에 맞추어야 한다. 물론 종교적인 문제로 인한 음식을 가리거나, 방문객의 신체적 상황을 배려해야 할 경우에는 주인에게 조용하게 요청할 수 있다. 그런 특별한 사정이 아니라면 문화의 차이로 거절하면, 오히려 손님이 매우 무례하게 보이게 된다.

인디아나 존스는 문화에 대한 선입견을 가지게 할 수 있는 작품 중 하나이다. 인디아나 존스 일행이 마을을 떠나 판콧 성으로 떠나게 되는데, 판콧 성에 도착하여 판콧 성의 국왕을 모시는 차타 랄 수상을 만나게 되어 식사에 초대를 받게 되고, 국왕과 높은 사람들이 모인 식사인 만큼 진귀한 요리가 나오는데, 뱀 요리, 풍뎅이 요리, 눈알 스프 그리고 원숭이 골 요리가 나온다. 주인공 일행은 도저히 먹지 못하고 음식을 혐오한다는 듯하는 표정이 영화에서 나오는데 이 장면 때문에 아시아에 대한 편견이 가득하다는 악평을 받아야 했다. 씨네21[6]에서는 이것을 오히려 아시아의 음식 풍속을 미개하게 여기는 백인들을 비꼬는 풍자라고 언급하였지만, 인도인들 입장에서는 기분 나쁠 것이 자명한 사실이다. 실제로 스필버그는 인도계 미국인으로부터 "어디 당신 영화에 정통파 유대인들이 경악하는 돼지고기나 여러 가지를 넣어 만들어보라"는 항의성 편지도 받았다.

각 나라마다 고유의 문화가 있고 문화는 존중되어야 한다. 우리가 무심코 봤던 영화, 드라마, 책, 잡지, 인터넷 등 매체에서 다른 나라의 문화를 비하하는 경우가 있다. 문화가 다르다고 해서 비하하는 것보다 문화를 존중하고 수용하는 태도를 가져야 하는 것이 바람직하다.

---

6 대한민국의 영화잡지 이며 주간지이다. 1995년 5월에 창간호가 발매됐다

문화의 차이로 인한 오해와 수치심

문화의 차이가 상대방에게 오해를 일으킬 수도 있다. 종교와 문화가 다른 상대방을 배려해야 하는 상황이 간혹 있는데, 그것을 인지하지 못해 상대방에게 무례를 범하면 수치심을 줄 수 있다는 것이다. 예를 들어 우리나라가 다문화 가정이 점점 늘어가고 있는데, 다문화 가정의 부모 중 한 사람이 이슬람 국가 출신이기 때문에 돼지고기를 먹지 못하는데, 급식에 돼지고기가 있는 경우가 있다. 또 힌두교 출신 노동자가 회식자리에서 뜻하지 않게 소고기를 먹어야 하게 되는 경우가 있다. 이런 음식 문화 차이가 발생할 때 무작정 강요하는 것보다 서로 따뜻하게 이해하고 배려해 주는 자세가 필요하다. 문화의 수준에 차이가 있는 것이 아니라 그저 다를 뿐이다. 이러한 문화의 차이는 적절한 대화와 소통을 하면 충분히 해결된다.

하지만 두루미는 여우에게 복수를 하려고 똑같이 저녁식사에 초대를 하게 되고 자신이 당한 것처럼 상대방을 골탕 먹인다. 여우가 두루미를 대접했을 때 접시를 내어 곤혹하게 만든 것처럼 두루미도 여우에게 긴 목이 달린 주전자에 담아 음식을 대접하여 여우를 난감하게 한다. 과연 여우와 두루미는 무슨 감정을 느꼈을까. 아마도 둘이 공통적으로 느낀 감정은 수치심이었을 것이다.

수치심은 인간의 체면과 직결된 문제이다. 인간은 다른 사람을 창피한 존재로 만들어 버리는 행위를 통해 모종의 쾌감을 느낀다. 흔히들 어린 아이들이 친구들을 놀리고 골탕 먹이는 모습에서 비슷한 것을 확인할 수 있다. 물론 작은 실수나 우스꽝스러운 행동에 웃는 정도는 동심의 발현이고, 모두가 함께 웃을 수 있는 유쾌함이 묻어난다. 그런 정도의 장난은 충분히 받아들일 수 있다. 그러나 여기 우화에 나오는 저녁식사 초대의 장면은 상대방을 배려하지 못한 여우의 행위가 두루미에게 수치심을 주었다. 그것도 매우 악의적인 행위였다. 우리가 살아가면서 다른 사람에게 나쁘게 대하면 자기도 그렇게 대접받을 것이라는 교훈을 일깨워 준다.

우리는 살면서 의견차이 혹은 문화 차이로 인한 문제가 생길 수 있다 그리고 무의식적으로 그 사람에게 심적으로 상처를 줄 수도 있으며 그 사람을 위한 행

동이여도 실례가 되는 경우가 있을 것이다. 여우와 두루미의 상대를 대접하는 모습에서 여러 가지 시사점을 찾을 수 있다. 상대방의 좋지 않은 의도에서 나온 접대일지라도 상대를 조금이라도 이해하면 갈등이 조금이라도 해소되지 않을까. 상대방이 그렇게 한다고 해서, '이에는 이, 눈에는 눈'처럼 대응하면 갈등이 더욱 커질 것이다. 그렇게 진행해 나가면 우리 사회는 온통 갈등과 혼란으로 점쳐지는 정말 심각한 상황에 처할 수 있으니만큼 상대를 더욱 신중하고도 예의 있게 대해야 한다.

11
양의 탈을 쓴 늑대

– 이승민

The Wolf in Sheep's Clothing

The night, mistakenly caught up the Wolf instead of a sheep, and killed him instantly.

늑대 한 마리가 목동에게 들키지 않고 한 무리의 양들을 잡아먹으려고 변장하기로 마음을 먹었습니다. 늑대가 양가죽으로 몸을 감싸고 양들이 초원에 나와 있을 때 그 사이에 살짝 끼어들었습니다. 늑대는 목동을 완전히 속일 수 있었고, 저녁이 되어 목동이 양 떼를 몰아 우리 속으로 몰아넣을 때 양들과 같이 우리에 들어갈 수 있었습니다. 그런데 바로 그날 밤 공교롭게도 식탁에 양고기를 올릴 필요가 생긴 목동이 양가죽을 둘러 변장한 늑대를 양으로 잘못 알고 그 자리에서 잡아 칼로 죽여 버렸습니다.

∗∗∗

아무도 뒷일은 쉽게 예상하지 못한다

늦대가 양의 탈을 쓰고 양의 무리에 들어갔을 땐 양과 목동이 알아차리지 못할 정도로 변장을 잘했지만, 늑대는 한 가지 큰 실수를 범하였다. 눈앞에 있는 양을 잡아먹겠다는 마음이 너무 앞선 나머지 그 뒤에 이어지는 상황까지는 고려하지 못했던 것이다. 저녁에 목동이 양을 이끌고 우리로 가는 것을 알았다면 무리하게 변장까지 하여 양의 무리에 들어가지 않았을 것이며, 잡아 먹히지도 않았을 것이다. 어쩌면 목동이 양을 요리한다는 사실을 미리 알았더라면 애초부터 그러하지 않았을 것이다. 설령 우리 안에 갇히더라도 목동의 눈에 띄지 않도록 들어가기 전에 방법을 생각한 후 들어갔어야 했다. 하지만 모든 일에 완벽히 대비했다고 생각해 일이 벌어지더라도 예상치 못한 일이 발생할 수 있다. 이 상황은 생방송에서 쉽게 찾아볼 수 있다. KBS에서 〈여우사이〉라는 파일럿 프로그램 7이 방송된 적이 있는데 그 방송은 라디오와 TV의 장점을 결합한 새로운 형식의 방송이었다. 가수 유희열, MC 정형돈, 방송작가 유병재가 출연하였고 생방

---

7 정규편성에 앞서 1~2편을 미리 내보내 향후 고정적으로 방송할지를 결정하기 위해 만든 샘플 프로그램이다. 파일럿 프로그램을 내보낸 결과 시청자들의 반응이 좋으면 정규 프로그램으로 편성하게 된다.[네이버 지식백과] 파일럿 프로그램 [pilot program] (시사상식사전, 박문각)

송으로 진행된 라디오를 영상으로 편집하여 TV 영상으로 보여주는 프로그램이 었는데 처음 방송되는 프로그램이라 스태프들은 기계조작이 미흡했고 예기치 않게 MC 정형돈의 몸 상태 난조로 진행이 순조롭지 못했다. 게다가 라디오가 생방송으로 진행돼 실수를 하면 되돌릴 수 없었다. 가수 유희열은 라디오 프로그램 경험 많은 베테랑이었지만 긴장한 나머지 식은땀까지 흘리며 손을 떨고 말았다. 잠시 후, 방송하기 전 모습을 보여주었는데, 유희열은 준비는 완벽하다며 소리치는 모습이 나왔다.

이처럼 완벽한 준비를 했다고 확신하더라도 예상치 못한 일이 발생하면 당황하게 되는데 이 우화의 늑대는 대책도 없이 우리에 갇혀서 죽음에 이르게 되었다. 인간이 지금 당장의 이익만 생각하고 이 일을 선택한 후 일어날 일들을 생각하지 않은 점을 비판하려 했다.

과도한 욕심을 버려라

직접 사냥을 하지 않고 편하게 먹이를 구하려는 욕심으로 인해 늑대는 벌을 받았다. 욕심에 대해 언급하고 있는 톨스토이의 어느 작품에 보면, 일정한 돈을 지급하면 걸어갔다가 돌아온 거리만큼 땅을 지급한다는 내용이 나온다. 단, 해가 떨어지기 전까지 도착하지 않으면 땅을 주지 않는다는 조건을 주었다. 그 소설을 듣게 된 어떤 사람이 돈을 지급한 뒤 쉬지 않고 달려갔다. 열심히 달려간 사람은 땀범벅이 되고 발이 퉁퉁 부었다. 땅을 많이 차지하겠다는 욕심을 부린 탓에 아주 멀리 간 사람은 출발지에 돌아오지 못했다.

톨스토이는 '사람이 소유할 수 있는 땅은 얼마나 되겠는가.'라는 교훈을 남겼다고 한다. 지나친 욕심으로 패가망신하는 경우가 참으로 많다. 문제는 사람들이 자신이 욕심을 부리는 것을 제대로 인식하지 못하는 데 있다. 현금 1억원만 소유해도 거액인데 사람들은 막상 1억 원을 갖게 되면 더욱 욕심을 부린다. 금액이 높아질수록 여유로운 삶의 자세는 사라지고 탐욕의 단계까지 올라 10억, 100억을 갖고자 갈망하는 것이다. 그러는 과정에서 육체적, 정신적으로 무리하게 되니 탈이 나는 것이다

제 꾀에 넘어가다

뒤에 일어날 일을 생각하지 않고 욕심을 부린 사례를 찾아보았다. 프로야구에서 롯데가 2015년 12월 10일 한화 이글스의 유망주 최영환 선수를 영입했다. 최영환 선수는 2014시즌 신인 드래프트에서 2라운드 1차로 지명된 선수로 향후 한화 이글스의 마무리 투수로 기대를 한 몸에 받는 선수였다. 그런 선수를 한화가 롯데에게 꾀를 부리려다 황당하게 빼앗겼다. 최영환 선수는 9, 10월에 받은 팔꿈치 수술로 내년에 정상적인 출전이 어렵고 재활 시간이 필요해 육성선수로 신분을 바꿀 것을 제안했다. 자유계약(FA)[8]시장에서 2명의 선수를 영입했기 때문에 각 구단이 원하는 선수를 내보내야 해서 보류 선수 중 20명만 보호할 수 있었던 한화는 최영환 선수를 지키기 위해 육성선수로 바꾸는 꾀를 쓴 것이다. 하지만 선수와 구단 모두가 동의해야 육성선수로 전환이 가능했다. 최영환 선수는 보류선수에서 빠지게 됐고 보류선수가 아니면 다른 구단과 내년에 계약을 할 수 있는 권리를 갖게 돼서 방출과 같은 뜻을 지니게 됐다. 그 틈을 탄 롯데는 부산 출신인 최영환 선수를 합법적인 철차로 계약을 맺었다. 한화 구단은 보호선수로 등록하지 않고 선수를 빼기지 않으려고 꾀를 쓰다가 자유계약으로 선수를 보내게 됐다.

전세계 경제의 흔들림

꾀를 부린 다른 사례로 리먼 브라더스 사태를 예로 들어볼까 한다. '서브 프라임 모기지'[9]는 대부의 일종으로 신용등급이 낮은 사람은 돈을 빌리기 힘들지만 집을 담보로 내놓는다면 돈을 빌려주는 제도이다. 이 제도가 도입된 이유는 미국이 경기가 심각하게 침체하여 저금리 정책을 펼치게 되고 정책의 시행으로 부동산 가격이 가파르게 상승하였던 것과 관련이 있다. 매일 주택의 가격이 상승

---

8 일정 기간 자신이 속한 팀에서 활동한 뒤에 다른 팀과 자유롭게 계약을 맺어 이적할 수 있는 자유계약선수 또는 그 제도를 일컫는다.[네이버 지식백과] 자유계약선수 [free agent] (시사상식사전, 박문각)
9 신용등급이 낮은 저소득층들을 대상으로 집 시세의 거의 100% 수준의 주택자금을 빌려주는 미국의 주택담보대출상품 [네이버 지식백과] 서브 프라임 모기지(비우량주택담보대출) (지식경제용어사전, 2010. 11., 대한민국정부)

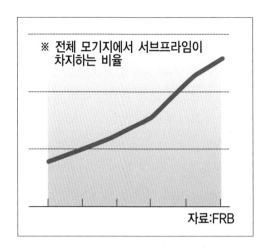

※ 전체 모기지에서 서브프라임이 차지하는 비율

자료:FRB

하기 때문에 은행은 고객을 늘리기 위해 주택을 소유하고 있는 사람이라면 신용등급과 관계없이 주택가격의 100%까지 대출을 해주었다. 그냥 주택만 소유하고 있으면 신용등급과 상관없이 무차별로 대출해 주었으니 엄청난 돈이 시중에 풀리게 되는 것이다. 투자 목적으로 시중에 돈이 풀려도 인플레이션 현상이 발생하는데 이 모기지는 엄청난 거액의 대출금이 시중에 풀렸으니 그 후유증은 굳이 말하지 않아도 알 수 있다.

하지만 저금리 정책이 끝나게 된 후론 주택의 가격은 내려가게 되고 신용등급과 관계없이 대출을 받았기 때문에 능력이 되지 않은 사람들은 갚을 수가 없어서 파산하게 된다. 처음엔, 부실 규모가 얼마 되지 않았지만 서브프라임 모기지에 리먼 브라더스와 같은 투자은행이 파생된 상품을 만들어서 부실 규모가 10배가 되고 미국의 경제는 직격탄을 맞게 된다. 견디지 못한 은행은 무너지게 되었다. 미래는 오기 전까지 아무도 모른다고 하지만, 주택가격이 내렸을 때 채무이행 능력이 어려운 신용불량자들의 채무를 어떻게 해결할 것인지에 대한 대책을 세웠어야 했다. 단기간의 실적 위주의 경제 정책이 엄청난 재앙으로 변한 것이다. 세계화 시대에 전지구적 금융 위기가 발생한 상황을 상상만 해도 아찔하다. 어마어마한 규모의 공적자금을 투입하여 일시적으로 위기를 넘겼지만 리먼 브라더스 사태가 전지구적으로 끼친 영향은 실로 컸다. 우선 눈앞의 이익에 함몰되어 사후에 어떤 결과를 초래할지 몰라 일을 저지른 학습 효과 치고는 수업료가 너무나 비쌌다.

자본주의 자유경제시장 체제에서 경제생활을 하는 현실에서 욕망이 반드시 나쁘다고는 생각하지 않는다. '보이지 않는 손' 의 작용에 의해 시장에서 수요와

공급의 균형에 의해 가격이 결정된다는 애덤 스미스의 경제 이론 그 바탕에는 각 경제 주체가 각각 욕망을 갖고 있어 경제가 성장하게 된다고 하지 않았던가. 욕망이 있어야 자기가 이루고 싶은 꿈을 이루기 위해 노력을 기울이고 장기간의 체계적인 계획도 수립하기 때문이다. 그 욕망으로 내가 결심한 일이 실패해서 후회하더라도 내가 이 일을 하지 않아서 후회하게 되는 것보다는 의미가 있기 때문이다.

　하지만 지나친 욕망으로 가장 중요한 것을 잃게 될 수 있으니 그 욕망으로 잃을 것이 많을지 얻을 것이 많을지 잘 생각해야 한다. 세상사 지나치면 부족함만 못한 것 아니겠는가. 적절한 욕망이야 이해할 수 있겠지만 무엇이든 지나치면 우환이 될지니, 무엇인가 자신의 욕망을 충족하기 위한 행동에 들어가더라도 장기적이고 체계적인 관점에 분석하고 시행해야 피해를 최소화할 수 있다. 기껏 양고기 먹겠다고 자신의 목숨까지 버리는 어리석음을 범해서 되겠는가. 그리고 단편적인 시각에서 지나치게 욕심을 부리면 엄청난 재앙을 초래할 수 있다는 것을 명심할 필요가 있다.

12 소 외양간에 들어온 수사슴

– 이승민

The Stag in the Ox-Stall

We indeed wish you well, but the danger is not over.

수사슴 한 마리가 사냥개들에게 쫓겨 어떤 농장으로 피신했습니다. 외양간에는 많은 소들이 각각의 칸막이에 갇혀 있었고, 수사슴은 빈 칸막이를 찾아 건초 밑에 몸을 숨기고 누웠습니다. 그런데 건초 사이로 뿔의 끝자락이 드러나 있었습니다. 곁에 있던 소 한 마리가 목동에게 붙잡힐지도 모르는데 그런 위험한 모험을 하느냐고 충고합니다. 그러자 수사슴은 소들에게 침묵을 지켜주면 밤에 어둠을 틈타 도망하겠노라고 말합니다.

그날 오후 내내 일꾼들 몇 명이 외양간으로 들어와 소들에게 필요한 것을 제공해 주었지만 누구도 수사슴이 그곳에 있다는 것을 눈치채지 못했습니다. 따라서 수사슴은 자신의 탈주를 자축하기 시작했으며 소들에게 감사했습니다. 그러자 아까 충고했던 그 소가 아직은 위험하다고 말합니다. 일꾼들과 달리 주인은 매우 예리하니 들킬 것이라는 겁니다.

그런데도 수사슴은 그냥 버티고 있었습니다. 조금 뒤에 주인이 들어와 외양간을 살펴보더니 목동들에게 지시합니다. 소들에게 건초를 더 먹이고 깔짚을 많이 깔아 주라는 것이지요. 그리고 주인이 손수 수사슴이 숨어 있는 건초더미에서 건초를 한 아름 안아들었습니다. 그 순간 주인은 숨어 있는 수사슴을 발견하였습니다. 주인은 일꾼들을 불러 즉시 사슴을 붙잡아 도살하게 하였습니다.

***

수사슴은 어떤 사람에 비유할 수 있을까

우리는 다른 사람의 충고를 귀담아듣지 않는다. 내가 하고 싶은 일을 하더라도 다른 사람이 내 행동에 충고를 건네면 그 상황은 나에게 하는 말이 모두 핀잔 같고 듣기 싫은 소리로 들려 그 장소를 벗어나고 싶다. 하지만 충고하는 사람은 나를 괴롭게 하기 위해서가 아니라 더 잘되라고 하는 마음에서 충고한다. 그런데도 그 충고를 한 귀로 듣고 한 귀로 흘리다가는 불행한 결과를 초래한다.

이 책에 나오는 수사슴은 소의 충고를 듣지 않고 숨어 있다가 주인에게 발각되고 말았다. 소는 외양간에 오랫동안 살고 있고 누구보다 자기 주인을 잘 알고 있으므로 진정으로 수사슴에게 충고하였다. 하지만 수사슴은 소의 충고를 깊이 듣지 않고 그대로 숨어 있다가 봉변을 당하게 되었다. 수사슴이 스스로 생각하기에 외양간이 가장 안전하다고 여겨서 도망가지 않았을 것이다. 여기서 책상

위에서 공론을 일삼는 정책입안자의 행위가 생각난다. 명문 대학을 졸업하고 어려운 고시에 합격하여 정부의 고위 관료가 된 사람들의 행위 말이다. 그들이 정책을 입안하고 계획을 수립하여 실행하는 과정에서 현지의 사정을 전혀 고려하지 않아 낭패한 경우를 많이 보게 된다. 현지인의 고통을 보지도 듣지도 않고 정책을 수립하는 것이다. 정부에서 정책을 만들면 이론적으로야 국민에게 효과적일 수 있지만, 그곳에 사는 사람들의 체감은 다를 수 있다. 수사슴이 외양간의 상황에 능통한 소의 충고를 새겨듣지 않고 자기 생각만 고집하다 결국 주인에게 도살당하는 모습이 탁상공론으로 낭패를 겪는 정책 입안자와 흡사하다. 수사슴이야 그저 자신의 목숨만 희생되었겠지만, 정부의 공무원이 낭패를 겪는 것은 애꿎은 국민에게 엄청난 피해를 준다는 것이 심각한 문제가 아닌가.

수사슴처럼 현 상황이 안전할 것으로 생각하는 경우는 우리 일상생활에서도 비일비재하다. 바로 안전 불감증이다. 우리 주변 지역 범죄나 화재 등 여러 가지 사건, 사고로 뉴스에 나오면 많이 놀란다. 우리 주변에서는 절대 일어나지 않을 것 같은 일들이 실제로 일어나고 있다. 언제 어디서 무슨 일이 생길지도 모르는 상황에 안전하다고만 생각해 조심하지 않는다면 큰일이 생길 수도 있다는 생각을 하게 되었다. 사람은 기본적으로 자신이 위험에 처해지지 않았다고 믿고 싶은 생각이 강하다. 위험에 처해 있다고 믿게 되면 그것을 생각하느라 정신적으로 번거롭게 되고, 귀찮아하기 때문에 스스로에게 '괜찮아, 괜찮아' 하면서 주문을 걸다가 결국 낭패를 당하는 경우가 많다. 위험이 눈앞에 닥쳐와도 그렇게 실감하지 못하는 경우가 대부분이다. 실제로 안전 불감증에 젖어 있으면 자신이 직접적 피해를 겪는 순간까지 심각성을 인식하지 못하며, 자신의 사고방식으로만 세상을 바라보는 어리석음을 범할 수 있다.

학교에서도 마찬가지로 지진대피훈련을 하거나 민방위훈련 등 혹시 모를 비상상황에 대비하여 훈련하는데 훈련이 시작되면 책상 밑으로 들어가지 않거나 선생님의 지시를 잘 따르지 않는 학생들이 있다. 대피 법을 잘 알고 있다고 생각하거나 우리나라에선 큰 지진이 자주 일어나지도 않아서 모두가 안전할 것으로 생각한다. 언제든지 자연재해 등과 같은 위험에 처해질 수 있다고 생각하면서 비상사태에 대비하는 매뉴얼을 따라 충실하게 대비 훈련을 하지 않는 것이다. 설마 우리나라에 그런 엄청난 재해가 발생할까 하면서 훈련을 소홀히 하는 것이다. 그래서 그런지 모르겠지만 우리나라에 커다란 재난이 닥치면 국민들의 안전 불감증을 질타하는 언론보도가 이어진다. 정부를 향해 많은 예산을 어디 쓰고 온 국민에게 심각한 재난을 안기느냐고 비난하는 경우가 많은데, 국민들 각자의 안전 불감증도 그리 간단한 것이 아니다. 이 나라 정부도 결국 이 나라 국민들이 만들어 운영하는 것인데, 국민들 모두가 안전 불감증에 젖어 있으니 정부인들 어쩌랴!

안일한 자세가 불행을 초래한다

지진을 소재로 한 드라마가 있다. JTBC에서 〈디데이〉라는 드라마가 방영됐는데 서울에서 지진이 일어나 절망적인 상황 속에서 피어나는 인간애와 생명에 대해 다룬 드라마다. 이 드라마 속에서 TV에 지진이 일어날지도 모른다는 방송이 나왔지만, 서울에 무슨 지진이 일어나겠느냐고 말하며 사람들이 채널을 돌린다. 며칠이 지나지 않아 지진이 일어난다. 우리도 마찬가지로 전문가들이 지진이 우리나라에 일어날 수도 있다는 말을 하지만 귀 기울여 듣지 않는다.

2015년 9월 16일 칠레 이야펠에서 8.3 강도의 지진이 일어난 적이 있었다. 하지만 우려한 만큼 피해 규모가 크지 않았다고 전문가들은 말했다. 그 이유는 지구는 여러 개의 판으로 구성 되어있고 맨틀 위에서 서로 움직이며 경계선의 마찰로 인해 지진이나 화산 폭발이 나타나게 된다. 칠레는 그 경계에 있는 땅이라서 사람이 체감할 수 없을 정도의 지진과 체감할 수 있는 지진을 합하면 연간 200만 번의 지진을 겪는 나라이기 때문에 신축 건물을 지을 때 9.0 강도의 지진도 견딜 수 있는 엄격한 내진 설계 기준이 정해져 있어서 피해가 크지 않았다. 칠레는 지진이 자주 일어났지만, 정확히 언제 8.3 강도의 강진이 일어날 것이라곤 예상하지 못했을 것이다. 미래에 어떤 일이 일어날지 모르는데 엄격한 내진 설계 기준 덕분에 참사를 피할 수 있었다. 항상 그다음 상황을 생각하면서 미리 대비하는 자세가 필요하다.

우리나라에선 새로 건물을 짓는 건설업계 관계자들은 책임감을 느끼고 건물을 지어야 하고, 국회의원들은 건축에 관한 입법 시에 내진 설계 기준을 더 강화하고 엄격한 관리 감독을 해야 한다. 또한, 이런 방송 프로그램이나 영화를 통해 지진에 대한 경각심을 불러일으켜 혹시 일어날지 모르는 지진에 잘 대비할 수 있었으면 한다.

보건복지부에서 금연광고를 위해 제작한 영상이 아주 반응이 뜨거웠다. "후두암 주세요.", "폐암 하나 주세요." 등등 경각심을 불러일으키는 광고였다. 한 여성이 가게에 들어와 "후두암 1mg 주세요."라고 말하며 담배를 사고 있었다. 판매자 옆의 유리관에 갇힌 자신이 "안 돼!"라고 소리치지만, 자신에겐 보이지 않은 듯했다. 여러 사람이 담배를 사려고 가게에 들어와 질병의 명을 대며 구매할 때 옆의 유리관에서 자신이 괴로워하며 사지 마라고 소리치지만, 자신에겐 보이지 않았고 담배를 구매하고 가게를 나갔다. 광고에 나오는 배우들이 고통스러워하는 모습이 무섭기도 했고 기억에 많이 남았던 공익광고였다. 흡연자가 이 광고를 시청했다면 손에 쥐고 있는 담배에 대해 한 번 생각할 수 있는 시간을 가졌을 것이다. 금연광고로 인해 담배를 파는 소매인들이 법원에 금연광고를 금지해 달라며 가처분 신청[10]을 냈지만, 법원에서는 "흡연이 질병을 얻게 한다는 것을 상징적으로 표현한다."며 소매인들의 명예를 훼손하지 않았다고 판결이 났다. 공익광고로 인해 소매인들이 법원에 가처분 신청한 일을 봤을 때 소비자들의 마음을 변화시키는 광고의 힘이 얼마나 강한지 볼 수 있었다. 이렇듯 지진대피훈련과 민방위훈련 등을 적극적으로 참여할 수 있도록 광고 제작과 캠페인을 하고 교육을 통해 강조해야 한다. 하지만 그 어떤 대책을 세워 놓아도 국민 각자의 행동변화 이상으로 효과를 낼 수 있는 방책은 없다.

이웃 나라 일본의 경우를 보면 그들의 비상대피 훈련은 정말 진지하다. 우리와 달리 유난히 재해를 많이 겪어서 학습효과가 되어 그런지 모르지만, TV에 가

---

10 긴급을 요하는 사건에 대해 빠른 시간안에 법원의 결정을 구하는 제도다. 정식 재판과 달리 심문없이 서류만으로도 결정을 내릴 수 있다. 따라서 복잡한 사안이 아닐 경우 한달이면 법원의 판단이 내려진다.[네이버 지식백과] 가처분 신청 (한경 경제용어사전, 한국경제신문/한경닷컴)

끔 비친 그들의 훈련에 임하는 자세는 우리와 달리 신중하면서도 진지하다. 그런데 우린 주위에서 대형 사고를 그렇게 겪는데도 막상 재난 훈련을 하면 대강 참여하는 모습을 보인다. 이 우화에 나오는 수사슴처럼 오직 자신만의 생각에 도취해 스스로 안전하다는 인식에 빠져 있기 때문이다

이런 상황이 계속된다면 만약 우리나라가 비상상황이 발생했을 때, 사람들은 커다란 혼란에 빠져 대참사가 일어나게 된다. 위의 표에서 우리나라의 지진발생

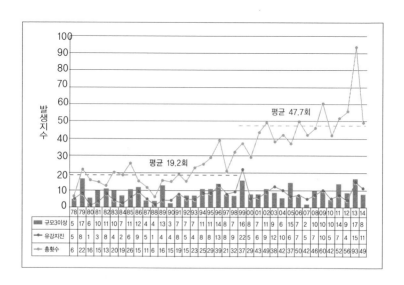

을 78년~98년의 지진발생 횟수와 99년~14년까지의 지진발생 횟수를 비교해 보면 2배 이상 증가한 것을 알 수 있다. 지진이 일어나는 횟수가 해가 지나면서 증가하고 있다. 이 표를 보고 나중에 지진이 많이 일어난다고 단정짓기는 어렵지만 큰 진동을 견디지 못하는 건물들이 많이 생겨나고 다양한 형태의 건축물이 건설되기 때문에 지진 위험도는 커지고 있다. 자의적으로 판단하여 안전한 상황이라고 쉽게 안심해서는 안 된다.

13
우유 짜는 소녀와 들통

– 백민기

The milkmaid and her pail

"Do not count your chickens before they are hatched."

우유 짜는 소녀가 젖소의 젖을 짜러 나갔습니다. 그러고는 금방 짠 젖을 가득 담은 들통을 머리에 이고 착유장에서 돌아오는 길에 깊은 생각을 하게 됩니다.

"지금 이 들통에 담긴 젖으로 크림을 만들 수 있다. 그것을 버터로 만들어 장에 가지고 나가 팔아 돈을 많이 벌 것이다. 그리고 그 돈으로 달걀을 많이 사서 부화하게 하면 병아리들이 나오겠지. 곧 꽤 큰 닭 농장을 갖게 되고, 그 많은 닭들을 팔아 번 돈으로 예쁜 새옷을 사서 축제에 갈 때 입어야지. 그러면 모든 젊은 남자들이 나에게 다가와서 사랑을 구걸하겠지. 그렇지만 난 콧대를 세우고 그들을 무시하고 아무 말도 하지 않을 거야."

생각에 잠겨 머리에 이고 있는 들통은 잊어 버리고 자신의 상상에 맞게 몸동작으로 장단을 맞추면서 머리를 흔들었습니다. 그때 들통이 떨어지면서 모든 젖

을 흘리고 말았습니다. 동시에 그녀의 멋진 상상의 세계는 순식간에 사라지고 말았습니다.

$$***$$

소녀의 상상은 잘못된 것일까?

이 우화에서는 쓸데없는 상상으로 우유를 쏟아 버리는 소녀의 행위를 보여 주고 있다. 이 우화의 장면을 생각해 보자. 소녀는 우유를 들고 오는 길에 상상에 빠진다. 우유를 시작으로 상상의 나래에 빠지면서 점점 큰 차원으로 꿈을 펼쳐 간다. 소녀는 그 상상에 너무 심취한 나머지, 우유를 쏟아 버린다. 이러한 소녀의 행동에 우리는 '김칫국부터 마시지 마' 또는 '부화하기 전에 병아리 수를 세지 마' 라는 교훈을 떠올릴 수 있다. 그런데 여기서 소녀의 상상은 정말 잘못된 것일까? 필자는 소녀의 상상이 반드시 잘못이라고는 생각하지 않는다. 소녀의 상상들은 원래 없었던 생각들이고, 우유는 다시 짜면 된다. 우유를 쏟은 것이 그리 대수이겠는가. 그리고 그렇게 새로 짠 우유가 소녀의 상상을 현실로 만들어 준다면 이미 쏟은 우유는 그리 아까워할 필요가 없다.

상상은 즐겁다

상상은 즐겁다. 우리 미래의 꿈을 간접적으로 체험할 수 있게 하고, 그러한 상상은 미래의 꿈에 다가가는 동기가 된다. 소녀는 우유를 쏟았지만, 다시 상상하면 되고, 다시 꿈을 향해 나아가면 된다. 비록 그 상상이 이루어지지 않는다는 것을 알았음에도 그러한 꿈을 다시 꾸어야 미래에 자신의 꿈을 이룰 수 있다. 그래서 나는 이렇게 말하고 싶다.

상상해라! 김칫국을 마셔라! 부화되기 전에 병아리 수를 세라!

다시 강조하지만 이 우화가 주는 교훈을 대중들이 너무나 획일적으로 받아들이는 것이 안타깝다. 이 이야기를 다른 방향에서 접근하고 싶다. 소녀가 '상상'을 하다가 우유를 흘렸을 뿐, 그것이 비판의 대상이 되어선 곤란하다. 만약 소녀가 우유를 흘리지 않았다면 어떻게 되었을까? 상상해 보자! 소녀는 위 글처럼 우유로 크림을 만들고, 크림을 버터로 만들고, 그 버터를 팔아, 달걀을 샀을 수도 있다. 또 그 달걀이 부화해서 큰 닭 농장을 가지게 되었을 수도 있다. 그러면 정말 소녀의 상상대로 소녀는 예쁜 새옷을 입고 축제에 갔을 수도 있다. 소녀의 상상은 전혀 불가능하지 않다. 상상은 가능성을 물고 이어진다. 상상의 꼬리를 길게 물고 이어진 꿈은 상상의 가능성을 따라가다 보면 전혀 불가능한 것이 아니다. 오히려 꿈을 이루어주기 위한 좋은 틀이 될 것이라 확신한다.

상상은 현실이 된다

여자 역도 75kg 이상 급에서 그랜드 슬램[11]을 차지한 장미란 선수는 경기 중에

---

11 카드놀이인 브리지게임에서 패 13장 전부를 따는 '압승'을 뜻하는 용어에서 유래되었다고 한다. 그랜드슬램이라는 용어는 스포츠에서 한 선수가 여러 메이저대회를 한 해에 석권한 것을 의미한다. 장미란 선수는 베이징올림픽, 역도세계선수권대회, 광저우아시아게임을 석권하며 그랜드 슬램을 이루었다.

일어날 수 있는 모든 상황을 미리 '상상' 했다고 한다. 실제로 흔히 스포츠 선수들은 경기 전에 자신의 경기에 대해 '상상'을 하고 경기에 임한다. 이것을 '이미지 트레이닝' 이라고 말한다. 이는 따로 훈련 시간이 있을 만큼 선수들에게 중요한 작용을 한다. 경기에서 최고, 최상의 결과를 내기 위해 자신이 있을 경기 내용을 아주 구체적으로 '상상' 하고 미리 경험한다. 이것은 경기에서 최고, 최상의 결과를 이끌어 낸다. 물론 대회에 참가하기 위해 오랜 시간에 걸쳐 엄청난 훈련을 할 것이다. 그저 상상만 한다고 자신에게 그런 열매가 그냥 떡하니 오는 것이 아니다. 단순반복적인 훈련만 하는 것이 아니라 훈련을 끊임없이 하면서도 자신의 미래의 꿈을 상상해야 한다. 실제로 대회에 나가서 스스로 어떻게 경기에 임하고 어떤 결과를 상상하느냐 않느냐의 결과는 생각보다 커다란 차이를 만들어 낸다.

상상이 어떻게 현실로?

상상이 어떻게 현실로 이뤄지나? '애초부터 불가능한 일은 상상만으로 되지 않는다.' 라는 말을 들으면 우리 모두 어쩔 수 없이 스스로 자신감을 잃고 자신을 의심할 것이다. 물론 '그래도 상상하라. 그럼 이루어진다.' 라는 말을 무작정 주장하고 싶진 않다. 걸어다니는 우리들이 그저 상상한다고 한들, 하늘을 날 수 있겠는가? 바다 속에서 숨을 쉴 수 있겠는가? 불가능하다. 하지만, 우리가 하는 상상은 현실에 근접하게 다가온다. 전혀 불가능한 것이야 어떤 경우든 불가능하다. 그런데 여기에서 말하는 상상은 인간의 힘으로 접근할 수 있는 범위 내를 말한다.

불가능하다고 여겼던 올림픽 금메달은 상상을 통해 다가왔다. 금메달은 불가능처럼 보였다. 아무리 연습을 열심히 한들, 실전에서 컨디션이 좋지 않아, 들어 올리지 못하거나, 운이 좋지 않거나, 올림픽 전에 부상을 당한다든지 등등의 사정들이 발목을 잡을 수 있다. 올림픽에서 메달을 딴다는 것조차 불가능하고 어려워 보인다. 이런 것들을 뿌리치고, 올림픽 금메달은 어떻게 가능한가? 그 전에 올림픽 메달을 딴다는 상상을 하지 않고 경기에 임하면 그저 바벨만 반복적으로 들어 올린들 무슨 동기가 생기겠는가?

여기에서 우리 상상에 단계를 만들어 보자. 상상에 상상이 이어지는 것. 올림픽 무대에 오른다. (현실로서 실현 가능하다.) 송진가루를 손에 바른다. (전혀 불가능해 보이지 않는다.) 세 걸음을 걷는다. (실현 가능하다.) 역기 앞에 다가선다. (불가능하지 않다.) 기합을 지른다. (실현 가능하다.) 역기를 잡는다. (실현 가능하다.) 연습처럼 들어올린다. 관객들의 환호성이 들려온다. 이처럼 불가능해 보이는 올림픽 금메달이 상상을 통해 실현가능한 것처럼 보인다. 상상은 현실에 근접하게 다가온다. 다양한 상황이 눈앞에 전개될 것이다. 실현 가능한 경우도 불가능한 경우도 연이어 발생할 것이다. 그래도 상상하고 꿈꾸는 자만이 열매를 거둘 수 있다.

상상, 한계, 그리고 노력

상상은 스포츠 경기뿐만 아니라, 우리 일상생활에서의 미래 설계에도 적용이 가능하다. 미래의 자신의 꿈을 '상상' 하고 미리 경험하는 것은 꿈을 이루는 데 상당한 도움이 된다. 꿈을 향한 미래를 생각하다 보면 한계의 벽에 부딪힐 때도 있을 것이다. 상상은 이런 한계를 현재부터 그것을 극복할 수 있는 시간적 여유를 만들어 준다.

예를 들어 우리가 원하는 대학에 입학하는 상상을 해 보자. 그 대학마다 입학하기 위한 입학 조건이 있을 것이다. 그 입학 조건은 대부분 성적이기 때문에 우리는 대학에 가기 위해 대학에서 요구하는 성적을 성취해 내어야 한다. 우리는 원하는 대학에 입학하는 상상을 할 때, 지금의 시험성적과 대학에서 요구하는 시험성적을 비교해 보면서 현실의 한계를 느낄지도 모른다. 하지만 우리는 상상을 통해 간접적으로 먼저 그 한계의 벽을 경험했기 때문에 그 한계를 극복할 시간을 확보하게 되었다.

한계를 일찍 깨닫고 그것을 극복하기 위해 노력한다면, 원하는 대학에 입학하는 것이 실현된다. 상상 속에서 한계를 인식하고 물러선다면 그 상상은 무의미해진다. 그 한계를 극복하고 그 너머에 있는 목표까지 상상하면서 엄청난 노력을 기울인다면 상상이 성공에 커다란 역할을 하게 된다. 그저 상상만 하면서 이루어지는 일은 세상에 없다. 노력을 동반하고 정성을 기울이면서 상상해야 자신의 목표에 도달할 수 있는 것이다.

　다시 이솝우화 이야기로 돌아가 보자. 이 소녀는 이 이야기 후에 어떻게 되었을까? 이 소녀가 들통을 깨버린 후에도 상상을 계속 이어갔다면, 들통이 깨질 수도 있다는 가능성을 고려하고 다시 상상을 할 것이다. 또 소녀는 들통 이외의 다른 한계를 만날 수도 있다. 들통을 깨버린 한계처럼 다른 한계들도 노력하여 극복한다면 소녀는 상상을 통해 자신의 꿈을 실현할 수 있는 것이다. 그렇다면 언젠가 소녀는 예쁜 새옷을 입고, 축제에 나가는 꿈을 이룰 수 있지 않을까? 소녀의 행위가 어떤 의미로 인식되더라도 소녀의 상상 그 자체를 굳이 부정적으로 인식하지 않았으면 한다. 그 상상이 아무 의미 없는 망상이 아니라 자신의 미래와 직결된 현실을 감안한 상상이기 때문이다. 그래서 다시 한 번 말하고 싶다.

　상상하라! 마치 그것이 현실인 것처럼.

14
돌고래와 고래 그리고 잔챙이 청어

– 백민기

The Dolphins, the Whales, and the Sprat

"We would far rather be destroyed in our battle with each other than admit any interference from you in our affairs."

어느 날 바다에서 함께 지내던 돌고래들과 고래들이 말다툼을 하였는데, 그것이 결국 치열한 싸움으로 번졌습니다. 그 싸움이 그칠 기미는 전혀 보이지 않은 채, 더욱 치열하게 오랜 시간 지속되었습니다. 그때 잔챙이 청어 한 마리가 나타나 자신이 그 싸움을 중지시킬 수 있다고 생각하여 싸움판에 뛰어들어 양측이 화해를 하도록 노력했습니다. 그러나 돌고래 한 마리가 오히려 잔챙이를 멸시하면서 한 마디 던집니다. "너 같은 잔챙이의 화해 제의를 받아들이느니 차라리 양쪽 다 죽을 때까지 싸울 것이다."

***

잔챙이 청어의 행동은 올바른가?

잔챙이 청어는 용기있게 돌고래와 고래들의 싸움을 중재하려고 하지만, 일을 더 크게 벌려 놓고 만다. 돌고래와 고래는 잔챙이 청어를 가소롭게 생각하며 "너 같은 잔챙이의 화해 제의를 받아들이느니 차라리 양쪽 다 죽을 때까지 싸울 것이다."라고 말한다.

싸움을 말리는 것은 둘의 화해를 가져올 수도 있지만, 어설프게 시도한다면 더 큰 싸움을 불러올 수도 있다. 이 이야기는 돌고래 한 마리의 말로 끝났지만 실제 우리가 살아가는 현실은 후자처럼 전개될 가능성이 높다. 잔챙이 청어는 돌고래와 고래가 왜 싸우는지도 모르고 싸움을 중재하러 들어갔으니, 그럴 수밖에 없다. 또 잔챙이 청어는 몸집 차이에서 알 수 있듯이 억지로 무력을 써도 그들을 말릴 힘이 없다. 당연히 그들에게 잔챙이 청어의 싸움을 그만두라는 제의가 가소롭게 들릴 수밖에.

하지만 잔챙이 청어의 이 행동을 과연 나쁘게만 볼 수 있을까? 잔챙이 청어는 옳은 일을 했다. 어쩌면, 바다 속의 평화를 위해, 돌고래와 고래의 종족 다툼을 막기 위해, 그 거대한 고래들의 싸움을 막아서려고 뛰어 든다. 자신이 어떻게 될지도 모르는데 말이다. 싸움을 말린다고 해서 잔챙이 청어에게 거대한 보상이 오거나, 명성을 얻게 된다는 보장이 없는데도 말이다. 잔챙이 청어의 용기 있는 행동에 오히려 박수를 보내야 할 것이다. 여러분들은 어떻게 생각하는가? 잔챙이 청어의 행동이 옳은가? 그렇지 않은가? 잔챙이 청어의 용기 있는 행동에 집중한다면 잔챙이 청어의 행동이 옳다고 생각되기도 하지만, 또 고래들의 싸움을 부추겼다는 결과를 중시한다면, 여러분들은 잔챙이 청어의 행동을 비난할지도 모른다.

여기에 잔챙이 청어의 상황과 비슷한 또 다른 상황이 있다. 이 상황에서는 어떻게 생각되는지 검토해 보도록 하자. 수만 명이 월드컵 경기를 보려고 경기장에 몰려들었다. 수만 명의 관중 속에는 도둑 한 명이 숨어 있었는데, 이 도둑의 목적은 가장 값비싸 보이는 물건을 훔치는 것이었다. 도둑이 가장 비싸 보이는 물건을 탐색하고 있을 때, 한 눈에 봐도 부티 나는 가방이 보였다. 관객들이 축구경기에 몰입하고 있을 때를 틈타 도둑은 그 가방을 훔치고 재빨리 달아났다. 그 물건을 훔친 채로 유유히 집으로 돌아왔고, 그 가방 속에 있는 물품을 확인했다. 가방 속 물건을 확인한 도둑은 겁에 질린 표정이 되었다. 그 물건은 바로 폭탄이었기 때문이다. 그 폭탄은 경기가 끝날 시간에 경기장에서 터지기로 예정되어 있었지만 그 시간이 되자 도둑의 집에서 폭발하게 되었고, 도둑은 결국 안타깝게 목숨을 잃었다.

이 상황을 보자. 여러분들은 어떻게 생각하는가? 도둑이 훔친 죄 값을 받는구나 하며 통쾌해 하고 있는 사람이 있을 수도 있겠지만, 그렇지 않은 사람도 있을 것이다. 위의 이솝우화와 같은 맥락에서 이야기에 접근해 보자. 도둑은 가방을 훔치는 범죄를 저질렀다. 이것은 인간으로서 다른 사람의 사유재산에 피해를 입히는 행동이므로 비난받아야 마땅하지만, 축구 경기장에 있던 수만 명의 관중을 생각해 보라. 도둑이 가방을 훔치지 않았다면 죄 없는 관객 몇 백, 몇 천 명이 부상이나, 최악의 경우 사망에 이를 수도 있었다. 도둑은 가방을 훔친 범죄자인 것은 분명하지만, 수많은 생명을 구하고 자신의 생명을 희생한 영웅으로 볼 수도 있다.

다시 이솝우화 이야기로 돌아가서 두 이야기의 유사점을 찾아보자. 같은 맥락에서 도둑의 행동과 잔챙이 청어의 행동은 잘했다고 하기에도 꺼림칙하고 못했다고 하기에도 찜찜하다. 그 이유는 바로 여러분들의 머릿속 깊숙이 들어 있는 두 가지 관점이 상충하고 있기 때문이다. 먼저, 행위의 동기를 중시하여 읽어보고, 두 번째는 행위를 하고 난 후의 결과에 중시하여 읽어 보자. 동기와 결과를 각각 중시하여 읽었을 때, 두 가지 상황은 어떻게 판단되는가?

몇몇 사람은 벌써 눈치채고 있었겠지만, 위 이야기는 의무론적 관점과 공리주의적 관점을 설명할 때, 자주 등장하는 예시이다. 필자는 '돌고래와 고래와 잔챙이 청어'라는 이솝우화 이야기를 관점의 차이에 따른 다양한 해석을 보여주려고 한다. 먼저, 이 이야기에서 잔챙이 청어의 행동이 옳고 그르냐가 초점이 되므로, 윤리학적 관점에서의 옳고 그름을 따져보려고 한다.

우선, 윤리학이 어떤 학문인지를 알고 넘어가야 할 것 같다. 대부분의 사람들은 윤리라고 하면, '음. 그거 도덕이랑 같은 말 아니야? 라고 말하지만, 도덕이랑 윤리학은 엄연한 차이가 있다. 도덕이랑 윤리학의 차이를 말하는 많은 설명이 있지만, 대개 이해하기 힘들고, 읽으면 읽을수록 관계가 더 불분명해지는 것을 필자가 이미 경험했기 때문에 그러한 설명은 삼가려고 한다. 그 대신, 이해하기 쉽게 겉만 훑고 지나가는 방식으로 설명하려고 한다.

도덕은 단어로 설명하면 실천이다. 옳은 행동을 실천하는 것이다. 윤리학은 옳은 행동을 실천하기 위해 어떤 행동이 옳은 행동인지를 연구하며 옳은 행동의 실천을 지향하는 학문이라고 말할 수 있다. 윤리학은 크게 규범윤리학과 메타윤리학으로 나눌 수 있는데, 규범윤리학은 어떤 행동이 옳은 행동인가를 판단하는 기준인 이론을 명확하게 하고 그것을 현실문제에 적용하는 학문이고, 메타 윤리학은 도덕적 언어의 의미 분석을 주된 목적으로 삼는 학문이다. 우리가 아까 보았던 의무론적 관점과 공리주의적 관점은 모두 윤리학 중 규범윤리학에 속해 있고, 전자는 동기를 중시, 후자는 결과를 중시하여 현실문제에 적용된다.

의무론적 관점은 행위의 결과보다는 동기를 중요시하여 행위를 판단하는 관점이다. 이 관점을 주장하는 대표적인 인물로 칸트와 아퀴나스가 있다. 모든 인간에게 주어지는 보편적 도덕법칙이 있다고 생각하고, 이것에 근거하여 나온 행위들은 모두 옳다고 보는 관점이다. 공리주의적 관점은 공(功), 리(利)라는 한자 뜻 그대로 공공의 이익을 중요시하는 관점이다. 즉, 어떤 행위의 결과가 최대다수의 이익을 얻는다면 그것을 옳은 행위라고 보고, 그렇지 않으면 옳지 않는 행동으로 보는 관점이다.

각 관점에 따라 다시 이솝우화 이야기를 생각해 보자. 우리는 앞서, 잔챙이 청어의 동기에 주목하였을 때, 잔챙이 청어의 행위가 올바르다고 판단할 수 있었는데, 그것은 바로 의무론적 관점에서 판단하여 그러하다. 싸움을 말려야 한다는 보편적 도덕법칙에 준수하여 잔챙이 청어는 행동했기 때문에, 이 관점에서는 용기 있게 뛰어든 행위를 옳다고 본다. 두 고래가 더 싸움을 벌였다는 것에 잔챙이 청어의 행동이 옳지 않다고 판단했다면 그것은 여러분들의 무의식 속에 공리주의적 사고가 깃들여 있다는 것이다. 최대다수의 이익은커녕, 이들의 문제를 더 크게 만들었기 때문에 잔챙이 청어의 행위가 옳지 않다고 본다.

이렇듯 하나의 사건에도 여러 가지 시각에 인한 여러 가지 판단이 존재한다. 하지만 이전까지 우리가 보아왔던 이솝우화나 동화들은 어떠한 행위에 대하여 비판하거나, 어떠한 행위가 옳았다고 주장하는 단편적인 관점이나 교훈만을 우리에게 제시해 왔다. 그래서 우리는 어릴 때, 예전부터 동화나, 이솝우화를 읽을 때, 교훈을 그대로 받아들이고, 지금 그것들을 당연하게 생각하고 있는지도 모르겠다. 어른들은 '양치기 소년'이라는 이야기를 보여주며 우리들에게 '거짓말을 하면 안 돼.'라고 말한다. 앞에서도 보았듯이 여러 가지 관점에 의해서 여러 가지 해석이 나온다. 지금 생각해 보면, 거짓말도 무조건적으로 나쁘지 않은 것 같다. '플라시보' 효과에서 '선의의 거짓말'처럼 거짓말이 더 좋은 결과를 나을 때도 있기 때문이다. 거짓말로써 먹고 사는 직업도 있지 않은가? 소설가도 아무 것도 없는 공간에서 거짓의 이야기를 만들고, 개그맨들도 거짓의 이야기인 콩트를 만들어 사람들에게 웃음을 주기도 한다.

이렇게 보면 '거짓말을 하면 안 된다.' 라는 말을 획일적으로 받아들이면 문제가 된다. 하지만 우리는 항상 답을 찾는 교육을 받아 왔고, 우리는 그 속에 매몰되어 더 이상 답이 아닌 것은 말하기가 부끄러워졌다. 답이 아닌 말을 하면 비웃고 깔보기까지 한다. 어른들이 이미 정해놓은 답만을 말하기에 익숙해져서, 자신의 관점의 이야기를 하는 것 자체가 힘들지도 모른다. 이솝우화와 어른들이 우리에게 해야 할 말은 '이게 틀렸고, 이게 맞아.' 가 아닌, '이건 이렇고 저건 저런데, 넌 어떻게 생각하니?' 라고 묻는 질문이 아니었을까?

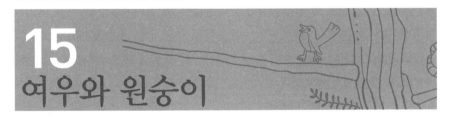

15
여우와 원숭이

– 오동욱

The Fox and the Monkey

The Fox replied, "You have chosen a most appropriate subject for your falsehoods, as I am sure none of your ancestors will be able to contradict you."

여우와 원숭이가 함께 길을 가다가 어느 집안이 명문가인지에 대해 말다툼을 하게 되었습니다. 그렇게 말다툼을 계속하다가 그들이 공동묘지로 들어서게 됩니다. 그때 원숭이가 말다툼을 멈추고 여우에게 말했습니다.

"여기 보이는 이 묘비들은 전부 우리 조상님의 묘비야. 생전에 워낙 유명하신 분들이셔서 그분들을 기리기 위하여 만들어진 묘비지."

그 모습을 본 여우는 원숭이에게 충고하듯 한 마디 건넵니다.

"그 거짓말 계속해 봐, 친구야. 아무도 너의 거짓말을 믿지 않아."

* * *

허세란 한순간의 자부심일 뿐이다

이 이야기에서 원숭이는 여우에게 자신의 가문이 더욱 명문이라는 것을 증명하기 위하여 거짓말을 하게 된다. 이런 일들은 우리 주변에서 종종 일어나는 일이기도 하다. 어떠한 집단에서 자신이 그 분야에서 최고라는 것을 인식시키기 위한 허세와 매우 유사하다고 본다. 친구들 사이에서나 경쟁자들 사이에서 우리들은 가끔 거짓된 말을 써서라도 허세를 부리기 때문이다.

그런 허세의 말로는 결국 허세를 들키고 야유를 받거나 창피당하는 것으로 귀착되고 만다. 만약 허세가 잘 통하여 자신이 그 분야에서 일인자가 되었다고 한들 그 상황이 오래 지속되지 못한다. 그가 책임져야 하는 무게를 감당해 나가야 하기 때문에 능력이 전혀 없으면서도 허세를 부리는 일은 결국 좋지 못하게 되는 것이다. 이런 이야기를 하는 나도 가끔은 허세를 부리긴 한다.

허세는 성공가도의 장애물이다

이 이야기에서 원숭이가 자신의 가문이 여우보다 명문이라고 하여도 이미 자신의 가문을 드높이기 위한 허세를 부리는 것 때문에 오히려 그 가치를 상실하게 된다. 여우가 원숭이의 허세를 꿰뚫고 있기 때문이다. 설령 그 가문이 과거에 명문이었을지 몰라도 점점 불필요한 허세 때문에 그 명예가 낮아지게 된다. 오히려 불명예가 될지 모른다. 만약 이 이야기에서 원숭이가 여우의 가문도 명문이라는 것을 시원하게 인정하고 넘어갔다면 평범함 대화 상황이 되었을 것이다. 누구나 자신의 조상은 훌륭하게 보일 것이고 그 가문을 세상에 자랑하고 싶기 때문이다.

그러면 여우도 원숭이의 가문이 명문이거나 계속해서 발전해 나가는 중이라고 긍정적으로 받아들였을 것이다. 하지만 허세를 부리고 그것이 여우에게 간파당한 시점에서 원숭이의 가문 자랑이 오히려 조롱거리로 비하되고 만 것이다. 실제로 어른들의 대화를 들어보면, "내 친구가 말이야"로 시작하면서 그 친구를 자랑하는 것에 맞물려 자신도 그 친구와 동격이라는 것을 은근히 내세우는 경우가 많다. 친구가 공부를 잘했거나 높은 지위에 있다든지 아니면 큰 부자라는 것을 은연중에 드러내면 자신도 그렇게 이미지업 된다고 생각하는 것이다. 하지만 세상은 그런 허세를 쉽게 용납하지 않는다. 오히려 자신을 낮추는 것이 오히려 자신을 높이는 결과를 만든다는 사실을 왜 모를까.

그럼에도 우리는 허세를 부린다

대부분의 어리석은 사람들은 원숭이와 같이 허세를 부리며 살아간다. 그 길이 진실을 솔직하게 말하는 길보다 좋게 보이기 때문이다. 언제 무너져 내릴지 모르는 부실공사와 같은 길인데 말이다. 허세부리지 말고 자신이 꼴찌가 되더라도 그것을 인정하고 받아들이는 편이 모두에게 좋은 결과를 안겨줄 것이다. 만약 이 이야기에서 원숭이가 자신의 가문보다 여우의 가문이 명문이라는 것을 인정하고 후에 자신의 가문을 더욱 명문으로 만들기 위하여 노력한다면 자신의 가문뿐만 아니라 나아가 국가의 이름까지 명예롭게 할 것이라고 생각한다.

이 이야기에서 원숭이는 여우보다 자신의 가문이 더 명문이라는 것을 증명하기 위하여 공동묘지의 묘비들이 전부 자신의 조상님의 묘비라며 허세를 부리고 여우가 그런 허세를 지적한다. 이후의 이야기를 생각해 본다면 여우가 묘비에 다가가서 이름을 확인하여 허세를 지적하고 "이런 허세를 부리는 녀석의 가문이 명문일 리가 없지."라고 말할 것이다. 결국 원숭이는 스스로 자기 무덤을 판 꼴이 된 것이다.

허세를 부리거나 혹은 자신의 무언가를 과시하는 경향이 있는 사람들은 대부분 그 '무언가'에 대해서 약점이 있거나 혹은 트라우마가 있는 사람들이라고 할 수 있다. 가난한 청소년들이 친구들과 어울리기 위하여 스마트 폰이나 게임기, 비싼 옷가지를 사달라고 부모님에게 조르는 것이 적절한 예라고 할 수 있다. 자신이 속한 집단의 아이들이 모두 자신보다 높은 경제적 환경에서 살아가고, 자신은 그 환경에 속해 있지 않고 집단 속에서 겉도는 입장까지 이르게 되면 그때부터 그 아이는 집단에 어울리기 위하여 허세를 부리기 시작하는 것이다. 부모님에게 옷이나 게임기를 사달라고 조르거나, 용돈이 부족하다며 투덜거리지만 다른 아이들 앞에서는 아무렇지 않다는 듯 행동하기 시작하는 것이다.

어른들도 마찬가지이다. 남성의 경우에는 대표적으로 자신의 자동차로 허세를 부리고, 여성의 경우에는 '명품'이라는 글자가 달린 사치품으로(틴트, 립스틱, 옷 등) 허세를 부린다. 누군가는 친구들에게 잘 보이기 위해서 허세를 부리고, 누군가는 자신이 좋아하는 사람에게 잘 보이기 위해서 허세를 부리는 것이다.

청소년들은 또 어떤가. 담배 피우기, 싸움걸기, 가출하기, 인맥 과시하기, 무단결석 등 청소년들은 흔히 비행이라고 하는 행동으로 주변 친구들에게 자신의 이미지를 강화하려고 한다. 하지만 그런 행동들은 자신의 눈에만 그렇게 보일 뿐이지 타인의 관점에서 냉정하게 바라보면 자신의 인생을 자신의 손으로 망치고 있는 멍청한 짓이다. 물론 어린 마음에 허세를 부리다가 크게 혼나거나 망신당하며 조금씩 성장하는 것도 인생의 한 과정이지만, 도가 지나치게 되면 잘못된 인생을 살게 된다.

특히 고등학생이 오토바이를 타면서 친구들에게 자신의 가치를 높이기 위하여 실력도 없으면서 묘기를 부리는 경우가 많은데, 그것은 매우 위험한 짓이다. 그런 행동이 큰 사고로 이어지는 걸 봤고, 그런 사고들이 인터넷에서도 자주 언급된다. 만약 주변에 오토바이로 묘기를 부리며 허세를 부리는 친구가 있다면 부모님에게 알려서 막아라. 그럼 적어도 그 친구가 오토바이로 묘기를 부리다가 허무하게 사고를 당하는 일은 없을 것이다.

허세는 꼭 나쁜 것일까

허세. 실속이 없으면서 겉으로만 무언가가 있는 척하는 것이 허세이다. 많은 사람들이 허세를 부리는 것은 좋지 않다고 생각한다. 하지만 허세라는 것은 때에 따라서 전략적으로 사용할 수 있다. 자신이 무언가가 없는 것처럼 하면서 상대방이 우위를 점하고 있는 듯 말하여 방심하게 만들 수 있고, 반대로 자신이 무언가를 가지고 있는 듯 말하여 상대방을 위축시킬 수 있기 때문이다. 우리가 몇 년 뒤에 수행해야 할 병역을 예로 들어볼까 한다. GOP 대침투작전 사례집의 성공 작전 사례로, 몇몇 부하들을 이끌고 야간순찰을 돌던 중대장이 북한 무장공비를 발견하자, 자기 휘하에 없는 소대를 긴급 편성하여 북한군을 혼란케 한 이야기도 있다.

또한 자신이 사랑하는 사람에게 잘 보이기 위해서 허세를 부리는 사람이 있고, 자신을 믿고 자신을 따라주는 사람들에게 실망을 주기 싫어서 허세를 부리는 사람이 있고, 아무리 힘들어도 걱정을 끼치기 미안해서 참고 견뎌내기 위해 허세를 부리는 사람이 있고, 사랑하는 자식을 위하여 아무리 힘들어도 살만하다며 웃으시는 부모님들이 있다. 요즘 허세를 부린다는 말을 오남용하는 사람들이 많아지기 시작했다. 어떤 분야에 뛰어난 사람이 그 분야에 대해 설명하면 아는 척하면서 허세를 떤다고 하거나 어떤 일에 대해서 진지하게 임해도 허세를 부린다며 질타받는 일이 허다하다. 심지어 익스트림 메탈 같은 과격한 음악을 좋아하는 매니아들을 센 척한다고 말하는 사람들도 있다. 허세를 도가 지나치도록 부리지 않는 것도 중요하지만 허세를 부리지 않는 사람들에게 허세를 부린다며 매도하지 않는 것도 중요한 일이다.

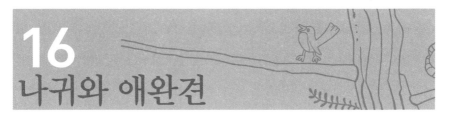

16
나귀와 애완견

– 오동욱

The Ass and the Little Dog

"I got what I deserved for not being myself and trying to copy another animal."

어느 집에 나귀와 애완견이 함께 살았습니다. 나귀는 풍부한 귀리와 건초를 제공받고 외양간에서 잠을 잤습니다. 나귀 스스로 생각해도 어느 나귀 못지않게 유복한 나날이었습니다. 애완견은 주인의 극진한 사랑을 받았습니다. 주인은 그 강아지를 쓰다듬어주고 자주 자기 무릎 위에 눕도록 허락했으며, 외식이라도 하고 오는 날에는 개에게 주려고 으레 한두 점 맛있는 고기를 가져다주곤 했습니다. 그럴 때마다 강아지는 돌아오는 주인을 맞이하러 반갑게 달려 나가곤 했습니다.

그런데 나귀는 하루 종일 농사일에 파김치가 될 정도가 되었습니다. 어느 날 나귀가 자신의 고된 생활과 강아지의 빈둥거리는 생활을 비교하고는 질투심이 타올랐습니다. 그래서 나귀가 고삐를 끊고 외양간에서 나왔습니다. 주인이 밥상

머리에 막 앉았을 때 집 안으로 뛰어들어가 집 안 여기저기를 뛰어다니며 신나게 뛰노는 모습을 재현하였습니다. 작은 귀염둥이 강아지의 신나는 장난을 흉내내면서 큰 덩치에 어울리지 않은 어색한 동작으로 탁자를 엎고 밥그릇을 부수기도 하였습니다. 게다가 강아지가 평소에 하던 짓을 그대로 흉내내어 주인의 무릎 위로 뛰어 오려고 하였습니다.

나귀 때문에 주인이 위험한 상황에 이르자, 하인들이 몽둥이로 나귀를 무자비하게 두들겨 패서 외양간으로 몰고 갔습니다. 그제야 나귀는 높이 울부짖었습니다.

"이건 분명 내가 자초한 짓이다. 그 조그마한 강아지의 우스꽝스런 몸짓을 흉내내어 이런 망신을 당할 것이 아니라 원래 내가 가지고 있는 것에 내가 왜 만족할 수 없었는지 몰라."

* * *

정당한 질투

나귀의 질투는 우리들에게 쉽게 이해가 되는 이야기라고 생각한다. 만약 A라는 사람이 열심히 공부하여 대기업에 어렵게 취직하였는데, B라는 사람이 일을 처리하는 능력이 자신보다 떨어진다. 그런데도 아버지가 그 대기업의 사장이라는 이유로 자신의 상사가 되었고 빈둥빈둥 거리면서 힘들고 열심히 일하는 자신보다 돈을 더 많이 받는 일이 일어난다면 A가 B를 질투하고 시기할 것이라고 생각한다. 아니 정당한 질투라고 할 만하지 않은가. 하지만 그렇다고 해서 A가 B처럼 빈둥거리지는 않을 것이다. A가 합리적인 사람이라면 자신이 일을 더욱 열심히 하여 승진하는 '변하는 것'을 추구할 것이다. 나귀의 질투와 달리 A의 정당한 질투는 삶의 과정에서 전혀 다른, 극히 긍정적인 결과를 낳게 될 것이다.

모방하는 길 노력하는 길

이 이야기에서 나귀는 주인의 애완견을 모방하다가 하인들에게 두들겨 맞게 된다. 만약 이 나귀가 주인의 애완견을 모방하려고 하지 않고 나귀의 본분을 다하고 나귀가 해야 하는 일을 최선을 다해 노력하였다면 이야기의 결말은 나귀의 죽음이 아닌 주인이 가장 아끼는 나귀가 되었을 것이다. 주인에게 애완견과 같은 대우를 받지는 못하더라도 자신이 받을 수 있는 최고의 대우를 받게 될 것이기 때문이다. 타인의 행동을 무작정 모방하기보다는 '자신이 어떻게 하면 저렇게 될 수 있을까' 라는 생각을 가지고 꾸준히 노력을 기울이다 보면 하려고 했던 것을 이루게 될 것이고, 설령 그것을 이루지 못했다고 하더라도 자신의 삶에 후회를 하는 일은 없을 것이다.

낙하산 인사라는 말이 있다. 원래 낙하산이란 공중에서 사람이나 물건 등을 안전하게 낙하시키기 위하여 사용되는 우산 모양의 기구를 뜻한다. 하지만 현대 사회에서는 다른 의미로 불리기도 한다. 흔히 인맥을 이용하여 회사나 기업의 높은 자리에 갑작스럽게 등장하는 것을 뜻한다. 이 우화에서 나귀의 시점으로 보면 애완견이 낙하산을 타고 내려왔다고 생각할 수 있다.

앞에서 언급한 것처럼 만약 A가 대기업에서 열심히 일하여 큰 성과를 내어 승진을 할 기회가 생겼지만 사장의 아들인 B가 그 자리에 배정되어 승진의 기회를 놓치게 되었다. 심지어 그 B가 일을 제대로 처리하지 못하여 자신과 불화를 겪게 된다면 분명 나귀처럼 질투와 분노가 생길 것이다. 하지만 그렇다고 하여 나귀처럼 행동한다면 끝에는 나귀처럼 불행한 결말을 맞이할 것이다. 아무리 분해도 그것을 참아야 하는 것이 현실이기 때문이다.

분명 낙하산 인사라는 것이 정당한 행위는 아니다. 노력한 사람이 더욱 큰 보상을 받지 못하고 별다른 노력을 하지 않은 사람이 더욱 큰 보상을 받는 것이 과연 올바른 것일까? 결코 그렇지 않다. 만약 A가 B보다 뛰어나다면 분명 A가 더욱 큰 보상을 받는 사회가 정의로운 것이다. 자본주의 사회에서 노력의 대가가 충분히 지불되지 않는다면 자본주의 사회의 정의는 어디로 가야 한다는 말일까?

이번에는 모방과 노력에 초점을 맞추어 전개해 볼까 한다. 이 우화에서 나귀는 애완견의 행동을 모방하려다가 오히려 자신의 처신을 더욱 불행하게 만들게 된다. 만약, 이 나귀가 애완견을 보고도 질투하지 않고 자신이 할 일을 열심히 했다면 이야기의 결말은 나귀의 후회로 끝나지 않았을 것이다.

요즘 자기계발서가 유행이다. 특히 서점에 가보면 유명한 사람들이 써놓은 책들이 많은데, 그 책을 보면서 과연 저 책을 읽으면 저 표지에 실린 사람처럼 될 수 있을까? 라는 생각이 든다. 분명 저 사람과 나는 남이고 나는 분명히 저 사람이 될 수 없다. 물론, 그 사람들의 책을 보면 우리 삶에 도움이 될 수 있는 것이 나올지도 모른다. 하지만 그런 책을 보려면 자신에게 얼마나 도움이 되는지를 보고 사는 것이 좋을 것이다. 만약 얻을 것이 별로 없다고 생각한다면 무작정 타인을 모방하지 말고, 차라리 자신의 꿈 실현에 도움이 되는 책을 읽기를 바란다.

17
전나무와 가시나무

– 서정민

The Fir- tree and the Bramble

"Ah, that' s all very well: but you wait till they come with axes and saws to cut you down, and then you' ll wish you were a Bramble and not a Fir."

전나무가 가시나무를 향해 거
만한 자세로 자기 자랑을 하고 있
었다.

"이 불쌍한 것아. 넌 아무데도
쓸모가 없다. 그런데 말이야. 난
어떤 것에든 아주 유용하게 쓰

여. 특히 사람들이 집을 만들 때 말이지. 사람들은 내가 없이는 제대로 살아갈
수 없어."

하지만 전나무의 그 자랑을 듣고 있던 가시나무가 응수한다.

"아, 그건 분명 좋은 일이야. 하지만 조금만 기다려 봐. 사람들이 도끼와 톱을 가지고 와서 널 자를 것이야. 그 땐 전나무가 아니라 가시나무였으면 하고 가슴을 칠 걸."

* * *

이 이야기에 대하여

이 이야기에서는 '어떤 것에도 신경 쓸 일 없는 가난함이 많은 의무를 진 부유함보다 오히려 낫다' 는 교훈을 전달하고 있다. 하지만 현대인의 관점에서 볼 때 이 교훈은 '요새 누가 그래?' 라고 반박할 수 있다. 현대 사회는 가난함보다도 부유함이 추앙받는 시대이다. 또한 세상 어디에도 가난한 것이 낫다고 생각하는 사람은 거의 없을 것이다. 따라서 이 이야기의 교훈을 다르게 볼 것이다.

첫 번째 교훈으로 '모든 것들은 반드시 쓸모가 있다' 를 들 수 있다. 이 교훈을 내세운 까닭은 대화에서 전나무는 '넌 아무데도 쓸모가 없다.' 라고 하지만 가시

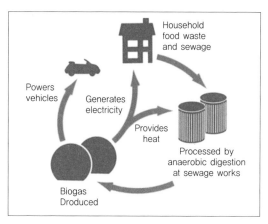

쓰레기를 이용하여 발전기를 돌리는 과정

나무는 그 나름대로 가시가 있다는 특성을 이용하여 자신을 보호하는 데 큰 장점이 있기 때문이다. 이러한 사례로 쓰레기에 관한 내용을 들 수 있다.

우리는 보통 쓰레기를 재활용할 수 없는 자원이라고 여겨 왔다. 재활용조차 안 된다면 더 이상은 그 용도를 찾아볼 수 없는데, 최근에는 이러한 쓰레기가 에너지 발전에 사용되고 있다. 스웨덴에서는 쓰레기를 전력발전용으로 사용한다. 또한 한국에서도 '포스코에너지'가 생활 폐기물을 전력발전에 이용하였다고 한다. 음식물 쓰레기도 예외가 없다. 음식물을 이용하여 바이오에너지로 바꾸는 기술이 개발되면서 미래 에너지 중 한 부분으로 주목을 받고 있다. 이렇듯 더러운 쓰레기에게도 미래 에너지로 사용될 수 있는 그러한 쓰임이 존재한다.

이번에는 석탄과 석유를 예로 들어 보면, 산업혁명 이전, 대부분의 국가들은 농업국가로 어떤 연료를 이용하여 기계를 돌리는 것이 아닌 손을 이용한 노동 그 자체를 했다. 불을 피울 때는 나무나 동물의 기름을 이용하면 됐기 때문에 현대에 비하면 불의 사용도가 낮은 시대였다고 볼 수 있다. 또한 석탄, 석유가 발견된다고 해도 더러운 돌 취급을 당했다. 하지만 무지막지한 벌목으로 인해 대체 연료로 석탄이 조금씩 사용되기 시작하고 산업혁명 이후 그것이 엄청난 연료로 쓰이게 되면서 당시 '검은 다이아몬드'라 불릴 만큼 큰 가치를 지니게 된다. 이후 석유 또한 마찬가지다.

이 우화의 두 번째 교훈으로는 '장점과 단점에는 경계가 없다.' 는 것을 들 수 있겠다. 전나무 자신은 인간들이 집을 지을 때 사용된다는 장점을 말한다. 하지만 거기엔 그렇게 사용된다면 자신이 죽는다는 단점 또한 포함하고 있다. 반대로 가시나무는 어떤 용도로도 쓰일 수 없는 단점이 있지만 그로 인해 자신은 생존할 수 있는 장점을 가지고 있다. 이로 보았을 때 장점과 단점 사이에는 구분 짓는 선이 존재하지 않는다고 이해할 수 있다. 그럼 이 교훈에 대한 예를 찾아보자.

침을 놓고 돌아가려는 꿀벌

먼저 벌의 침에 대해 알아 보자. 대부분의 벌들에게는 자신을 보호하는 무기, 침이 있다. 벌침은 적에게 고통을 줌과 동시에 적이 자신의 무리로 달려들지 않

침을 놓고 돌아가려는 꿀벌

게끔 보호의 역할을 한다. 하지만 이 벌침도 약점이 있는 것이 일회성이라는 것. 또한 그 침을 사용한 벌은 죽게 된다는 것이다. 대부분의 벌들의 침은 자신의 내장과 연결되어있어서 쏨과 동시에 내장도 빠져나옴으로써 죽음을 맞이한다.[12]

로피탈의 정리(L'Hopital's rule)

현 고등 2학년생이라면 대부분이 알고 있는 공식이다. 수능에서의 양날의 검과 같은 존재이다. 로피탈의 정리란, 2개의 함수 f(x)와 g(x)가 구간 $(a-\delta, a+\delta)$에서 연속, a를 제외한 $(a-\delta, a+\delta)$에서 미분 가능하고, f(a)=0, g(a)=0, g(x)≠0이면, $\lim_{x \to a} \frac{f(x)}{g(x)} = \frac{f'(x)}{g'(x)}$의 관계가 성립한다고 하는 정리다. 즉 이 공식을 이용하면 객관식의 대부분 문제들은 한 번에 풀린다고 말할 수 있다. 대부분의 학교 내신,

---

[12] 하지만 모든 벌들이 그런 것은 아니다. 말벌 역시 침이 내장과 연결되어 있지만 침의 구조상 벌침을 쏠 때 자신으로부터 침이 빠져나가지 않는다.

몇몇의 수능문제가 이 공식을 이용하면 단순 복잡 계산 문제들은 한 번에 풀리기 때문에 고교생에겐 필수 도구라고 칭해지고 있다. 하지만 이러한 장점이 있는데도 불구하고 왜 양날의 검이 되었는가? 그 이유는 로피탈의 정리가 고등학교 과정 밖의 내용이기도 하지만 이 공식으로 인해 더 복잡해지는 문제가 존재하기 때문이다. 아무것도 모르고 이 공식을 대뜸 썼다간 서술형 시험에서 독이 될 뿐만 아니라, 수능 수학 영역(특히 3,4점 문제들)에서 난해함을 겪을 수 있다.

$$
\begin{aligned}
1 + 2 + 3 + \cdots + n &= \lim_{x \to 1}(x + 2x^2 + 3x^3 + \cdots + nx^n)\\
&= \lim_{x \to 1}\frac{x - (n+1)x^{n+1} + nx^{n+2}}{(1-x)^2} = \frac{0}{0}\\
(\text{by l'Hôpital's rule}) &= \lim_{x \to 1}\frac{1 - (n+1)^2 x^n + n(n+2)x^{n+1}}{-2(1-x)} = \frac{0}{0}\\
(\text{by l'Hôpital's rule}) &= \lim_{x \to 1}\frac{-n(n+1)^2 x^n + n(n+1)(n+2)x^{n+1}}{2}\\
&= \frac{-n(n+1)^2 + n(n+1)^2(n+2)}{2}\\
&= \frac{n(n+1)}{2}
\end{aligned}
$$

로피탈의 정리로 변형한 식

18

태양을 향한 개구리의 불평

– 서정민

The Frog's Complaint against the Sun

"The Sun, now while he is single, parches up the marsh, and compels us to die miserably in our arid homes. What will be our future condition if he should beget other suns?"

아득한 옛날에 태양이 아내를 맞이한다고 발표하였습니다. 그러자 개구리들이 하늘을 향해 목소리를 높여 외쳤습니다. 개구리들의 울음소리를 듣고 제우스는 그들이 왜 목소리를 높여 외쳤는지를 물었다. 이에 개구리들이 말하였다.

"지금 태양이 하나만 있는데도 우리가 사는 늪을 바싹 마르게 하고, 우리를 습기 없는 집에서 비참하게 죽게 만들고 있습니다. 그런데 또 다른 태양이 태어난다면 저희의 미래는 어떻게 되겠습니까?"

＊＊＊

이야기에 대하여

이야기에서 개구리들은 태양이 아내를 맞이한다는 소식을 듣고 기겁한다. 이유는 태양 하나만으로도 자신들의 삶의 터전이 사라지는데 태양이 아이를 낳는다면 미래는 더더욱 참혹할 것이기 때문이라고. 그러나 개구리는 현재 오직 자신들의 늪이 말라가는 이유를 태양에만 주목하고 있기에 그 외의 요소들은 생각하고 있지 않은 것으로 보인다. 이에 대해 나는 개구리들이 아직 정확하지 않은 사실을 과장[13]하고 있다고 생각한다. 다음 관련 사례를 보자.

지구멸망설이 나돌았던 2012년, 당시 전 세계 사람들에게 핫이슈였던 2012년

---

13 단지 새 아내를 맞는다고 했는데 그것을 확대 해석하여 다른 태양을 낳는 것으로 인지했다. 즉, 또 다른 태양으로 인해 자신들의 터전이 메마른다고 생각했던 것이다.

지구멸망설. 이러한 멸망설이 왜 사람들에게 맹신되어 불안감을 조성하게 되었던 것일까? 그 이유 중 하나는 2012년을 끝으로 작성되지 않은 마야달력. 마야의 역법은 서기 2012년에 끝난다는 이야기로 지구가 2012년에 멸망한다고 하는 사람들이 있었는데, 진실은 십간십이지가 한 바퀴 돌아서 다시 갑자가 오는 것이다. 마야에서의 십간십이지에 해당하는 연도를 144,000일(394.3년)로 정의하고 있다. 그리고 마야의 역법에 따르면 이 단위조차 한 바퀴 순환하려면 서력 4772년까지 기다려야 한다. 20진수인 마야력에서 2012년은 고작 13에 해당하는 절기일 뿐. 참고로 1에 해당하는 절기는 BC 3114년이었다. 마야인들이 가장 큰 단위인 박툰(Baktun)이 끝나는 시기마다 큰 행사를 치른 건 사실이지만 지구 멸망과는 거리가 멀다. 실제로 지구도 멸망하지 않았다.

이 이야기와 교훈을 과학기술과 연관지어 해석해 보면, 불평하는 개구리를 지상의 사람, 태양이 아내를 맞이한다는 사실을 하나의 정보라고 가정해 보자. 그렇다면 정보는 어떻게 지상의 사람에게 전달 되는 것일까? 우리는 답을 통신기술에서 찾을 수 있다. 현대의 통신기술의 종류는 여러 가지가 있지만 여기서 우리가 주목해야 할 점은 '어떻게 먼 거리에서 정보가 전달되는가?' 이므로

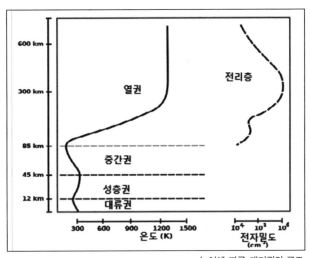

높이에 따른 대기권의 구조

무선통신으로 접근해 보자. 무선통신이란 전파를 이용해 선을 연결하지 않고 정

---

14 독일의 물리학자. 전자기파의 존재를 확인하였으며, 맥스웰 이론의 정확성을 입증하였다.

보를 전달하는 통신기술을 말한다. 1894년, 굴리엘모 마르코니는 헤르츠[14]의 사망과 그의 실험을 소개하는 기사를 접하게 되었는데, 마르코니는 '전파는 증폭, 개발, 조절될 수 있고, 그렇게 되면 장거리에서도 전파를 보낼 수 있을 것이다' 라고 생각했다. 당시 대부분의 과학자들은 전자파는 빛과 마찬가지로 직진하므로 먼 거리로 신호를 보내는 것은 불가능하다고 생각하였으나, 그는 실험을 계속하여 이를 실현하는 새로운 원리를 발견하였다.

그는 송신기에 두 도체를 연결하여 하나는 땅 위에 높이 올리고 다른 것은 습한 땅에 묻어 전파를 땅 표면에 '부착' 시키는 것을 배웠다. 그는 이 방법으로 신호를 320km 떨어진 곳까지 보낼 수 있었다. 마르코니의 무선통신은 밤에는 3200km을 전파하나, 낮에는 이의 1/3 거리에도 미치지 못함이 발견되었는데, 그는 장파[15]를 사용하여 이 문제를 해결하였다. 당시 '어떻게 전파가 먼 거리로 전달될 수 있는지' 에 대한 의문은 여전히 남아 있었는데 케넬리는 지구의 약 80km 상공(열권)에는 기체들이 이온화된 상태로 존재하는 층, 즉 전리층이 있고, 이의 전기전도도는 바닷물의 약 20배라고 제안하였다. 전리층은 1925년에 그 존재가 실제로 확인되었다.

1932년에는 파장이 1m 이하인 마이크로파의 전파는 지구를 둘러싼 대기권에만 의존함을 알아내었다. 이를 계기로 장거리 통신에는 단파 및 마이크로파가 사용되기 시작했다. 이러한 통신의 발달로 현 사회는 무수히 많은 정보를 주고받을 수 있게 되었으나, 정보를 받아들이는 주체의 과장된 해석으로 인해 잘못된 정보가 퍼지게 되었다. 통신기술의 정확성에 기초하여 정보를 주고 받을 수 있게 한다면 바람직하겠지만 이 우화에서 등장하는 개구리들은 잘못된 정보를 과신하여 상황을 잘못인식하고 있다.

---

15 파장이 3000m 이상, 주파수로는 100kHz 이하의 전파.

19 개와 수탉과 여우

– 강민수

The Dog, the Cock, and the Fox

A Fox heard, and, wishing to make a breakfast of him, came and stood under the tree and begged him to come down.

개와 수탉이 절친한 친구가 되어 함께 여행하게 되었습니다. 이윽고 밤이 되었습니다. 수탉은 잠자리에 들려고 나무 횃대 위에 앉았고, 개는 속이 빈 나무등치 안에 몸을 쪼그리고 잠에 들었습니다. 새벽녘에 동이 트자 수탉이 횃대를 치면서 소리내어 울었습니다. 마침 그곳을 지나던 여우 한 마리가 그 소리를 듣고 수탉을 잡아먹으려고, 수탉에게 아래로 내려오라고 간청했습니다.

"너처럼 아름다운 목소리를 가진 친구와 사귀고 싶어."

그러자 수탉이 대답합니다.

"그럼 나무 밑동에서 자고 있는 내 문지기를 좀 깨워 줄래? 그러면 그가 문을 열어 너를 들여보낼 거다."

　수탉의 말을 듣고 여우가 나무 몸통을 긁어 노크하였지요. 그러자 개가 쏜살같이 달려 나와 여우를 갈기갈기 찢어 죽여 버렸습니다.

✱✱✱

흔히 알고 있는 교훈 말고 다른 건 없을까?

　여기서 여우는 나무 위에 있는 닭을 잡아먹기 위해서 올라 가려고 했다. 자신이 올라갈 수 없을 정도로 높은 나무라면 무리한 일인데 어떻게든 닭을 잡아 먹기 위해서 올라 가려 했고, 결국 개에게 물려 죽었다. 이것과 비슷한 우화가 있는데 어떤 개가 자신의 먹이를 물고 길을 가다가, 수면에 비친 자신의 모습에서 앞에 하나의 먹이가 더 보였다. 그래서 그 먹이를 자신이 가지기 위해 입에서 먹이를 놓아 버리는 순간 둘 다 잃어버렸다는 이야기 말이다. 여기서 내가 찾은 교훈은 '무리해서 얻으려고 한다면 오히려 그것을 잃어버릴 수 있다.' 이다.

거짓말의 위험성

'자신의 이익을 위해 거짓말을 하다간 자신이 되려 당할 수도 있다.' 라는 말을 생각해 보았다. 작은 이익을 추구하고자 거짓말을 하면 더 큰 문제가 발생하는 데도 우린 그런 실수를 많이 한다. 거짓말이 순간적인 달콤한 결과를 낳기 때문이다.

예를 들어 설명하면 학교에서 선생님께 순간적으로 혼나지 않기 위해 거짓말을 하였다가 나중에 그 이야기가 거짓말인 걸 알아서 선생님께서 더 혼낸 것이다. 거짓말은 하면 할수록 이 거짓말을 숨기기 위한 거짓말을 해야 하고 그러한 거짓말이 점점 늘어날 것이다. 그러면 그런 거짓말을 믿는 사람을 고통에 몰아넣게 되고 나중에 거짓말을 들은 사람이 진실을 알게 되면 자신에게 피해가 오기 마련이다. 결국 거짓말은 하면 할수록 말하는 자신을 나락에 빠져들게 할 뿐 아니라 주위 사람들도 동일한 상태로 만들어 버릴 위험성이 있다.

의리 있는 친구

개가 여우를 갈기갈기 찢어버린 행동은 수탉과의 강한 의리를 지키기 위해서라고 생각한다. 그런 측면에서 살아가면서 위험에 처할 때 누군가 내 곁에서 나를 지켜주는 친구가 있었으면 좋지 않을까 생각해 본다. 개가 친구인 수탉을 지켜줄 때의 모습에서 나도 훗날 나의 삶에도 그런 친구가 한 명쯤 있고, 언제나 변하지 않는 의리까지

밑 줄 그은 곳이 소뇌이다.

있으면 좋을 것 같다고 생각해 보았다. 그래서 나온 결과가 나도 사람들에게 잘해 주면 나중엔 나도 보답을 받지 않을까라는 생각을 하게 되었다. 그래서 친구,

선생님, 후배 등 여러 사람들에게 호의를 갖게 하기 위해서 노력해야겠다.

기대를 품어 보았다

여우가 수탉의 말을 듣고 문을 두드렸을 때의 느낌은 기대라고 생각한다. 그럼 여기서 기대란 무슨 느낌일까, 심리학적으로 기대라고 하는 것은 소뇌라고 불리는 곳에서 우리는 언제나 모든 것에 기대를 하고 있다고 한다.

그럼 기대가 가져올 수 있는 효과는 무엇일까? '기대'가 가져 올 수 있는 효과는 뭔가 더 크고, 보다 낮고, 그리고 어떠한 보상을 기대하게 되는데, 기대란 실제보다 더 크고 높게 생각하게 된다. 기대한 만큼 실제로 경험하거나 받게 되는 만큼 즐겁게 된다. 즉, 기대가 높을수록 보상이 낮으면 더욱 실망하게 되고, 기대가 낮은데 보상이 잘 나왔을 경우 더 기쁘게 되는 것이다. 인간의 마음이란 긍정적인 경험을 기대하게 된다.

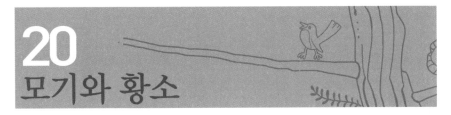

20
모기와 황소

- 강민수

The Mosquito and the Bull

"It's all the same to me, replied the Bull. "I did' t even know you were there."

모기 한 마리가 황소의 한쪽 뿔 위에 오랜 시간 앉아 있더니, 충분한 휴식을 끝내고 막 날아가려 하면서 황소에게 말했습니다.

"이제 내가 가도 괜찮겠니?"

황소는 살짝 눈만 치켜뜨더니 별 관심도 없다는 듯이 말합니다.

"나한테는 모두가 한가지야. 네가 오는 것도 몰랐고 네가 언제 가는지도 몰라."

＊＊＊

관심[16]

이 우화에 나오는 모기는 황소에게 있어서 전혀 존재감이 없다. 그런 상황은 우리가 주위에서 흔히 볼 수 있다. 학교에서 어떤 학생이 매점에서 괜히 폼을 잡고 있지만, 후배들은 전혀 무서워하지 않는 상황 같은 것 말이다. '관심'에 대해 좀 더 찾아보고 싶었다, 그래서 사회적 관심이라는 것에 대해 찾아보았는데, 아들러라는 심리학자를 만나게 되었다. 아들러 상담에서는 사회적 관심의 신장을 가장 중요한 상담목표 중 하나로 삼는다고 한다. 사회적 관심을 강조하는 아들러가 인간의 성격을 여러 유형으로 나누었는데, '사회적으로 유용한 유형', '지배형', '기생형', '회피형'으로 유형화를 했다. 사회적 관심이 높은 '사회적으로 유용한 유형'을 아들러는 바람직하게 여기고 있으며, 나머지 유형은 사회적 관심이 낮은 유형에 속하여 각각 다양한 문제를 표출할 수 있음을 말한다고 한다.

모기의 행동은

모기는 자신을 알아줬으면 하는 관심병이 있는 사람일 수도 있을 것 같다. 자신이 황소 위에 있으면서도 아무 행동도 하지 않고 아무 말도 하지 않고 상대방이 날 알아주기 원하는 모기처럼 다른 사람이 자신을 특별하게 대해 줬으면 하는 그런 성향을 가진 사람이 의외로 많다. 자신이 특별한 대우를 받고 싶다면 자신이 노력을 해야 하고, 자신이 다른 사람을 특별하게 대우해 줘야 한다. 그렇지 않고 그냥 특별한 대우를 바란다는 것은 극히 곤란하다.

무관심한 세상에서

황소의 관점은 굳이 비유하자면 요즘 세상 사람들이 갖고 있는 차가움과 같다. 요즘 일어나는 고독사도 따지고 보면 주위 사람들의 무관심과 직결되는 문

---

16 이곳에 나오는 말들은 아래 주소에서 가져온 말들이 포함되어 있습니다.
http://www.counpia.com/comm/CommServ?cmd=VIW_COMM_KNOWLEDGE_PDS&code=1161907647641

제가 아닐까 싶다. 실제로 사망한 지 며칠이 지나도 이웃 사람들은 전혀 모르거나, 설령 안다고 해도 관심을 보이지 않는 것은 이 우화에 나오는 황소와 비슷하다. 그야말로 인정이 사라진 사회라고 생각한다. 시간이 흐를수록 삭막한 사회 분위기가 고조될 것 같아 걱정스럽다. 실제로 스마트 폰 하나만 있으면 모든 것이 해결되는 세상이라 어디에 가도 모두들 폰만 바라보고 있다. 옆에서 아파 죽어가도 전혀 모를 듯하다. 영화 '월-E'를 보면 주인공인 월-E 때문에 우주선 안에 타고 있던 남성이 우주를 보게 되고 감동을 받게 되는 장면이 있다. 이런 장면처럼 바로 옆에 진풍경이 존재하더라도 보지 못하는 날이 머지않아 도래할 것 같다.

자본주의 체제가 낳은 세상

자본주의 체제 속에서 금융패권주의가 팽배한 현실을 살아가는 우리들이 어느 순간부터 지나친 물질 숭배 사상과 황금 만능주의에 지배되어 살아가고 있다. 공동체 생활보다 철저하게 개인주의적 사고방식이 만연되어 있는 현실에서 우리 청소년들도 다른 사람에 대한 관심이 지극이 적은 듯하다.

이렇게 계속 가다 보면 철저하게 파편화된 세상이 오지 않을까 염려된다. 사람은 근본적으로 외로운 존재이기 때문에 함께 웃고 즐기며 살아가야 그러한 외로움을 이겨낼 수 있는데, 요즘 사람들을 보면 모두 너무나 바쁘고 정신없이 살아가고 있다. 가끔은 가던 길을 멈춰서 뒤를 돌아보는 것은 어떨까 생각해 본다. 그렇게 한다면 이때까지 똑같던 풍경이 조금은 다르게 보이지 않을까, 아니면 힘들어 보이는 사람은 있지 않을까 그럼 그런 사람을 도와준다면 결코 나쁘진 않을 것이라고 생각한다. 그래서 다른 사람의 고통이나 어려움도 이해해 주고 상대방이 내게 보내주는 작은 호의에도 감사하며 살아가는 세상이 되었으면 좋겠다. 학교에서도 사회에서도 그런 삭막한 분위기가 너무나 많다. 누구의 잘못을 떠나 이젠 공동체 생활의 중요성을 인식하고 이웃에 관심을 기울이는 세상이 되었으면 정말 좋겠다.

21

곰과 여행자들

– 정수인

The Bear and the Two Travelers

"He gave me this advice: Never travel with a friend who deserts you at the approach of danger."

두 사람이 함께 여행길에 떠났습니다. 그런데 갑자기 곰 한 마리가 그들 앞에 나타났습니다. 한 사람은 곰이 알아채기 전에 재빨리 길가에 있는 나무로 달려가 높이 타고 올라 몸을 피했습니다. 그런데 동행한 여행자는 동료만큼 도망치지 못하고 그냥 땅에 엎드려 죽은 체했습니다.

곰은 다가와서 냄새 맡으며 그의 둘레를 한 바퀴 돌았습니다. 그러나 여행자는 꼼짝 않고 죽은 체하고 있었습니다. 곰은 시체는 건드리지 않는다는 이야기를 들은 적이 있기 때문이었지요. 곰이 그곳을 떠나갔을 때, 나무에 올라갔던 여행자가 안심하고 내려 왔습니다. 그리고 동료에게 곰이 곁에 와서 뭐라고 속삭였느냐고 물었지요. 그러자 동행자가 대답했습니다.

"위험에 직면했을 때 곧장 자리를 떠서 친구를 버리는 사람하고는 다시는 같이 여행하지 말라고 말하더군."

* * *

친구의 진정성을 판단할 때

이 이야기에서 죽은 척을 한 남자는 나무에 올라간 남자를 '위험이 닥쳤을 친구를 버리고 혼자 도망갔다.' 는 이유로 곰의 입을 빌려 비꼬았다. 다양한 시각에서 이 우화를 바라볼 수 있을 것이다. 어떻게 친구를 두고 혼자 살겠다고 도망갈 수 있느냐? 아니 그러면 함께 있다가 도저히 이길 수 없는 곰과 맞서 싸우다가 함께 죽으란 이야기냐? 실제 공원에서 곰을 직접 본 적이 있는데 엄청나게 큰 덩치를 보면 맞서 싸울 수 있겠다는 생각은 전혀 들지 않았다. 만약 이 이야기가 여기서 끝나지 않고 조금 더 이어졌으면 어땠을까? 나무에 올라간 남자는 돌아온 대답에 무엇이라 답했을 것이다. 그 대답이 무엇일까? 나는 이렇게 대답할 것이라 생각한다.

"방금 전은 미안. 어쩔 수 없었어."

죽은 척을 한 남자는 먼저 자리를 떠난 친구의 행동을 통해 더 이상 그와는 여행을 할 수 없다는 판단을 하였지만, '어쩔 수 없는 상황' 에서 친구의 진정성이나 선악을 판단할 수 있을까? 위기 상황도 여러 가지 경우가 있을 것이다. 물론 어려운 일이 닥쳤을 때 도와주는 친구는 진정한 친구라고 말할 수 있다. 하지만 마음은 있지만 도저히 어떻게 해볼 수 없는 경우도 있을 것이다. 책에서 비슷한 사례를 찾아 보았다.

카르네아데스의 판자

고대 그리스 시절 여러 사람을 태운 배가 암초에 걸려 난파하게 되었는데, 바다에 빠진 카르네아데스는 난파선에서 흘러나온 판자를 붙잡고 겨우 바다 위에

떠 있을 수 있었다. 카르네아데스가 붙잡은 판자는 한 사람을 겨우 지탱할 만한 부력이 있었는데, 미처 붙잡을 것을 찾지 못한 사람이 카르네아데스 쪽으로 헤엄쳐 다가오더니 그의 판자를 붙잡았다. 판자는 이내 가라앉으려 하였고, 둘 다 빠져죽을 것을 염려한 카르네아데스는 그 사람을 판자에서 밀어내 버렸다.

카르네아데스의 행위는 도저히 용납되지 않는다는 것이 일반적이고 보편적인 관점이 되겠지만, 이 행위에 대한 해석은 사람마다 다를 수 있기에 현대의 '어쩔 수 없는 일'과 관련된 법원 판결을 찾아보았다.

만약 아이를 가진 어머니가 임신을 함으로써 건강이 나빠지고, 기형아를 낳을 확률이 높아 부득이하게 낙태수술을 한다면 이 행위는 위법일까? 이 사례는 실제로 있었던 일이며[17] 대법원에선 이 행위를 임신의 지속이 모체의 건강을 해칠 우려가 현저할 뿐더러 기형아 내지 불구아를 출산할 가능성마저도 없지 않다는 판단 하에 정당행위 내지 긴급피난에 해당되어 위법성이 없는 경우로 판단하였다.

여기서 긴급피난이 무엇인가 찾아보았다. 형법 제22조에 긴급피난에 대한 정의가 있었다. 이 항의 내용을 통해 나무에 올라간 남자를 나름대로 판결해 보았다.

〈긴급피난〉
① 자기 또는 타인의 법익에 대한 현재의 위난을 피하기 위한 행위는 상당한 이유가 있는 때에는 벌하지 아니한다.
② 위난을 피하지 못할 책임이 있는 자에 대하여는 전항의 규정을 적용하지 아니한다.

---

17 (1976. 7. 13. 선고 75도1205)

그는 현재 야생의 곰을 만나 당장의 목숨이 위험하니 친구를 버리고 도망친 행위는 ①에 따라 벌하지 아니한다. 그리고 그는 적군을 앞에 두고 무섭다고 도망칠 위치가 아닌 군인처럼 무언가 책임이 있는 것이 아니니 ②의 조항은 적용이 되지 않을 것이다. 결국 그는 긴급피난 적용으로 책임을 묻지 않아도 된다.

난 오히려 땅바닥에 엎드려 죽은 체한 친구의 책임을 묻고 싶다. 빠르게 변화하는 세상 속에서 위기와 마주쳤을 때, 민첩하게 대응하지 못하고 그저 요행을 바라는 행동을 했으니 말이다. 그렇다면 나무 위로 올라간 친구야말로 환경 속에서 잘 적응하고 민첩하게 대응하는 사람이 아닐까? 현대인은 나무 위로 올라간 친구의 임기응변을 본받아야 한다고 생각한다.

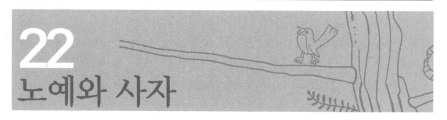

22
노예와 사자

– 정수인

The Slave and the Iion

A day came, however, when the Slave began to long for the society of his fellow-men, and he bade farewell to the Lion and returned to the town.

어떤 노예가 주인으로부터 너무나도 잔혹한 대우를 받다 참지 못해 도주하여 어느 동굴로 피신하였습니다. 빈 굴인 줄 알았는데 동굴 안에는 사자 한 마리가 살고 있었습니다. 도망자 노예 앞에 나타난 사자는 노예를 위협하는 대신에 오히려 아양을 떨기도 하고 울면서 앞발을 들어 올렸습니다.

세상에! 사자의 앞발이 퉁퉁 붓고 곪은 것이었습니다. 부은 부위에 큰 가시가 박혀 있었고, 노예가 그 가시를 제거하고 상처 부위를 자기 능력껏 치료해 주었습니다. 시간이 흐르면서 상처 부위는 완전히 나았습니다. 사자가 노예에게 감사함을 표하고 한 동안 둘은 그 동굴에서 함께 살았습니다.

훗날 노예가 사자와 작별하고 도시가 그리워 돌아왔는데, 그만 다시 잡혀 사슬에 묶인 채로 전 주인 앞으로 끌려왔습니다. 주인은 원형극장에서 벌어지는 공연 때 맹수들 앞에 그 노예를 던지라고 명령했습니다. 다른 노예들에게 본보기로 그렇게 한 것이지요.

그리고 드디어 운명의 날이 다가왔습니다. 광장에는 수많은 맹수들이 포효하고 있었고, 그 맹수들 사이에는 거대한 몸집과 무서운 용모를 한 사자 한 마리가 끼어 있었습니다. 그리고 탈출하다 다시 잡혀 온 불쌍한 그 노예가 이 맹수들 사이로 던져지고 말았습니다.

그때 관중을 놀라게 하는 일이 일어났습니다. 그 거대한 사자가 노예를 한 번 힐끗 보더니 갑자기 그 앞으로 달려와 온갖 애정과 기쁨을 표시하며 그의 발밑에 드러눕는 것이 아닙니까? 관객들이 기이한 상황을 목격하고 노예를 살려주라고 외쳤습니다. 그러자 그 도시의 총독이 노예와 사자 둘 다에게 자유를 주라고 명령했습니다.

***

노예는 왜 도시가 그리워졌는가?

사막에서 동굴을 발견한 우연. 사자가 앞발이 아팠던 우연. 원형극장에서 다시 재회하게 된 우연. 우연들이 겹쳐져서 이루어진 결과이기 때문에 더욱 감동적인 이 이야기에서 우연으로도 보기가 힘든 부분이 있었는데, 바로 '노예가 동료 인간들이 사는 세상이 그리워 도시로 돌아갔다.'는 부분이었다. 새로운 친구인 사자도 있고 힘들게 탈출한 도시로 다시 들어가보았자 기다리는 것은 노예가 겪어야 할 힘든 생활과 탈출한 노예를 생각하며 이를 부득부득 갈고 있는 주인일 텐데 말이다. 올바른 판단을 할 줄 아는 사람이면 쉽게 돌아가는 것을 생각하지 않을 것이다.

만약 이 우화를 누군가에게 들려줄 때, 듣는 사람이 "노예가 사람이 그리워져서 도시로 돌아갔다고? 그건 좀 무리가 있는 거 아니야?"라고 질문하면, 분명 여기에 대해 쉽게 대답하기 힘들 것이다. 하지만 원작자인 이솝이 이런 부분을 놓칠 거라곤 생각하지 않으니, 노예가 이해할 수 없는 행동을 한 이유를 생각해보았다. 그리고 하나의 키를 찾았는데, 노예는 처음 사자를 만났을 때도 앞발이 아픈 사자를 치료해 주는 이해할 수 없는 행동을 했다. 상식적인 인간이면 '사자가 앞발이 아프니 도망치기 쉬울 것이다.' 라고 생각하며 도망을 칠 것이다. 여기서 느낀 것은 노예는 어른보다는 청소년에 가깝다는 가능성이다. 어린이보다 성장했지만 어른보단 올바른 판단을 하기 힘들기 때문이다. 또 '동료 인간' 들이 그리워서 도시로 돌아간 점이 이러한 내 생각에 힘을 더했다. 청소년은 또래, 동료 집단에게 영향을 받는 점이 많기 때문이다. 그래서 사자와 도시의 동료들과의 관계, 혹은 그밖의 요인 등을 이용해 가설을 세워 자세하게 분석해 보았다.

가족으로서의 사자

사자는 노예가 탈출을 해온 이후, 앞발을 치료해 줌으로써 사귄 친한 친구다. 하지만 그를 부모 같은 위치로 본다면 노예가 사자를 떠나는 것도 설명이 된다. 청소년기에는 부모의 통제를 많이 느끼고 또래 관계를 부모 관계보다 더 선호하는데, 흔히 부모를 위압적, 비판적, 말이 통하지 않는 존재 등으로 생각한다. 사자는 노예의 신분인 친구가 걱정되어 이것저것 다 참견한 것이다. 노예가 잠시 어디 가기만 하면 지켜주려고 계속 따라온다든가 하는 식으로 말이다. 그래서 사자가 싫어진 것은 아니지만 편한 도시의 친구들과의 관계를 선택한 것이다.

그리고 사라진 노예가 걱정되어 찾으러 간 사자는 인간마을 근처까지 내려오게 되었고, 도시의 총독이 발견해 끌고 가서 원형극장에 다른 동물들과 같이 간

히게 된 것이다. 그리고 원형극장에서 그를 발견해, 반가워서 뛰어가 품에 안겼고 총독은 그것을 보고 노예와 사자를 자유로 만들어준 것이다. 이렇게 본다면 둘의 소통이 좀 더 서로를 배려해 주셨다면 위험에 빠지는 일이 없었을 것이다. 우리 청소년도 어른들이 너무 비판적이라고 생각하지 말고, 어른들도 청소년의 입장을 생각한다면 부모 자식 사이의 갈등이 일어나는 일은 적어질 것이다.

친구로서의 사자

청소년은 도덕적 판단, 가치 형성에 필요한 인지적, 사회적 자원 등을 또래나 친구들을 통해 얻는 경우가 많기 때문에, 청소년에게 친구는 중요한 요인이라고도 할 수 있다. 사자를 친구라고 보면 노예는 원래 속해 있던 동료 노예끼리의 또래 집단과 친구인 사자 중 원래 자기가 속해 있던 집단을 택한 것이다. 노예는 어째서 동료 노예끼리의 또래 집단을 선택했는가? 친구나 또래 집단의 형성에 영향을 미치는 요인을 참고해 보면 알 수 있을 것이다.

또래 집단의 형성에 영향을 미치는 요인
가용성(availability)
근접성
사적 특성의 일치성
공유된 관심과 선호도
인종, 성 , 민족 집단의 유사성
빈번하고 즐거운 만남
편리한 교통

출처 : 교육과학사 편찬 《청소년심리학》

가용성은 간단하게 '내가 필요할 때 옆에 있어주는가?' 이다. 이 7개의 항목을 기준으로 사자와 노예 사이, 동료 노예와 노예 사이의 관계를 비교해 보자. 우선 사자는 자유롭고 노예는 그렇지 않으며, 그와 노예는 종(種)도 다르며, 동굴 안에서 살기 때문에 만나기 편리한 환경은 더욱 아닐 것이다. 하지만 도시의 동료들과는 '노예'라는 사회적 위치도 똑같고, 처해 있는 상황도 비슷하다. 또 자주 만날 수밖에 없기 때문에 만나기 힘들지도 않으며 같은 노예끼리 서로 고민을 털어놓는 것도 쉬울 것이다. 그래서 노예는 사자보단 옛 동료를 택한 것이다.

인기

초중고 시절 학급 반장선거를 할 때, 친구들이 선거보다 인기투표처럼 인기가 많은 아이들에게 표를 던지는 것을 보거나 그렇게 해봤던 경험을 한 적이 있는가? 인기는 청소년의 교우 관계에 있어 매우 중요한 역할을 차지한다. 청소년 중에 사교적이고 친절하며 유머감각이 좋거나, 혹은 신체적 매력이 훌륭한 사람은 인기가 좋을 확률이 높다. 그들은 또래 집단에 속하기도 쉽다. 하지만 노예가 동료 노예들에게 인기가 거의 없었던 사람이면 어떨까? 인기가 없는 사람들은 친구들로부터의 거부 때문에 소외감을 느끼고 스트레스에 상처받기 쉽게 되며 심리적, 사회적 문제를 일으키기 쉽다고 한다.

미야키 스가루 작가의 소설 〈스타팅 오버〉에서 이러한 것을 잘 보여주는데, 외톨이인 주인공은 또래 집단에서의 고립을 이렇게 이야기한다.

'고독은 익숙해지는 것의 문제이지만 고립은 익숙함만으로는 어떻게도 되지 않는다. 주위 사람들이 친밀하게 연결되어 있는데 그중에 나 혼자만 고립되어 있는 것은 아무리 감각을 마비시켜도 신경이 쓰인다.'

이 소설의 주인공의 말과 같이 대인관계가 좋지 않은 노예는 그의 동료들과 지내는 게 힘들었고, 고립을 느끼며 마음이 약해졌을 것이다. 그 상태에서 주인의 잔혹한 대우도 견딜 수가 없어 도망을 친 것이다. 하지만 우연히 노예는 사자와 친구가 된 후, 긍정적 자아존중감과 사교력을 가져 교우관계에 자신감이 생겨 다시 원래 친구들에게 돌아간 것이다. 실제로 사회적 기술을 향상시켜주는 프로그램이 몇몇 진행되고 있는데, 그중엔 전문가의 지도 아래 인기가 없는 청소년과 인기가 있는 청소년들을 함께 집단활동을 하게 해 긍정적 자아 개념과 타인에게 인정을 받도록 도와주는 프로그램이 있다고 한다. 덧붙여서 이런 프로그램의 힘을 빌리기 전에 주변 친구들이 인기가 없는 아이가 교우관계를 스트레스로 생각하지 않게 도움을 준다면 상호간의 관계에 도움이 될 것이다.

노예가 다시 사회로 되돌아갈 수 있게 힘을 준 사자처럼 주변에 어울리기 힘들어하는 또래가 있다면 먼저 다가가 그와 친구가 되는 것이 어떨까? 친구도 분명 기뻐할 것이다. 실제로 우리 주위에서 생활에 어려움을 겪는 사람들, 특히 우리와 같은 청소년 세대에서는 친구의 격려나 성원 그리고 존중과 배려가 정말 큰 힘이 된다. 따뜻한 말 한 마디에 삶에 대한 강력한 희망을 갖게 되면서 더욱 자신감을 가지고 살아가게 되는 것이다. 상담전문가의 정교하고 체계적인 상담도 중요한 역할을 하지만, 무엇보다 동 시대를 살아가는 또래 친구들의 진심어린 격려가 더욱 큰 힘이 되는 것 또한 사실이다.

지금까지 3가지 요소로 가설을 세워보았다. 고대 그리스 철학자인 아리스토텔레스가 "인간은 사회적 동물이다."라고 하였듯이 우리는 수많은 크고 작은 공동체에 속하거나 벗어나며 살아간다. 자신이 어느 공동체에 속하더라도 나를 알고 타인을 존중하는 태도는 필요하다. 그 중 학교라는 공동체에 속해 있을 청소년은 이러한 태도가 더욱 필요할 것이다. 가족보다 더 긴 시간을 함께 보내는 친구가 매일 온정의 눈길로 쳐다보고 상대방을 격려해 주는 분위기가 온교실에 가득한 현실을 한번 생각해 보라. 아주 사소한 칭찬에도 사람의 마음은 하늘을 날아가는 심정이 될 것을 생각해 보라.

23

여왕벌과 제우스의 고민

– 백현우

The Bee and Jupiter

"Give me, I pray thee, a sting, that if any mortal shall approach to take my honey, I may kill him."

여왕벌 한 마리가 벌통에서 갓 나온 신선한 꿀을 제 우스신에게 선물로 바치기 위해 히메투스 산에서 올림 포스로 날아 올라갔습니다. 제우스가 그 선물을 받고 너무나 고마운 나머지 여왕벌의 부탁이라면 무엇이라 도 들어주겠다고 약속했습니다. 이에 여왕벌은 '벌들 에게서 꿀을 강탈해 가는 인간들을 죽이도록 벌들에게 침을 하사해 주시라'고 간청합니다. 그런데 제우스가 이 간청을 듣고 몹시 불쾌하였는데, 그 이유는 제우스 신이 인간들을 사랑했기 때문입니다. 하지만 여왕벌에게 이미 약속한 터라 벌들

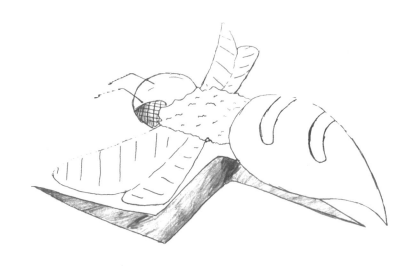

에게 침을 갖도록 해주겠다고 약속했습니다. 그런데 그가 벌들에게 준 침은 한 번 사용하면 침이 그 찌른 부위에 남고, 벌은 죽게 되는 그런 특성을 가진 것이었습니다.

***

우리 현실에선!

이 우화에는 여왕벌과 인간, 제우스가 등장한다. 벌은 평상시 하던 대로 제우스에게 신선한 꿀을 가져다 바친다. 여왕벌은 자신들의 생존수단인 벌꿀을 인간들이 계속 가져가자 제우스에게 꿀을 바치며 인간들을 죽일 수 있는 침을 달라고 한다. 제우스는 여왕벌에게 뇌물을 받았으나 제우스는 여왕벌도 사랑하고 인간들도 사랑했다. 제우스는 현명한 선택을 했는데 벌의 침을 양날의 검으로 준 것이다. 바로 쏘면 치명적이지만 쏜 자신도 피해를 보는 양날의 검을 줬다. 이 얼마나 탁월한 중재인가? 인간도 어느 정도 보호하면서 뇌물을 받은 여왕벌에게 보답을 하는 뛰어난 중재. 제우스는 탁월한 중재자이다. 복수의 화신 벌, 뛰

8조법

함무라비 법전

어난 중재자 제우스, 벌꿀을 빼앗아가는 인간이 우화에 나오는 인물상이다. 한 명은 '눈에는 눈 이에는 이를' 복수 정신의 인물, 한 명은 '상대방과의 갈등을 중간에서 현명하게 중재해 주는 중개인', 마지막으로 '자신들의 이익을 위해 자연을 도구적으로만 보는 자기 중심주의의 인물'이다.

복수의 화신 벌, 함무라비의 화신

첫 번째로 벌을 살펴 보자. 우화에 등장하는 벌과 같이 상대방이 해를 입히면 바로 보복하여 죽이려 드는 인물을 역사에서 예로 들자면 옛날 고조선의 왕검이나 함무라비 왕[18], 우르남무 왕 정도가 될 것이다. 고조선의 왕검은 다른 사람에게 해를 입히면 가해자도 법에 의거하여 처벌하는데, 사람을 살인한 가해자는 사형에 처한다는 것을 필두로 8조 금법을 반포했다. 원래 고조선은 법 없이 평화롭게 살았다. 자기 집 대문을 열어놓고 살고

---

18 메소포타미아를 통일하고 함무라비 법전을 편 왕.

우르남무 법전

이웃과도 다툼 없이 살았다고 한다. 하지만 언젠가부터 도둑이 들고 민심이 흉흉해지자 8조법을 반포하여 법치의 기본 틀을 세웠다.

함무라비 왕은 법전을 만들어 백성들에게 해를 입히면 똑같이 처벌을 했다. 함무라비 왕이 만든 법전에 보면 '눈에는 눈 이에는 이' 라는 말이 있다. 이 구호도 고조선의 8조법과 같이 상대방에게 해를 입는다면 자신들도 똑같이 해를 준다는 것이다. 우르남무 왕[19]은 수메르의 도시국가 우르의 왕이다. 우르남무 왕은 함무라비 법전(기원전 1755년)보다 약 300년 앞서 우르남무 법전을 만들었는데 우르남무 법전 제1조 '살인을 한 자는 그를 죽인다' 로 함무라비 법전과 유사하다.

협상의 귀재 제우스

두 번째로 현명한 중재자 상인 제우스와 같은 인물들을 찾아보자. 아마도 조선시대의 제15대 왕인 광해군이 적합한 것 같다. 광해군은 1592년~1598년에 일어난 임진왜란-정유재란 때 위기에 처한 조선을 도와준 명과 새롭게 떠오르는 아시아의 강세 후금 사이에서 나라도 망하지 않고 명과의 의리도 나름 지키는

---

19 수메르 우르 제3왕조의 창설자(재위 B. C. 2124~2107). 현존하는 최고의 법전 「우르 남무 법전」의 편집자. 수도 우르에서 크게 건축 활동을 하고 더욱이 우루크, 에리도 등에서 수메르식의 지구라트를 건조했다. 머리 위에 봉납할 흙이 들어 있는 광주리를 이고 있는 청동제 인물상(바그다드, 이라크 박물관) 외에 「우르 남무의 비석」(필라델피아 펜실베이니아 대학 부속미술관) 등에 이 왕이 표현되어 있다.

중립외교를 펼친다. 광해군도 제우스와 같이 명과의 의리도 지키면서 금나라에게 투항을 하며 나라의 안전을 지킨다. 이 처신 때문에 서인들의 입지를 높이는 빌미를 제공해 줘 광해군은 폐위당하는 비극을 겪게 된다.

제우스신이 벌과 인간 사이에서 적절한 타협안을 만든 것처럼 광해군도 후금과 명 나라 사이에서 중립 외교를 펼친 부분이 유사하다. 신흥 강국 후금의 위세도 대비해야 하고, 임진왜란 때 원군을 보내주어 조선의 종묘사직을 유지해 준 명나라의 재조지은(再造之恩)[20]도 의식할 수밖에 없었기 때문이다.

조선시대의 15대 왕인 선조도 유사하다. 선조는 재위기간 40년 동안 동서 붕당의 논쟁이 치열했다. 선조는 왕권은 보통인 반면에 제우스와 같이 붕당을 잘 이용했다. 동인에게 권력을 주기도 하고, 서인에게 주기도 하며 왕권을 유지했다. 대표적으로 동인인 정여립이 역모를 일으켰다는 정여립 모반사건 때 서인인 송강 정철을 불러 동인을 탄압하게 했는데 천여 명이 넘는 사상자가 나자 선조는 기축옥사가 끝나자 정철을 내치며 또 동인 서인의 조화를 이룬다. 조선시대에 또 다른 뛰어난 중재자가 있다. 백사 이항복[21]이다.

이항복은 1598년 조선이 왜와 함께 명나라를 치려고 한다는 오해가 발생하자 목숨을 걸고 이를 해결하기 위해 진주사(陳奏使)[22]가 되어 명나라에 다녀왔다. 이항복의 탁월한 외교적 수완으로 전란을 무사히 극복하여 그 공로가 인정되었으며, 1599년 우의정을 거쳐 이듬해에 영의정이 되었으며, 1602년 오성부원군에 진봉되었다.

---

20 재조지은(再造之恩)은 선조가 임진왜란 당시 조선을 구해 준 명나라에 대한 감사의 표현이다. 원군을 보내 준 명나라 만력제의 공덕을 칭송하며 나라를 다시 만들어준 은혜라는 뜻의 再造之恩(재조지은)이라 인식한 것이다. 나라와 백성을 모두 버리고 의주로 달아난 선조가 떨어진 왕권을 다시 세우기 위해 목숨을 걸고 왜군에 대항하여 싸운 의병이나 조선 장수들의 공은 제대로 치하하지 않고 명나라의 업적을 추켜 세운 것이다.

21 이항복 : 조선 중기의 문신·학자. 이덕형과 돈독한 우정으로 오성과 한음의 일화가 오랫동안 전해오게 되었다. 좌의정, 영의정을 지냈고, 오성부원군에 진봉되었다. 임진왜란 시 선조의 신임을 받았으며, 전란 후에는 수습책에 힘썼다.

22 진주사 : 조선시대 대중국관계에서 임시로 파견되는 비정규 사절 또는 그 사신.

인간의 자기 중심주의의 폐해

세 번째로 인간이 가진 인간중심주의적 태도의 문제에 대해 알아보자. 인간중심주의적 태도의 문제는 자연을 오로지 인간의 도구로만 생각하고 공존, 보존해야 할 존재로 보지 않는다는 것이다. 인간은 벌들의 생존수단을 빼앗아갔다. 물론 건강식품이라는 대세를 타서 빼앗아갔을 것이다. 하지만 누군가에게는 생존수단이 아닌가? 인간은 자신들의 건강을 챙기기 이전에 벌들의 생존권을 생각해 봤어야 한다. 인간들이 얼마나 꿀을 착취해 갔으면 여왕벌이 제우스에게 꿀을 바치며 인간들을 죽일 침을 달라고 요청했을까. 인간은 자연을 공존하고 보존해야 할 존재로 봐야 한다. 위 이야기처럼 벌마저도 침을 달아 인간을 죽이려고 하는데 말없는 동물, 식물들의 불만이 오죽하겠는가?

인간들은 이기주의적 태도를 버리고 생태중심주의로 나아가야 한다. 생태중심주의는 인간과 자연이 공존하는 태도로써 지금의 지구온난화의 진전 단계를 줄일 수도 있고, 말없는 동물, 식물들의 고충을 덜어줄 수도 있다. 따라서 우화에서 나오는 인간은 벌의 입장을 생각해 주며 벌과 공존할 수 있는 방안을 생각해야 한다. 너무 착취하지 말고 꿀이 정말로 필요하거든 벌들의 생계에 지장이 가지 않을 만큼만 가져가야 한다. 뭐든지 과하지 않은 게 바람직하다. 과하면 독이 된다. 자연은 무서운 존재다. 잘 어르고 보전한다면 자연은 우리에게 무섭지 않고 풍부한 자원의 보고가 될 것이다.

벌들은 과연 인간을 헤쳐야 했을까?

관점을 달리해서 벌들은 과연 인간과 사투를 벌여야 했나 생각해 보자. 벌꿀은 건강식품으로서 아주 좋다. 그렇기에 인간들은 벌꿀을 안 가져 갈 수는 없을 것이다. 벌들이 인간을 죽이려는 생각을 하지 말고 벌도 꿀을 조금 나눠 줬다면 좋았을 것이다. 여왕벌이 꿀이 없다고 죽는 것도 아닐 것인데, 굳이 인간을 죽여서 자신이 얻는 것은 무엇이 있을지 의문이다. 물론 인간이 벌의 꿀을 강탈해 가는 모습은 정당하지 않다. 하지만 꿀을 빼앗겼다고 인간을 반드시 죽여야 하는지에 대해서는 생각이 다르다. 인간에게 꿀을 조금 양보하고 자신도 인간에게서 무엇을 얻을 수 있다면 서로 윈윈 (win-win)하는 효과가 있지 않을까.

벌과 같이 자신이 지키던 것을 빼앗겼다고 무조건 죽이려고 든다면 사회는 혼란스러워질 것이다. 벌은 나눌 줄 아는 미덕의 자세를 갖춰야 한다. 물론 벌이 나누지 않아도 인간들이 알아서 빼앗을 것이다. 빼앗는 정도가 과하다면 그때 위협을 해야지 인간을 죽이려는 생각은 하면 안 된다. 누구나가 생명이 다 소중하듯이 꿀 하나에 불상사가 일어나서는 안 된다. 벌은 해치려는 생각보다는 인간과 잘 타협을 해야 할 것이다. 그러기 위해선 제우스와 같은 현명한 중재자가 필요할 것이다. 서로 말이 통하지 않을 때는 중재가 있어야 한다. 위 우화를 보면 현명한 판결이 내려졌다. 벌과 인간은 꿀을 사이에 둔 갈등을 잘 풀어가길 바란다.

따라서 제우스는 광해군, 선조, 이항복과 같은 중립외교를 펼쳐 벌과 인간 사이에서 잘 타협한 인물이고, – 광해군이 강홍립에게 항복 명령은 거짓이고 강홍립[23]이 전쟁한 결과 대패를 당하자 항복했다는 설이 있는데 나의 입장은 기존 설을 좀 더 믿고 싶다. – 벌은 인간에게 복수를 하려는 인물이다. 인간은 인간중심주의적 태도를 가진 인물이다. 위 우화는 '너무 지나친 것은 과하다' 라는 교훈을 보여준다. 이제부터는 인간은 벌꿀을 너무 과하게 착취하지 말고 벌도 인간을 해치려는 생각을 접어두고 인간과 함께 공존해 갈 방법을 구상해 볼 시간이다.

---

23 강홍립 : 조선 중기의 무신. 명나라의 원병으로 5도도원수(五道都元帥)가 되어 후금을 쳤으나 대패하였다. 후금에 억류되었다 정묘호란 때 입국하여 조선과 후금의 강화를 주선하였으나 후금에 투항한 역신으로 몰려 사망하였다.

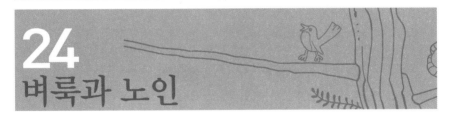

24
벼룩과 노인

– 백현우

The Flea and the Man

"Now you shall certainly die by mine own hands, for no evil, whether it be small or large, ought to be tolerated."

벼룩 한 마리가 어느 노인의 품 속에서 계속 물어대자 견디지 못한 그 사람이 결국 벼룩을 잡았습니다. 그가 벼룩을 엄지와 집게손가락으로 꼭 쥐고 나서 외칩니다.

"이것아, 넌 누구기에 내 몸을 마음대로 사용하느냐?"

그러자 벼룩은 겁에 질려 작고 힘없는 목소리로 흐느끼듯 말했습니다.

"제발 저를 놓아주세요. 저를 죽이지 마세요. 이렇게 작은 제가 당신께 어떤 피해를 줄 수 있나요?"

그러나 그 노인이 웃으며 말했습니다.

"난 너를 지금 당장 죽이겠다. 아무리 작은 피해를 준다 하더라도 나쁜 것들은 모두 죽여야 한단 말이다."

* * *

타인의 관점에서 볼 수 있어야 한다

우화에 나오는 노인은 상대를 존중하지 않는 인물이다. 벼룩이 자신은 작은 미물이라며 살려달라고 애원하였으나, 작은 피해를 주더라도 나쁜 것은 다 죽여야 한다는 노인의 선입견에 의하여 죽게 되었다. 노인은 피해를 주는 것은 다 죽여야 한다고 생각한다. 물론 해충은 피해를 주니까 잡아야 하지만 작디작은 벼룩이 저렇게까지 애원을 하는데 고민은 한 번 해봐야 하지 않았을까 싶다. 노인은 자신의 고정관념에 잡혀 꽉 막힌 태도를 보이며 벼룩을 죽였다.

여기서 다른 곤충을 예로 들어 볼까 한다. 우리가 흔히 발견하는 거미도 해충일 수도 있고 아닐 수도 있는데 집에 있는 거미는 좋은 거미라 살려두는 경우가 있다. 만약 이 노인이라면 그 거미마저 죽일 것 같다. 집안에 거미줄을 쳐서 노인을 불편하게 한다면 이 노인은 거미줄이 노인의 생명에 치명적인 위해를 가할 가능성도 없지만 사정없이 죽이려 들 것 같다. 오직 노인 자신만의 관점 때문에 발생하는 불행일 것이다.

모든 생명은 다 존귀하다

모든 생명은 다 소중하다. 작든 크든 다 존재에 있어 가치가 있는 것이다. 죽고 싶은 생명이 어디 있겠는가? 노인은 죽고 싶지 않은 생명의 의견을 무자비하게 묵살했다. 이러한 노인과 달리 미물에 대해 전혀 다른 시각을 가진 사람도 있었다. 아래의 글을 보자.

> 무릇 피(血)와 기운(氣)이 있는 것은 사람으로부터 소, 말, 돼지, 양, 벌레, 개미에 이르기까지 모두가 한결같이 살기를 원하고 죽기를 싫어하는 것입니다. 어찌 큰 놈만 죽기를 싫어하고, 작은 놈만 죽기를 좋아하겠습니까? 그런즉, 개와 이의 죽음은 같은 것입니다. 그래서 예를 들어서 큰 놈과 작은 놈을 적절히 대조한 것이지, 당신을 놀리기 위해서 한 말은 아닙니다. 당신이 내 말을 믿지 못하겠으면 당신의 열 손가락을 깨물어 보십시오.
>
> 엄지손가락만이 아프고 그 나머지는 아프지 않습니까? 한 몸에 붙어 있는 큰 지절(支節)과 작은 부분이 골고루 피와 고기가 있으니, 그 아픔은 같은 것이 아니겠습니까? 하물며, 각기 기운과 숨을 받은 자로서 어찌 저놈은 죽음을 싫어하고 이놈은 좋아할 턱이 있겠습니까? 당신은 물러가서 눈 감고 고요히 생각해 보십시오. 그리하여 달팽이의 뿔을 쇠뿔과 같이 보고, 메추리를 대붕(大鵬)과 동일시하도록 해 보십시오. 연후에 나는 당신과 함께 도를 이야기하겠습니다.

위 내용은 『동국이상국집』에 수록된 고려시대 문인 이규보[24]의 「슬견설(虱犬說)」에서 발췌한 내용이다. 이규보는 그의 글 「슬견설」에서 모든 생물은 다 소중하다는 입장을 설파하고 있다. 사람에게 이롭거나 해롭든 생명을 가진 존재는 모두 소중하다는 관점을 강조한 것이다. 그러나 우화에 등장하는 노인은 벼룩이 하찮은 미물이고 해충이라고 여겨 죽여 버렸을 것이다. 노인의 이런 행동은 생

---

24 이규보 : 고려시대의 문신·문인. 명문장가로 그가 지은 시풍(詩風)은 당대를 풍미했다. 몽골군의 침입을 진정표(陳情表)로써 격퇴하기도 하였다. 저서에 《동국이상국집》 《국선생전》 등이 있으며, 작품으로 《동명왕편(東明王篇)》등이 있다

명존중에도 어긋난다. 비록 해충이면서도 미물인 벼룩 또한 하나의 생명이기 때문에 벼룩을 죽이려 하는 노인의 행동과 선입견은 비판받아 마땅하다.

물론 노인과 상반되는 관점으로 생명 외경 사상도 있다. '도덕의 기준은 생명에의 외경(畏敬)이다. 즉 생명을 보호하고 살리는 것은 좋은 일이며, 생명을 파괴하고 억제하는 것은 나쁜 일이다. 인간의 생명과 지구 생태계가 위협받게 되자, 생명의 신비와 존엄성을 강조하는 생명 존중 사상이 나타나게 되었다. 대표적인 사상가로서 슈바이처와 간디를 든다. 이들은 인간 중심적인 생명관과 과학을 만능으로 생각하는 현대 사상이 인간을 타락시키고 있다고 지적하면서, 살아 있는 모든 생명체에 대한 사랑과 보살핌을 역설함과 동시에, 실천하는 본을 보여 주었다. 후에 이러한 사상이 생태주의를 낳았으며 자연을 살아 있는 유기체로 간주하게 되었다.

슈바이처와 간디의 도덕 철학 중심 사상이 비폭력이라는 점에서 생명의 외경이라고 불렸는데, 예수와 쇼펜하우어, 니체의 영향을 받았다. 고의적인 살생을 막고 생명을 고양시키기 위해서 우리는 생을 긍정할 필요가 있다. '내가 나 자신에게 보이고 있는 바와 같이 동일한 외경을 다른 모든 생명에의 의지에 대해서도 보이고자 하는 의무감을 스스로 체험하는 것'이라고 정의한다. 그러므로 윤리란 생의 긍정이며, 우리로 하여금 자신의 생존을 지속하는 일 뿐만 아니라 긍정적인 열정으로 생을 누리는 것이다.

이런 의미에서 생명에의 외경 사상은 현세 긍정적 세계관이며 살아 있는 존재에 대한 건실한 애정, 삶에 대한 건전한 열정인 것이다. 생명에의 외경으로 인하여 나는 나 자신의 존재를 최고의 가치에 끌어올리게 되고 그것을 세계에 제공하게 된다. 그러므로 생명에의 외경은 자기 완성의 윤리이다.

불교에서는 살생을 금하라는 말이 있다. 방생(放生)이란, 사람들에게 잡혀 죽게 된 물고기나 짐승을 놓아 주는 의식이다. 살생을 금하는 것이 소극적인 계율이라면, 방생은 자비를 바탕으로 한 적극적인 계율이라고 할 수 있다. 일반적으로, 방생은 음력 3월 3일과 8월 15일에 많이 행해지는데, 의식 절차는 먼저 방생할 장소를 청결히 하는 의식을 행한 다음, 물고기나 짐승을 놓아 주고, 그들이 부처님의 힘을 받아 몸으로 태어나 불제자가 되기를 발원하고 끝난다. 그러나 잡혀 있는 몇 마리의 물고기를 놓아 주는 것만을 방생이라고 할 수는 없다.

병든 사람을 치료해 주는 것도 방생이고, 고아와 무의탁 노인을 보살피고 굶주린 사람들에게 음식을 보시하면 그것이 곧 방생이며, 무분별한 개발로 황폐해진 자연을 되살리는 것도 방생이다. 이러한 방생은 중생들에게 뭇 생명의 존엄성을 깨우쳐 주기 위한 가르침이라고 할 수 있다. 즉 생명에 대한 자비가 곧 방생인 것이다. 도가의 무위자연설도 생명을 중요시 한다. 도가의 무위자연(無爲自然)사상은 생명을 존중하고 인간의 근원적인 도(道)의 개념에 대하여 설명하고 있고 자연과 생명 존중에 대한 분명한 가르침을 담고 있다.

인간과 자연, 인간과 인간 사이의 의사소통을 노자와 장자는 말하고 있는데, 이는 무조건 자연속에서 살아가는 인간이 아니라 자연과 인간 문명과의 만남과 소통을 의미하고 있다. 근원적 도는 만물을 낳았으며 만물 속에 내재하여 우주의 도를 실현시키는 절대적 존재자로 운행되고 있는 것이다. 아래의 도교의 경전 내용을 보자.

> 모든 사물에 자비를 베풀어라.
> 초목과 곤충이라도 함부로 해치지 말라.
> 벌레를 묻어 남을 저주하거나. 약을 써서 나무를 죽여서는 안된다.
> – 도교 경전

이 경전에서는 생명을 아주 중시하는 것을 볼 수 있다. 그런데 위의 우화를 사형 제도에 적용시켜 본다면, 영감님은 국가, 벼룩은 사형수로 볼 수 있다. 벼룩이 뉘우치고 있지만, 영감님은 뉘우치는 벼룩에게 생존 기간을 늘리려는 시늉도 하지 않고 바로 죽여버린다. 이는 사형수의 생명 기간을 늘려주지 않고, 귀를 막고 죽여 버리는 경우로 생각할 수 있다. 그리고 이를 사회구조에 비유하자면 벼룩이 도둑질을 계속하다 잡혀 왔는데, 사람들은 벼룩이 손버릇이 좋지 않다, 라는 고정관념을 가져 선처를 바라는 벼룩을 국가의 이름으로 죽여 버린다. 사회

제도는 갱생과 용서라는 절차도 있지만, 그런 기회도 주지 않고 곧장 벼룩을 죽여 버린다.

역지사지(易地思之)라는 말도 있다. 노인이 만약 벼룩의 입장을 생각해 보았다면 죽일 수 있었을까? 미물이긴 하나 모든 생명은 다 존귀하다. 벼룩이 살려달라 했으면 벼룩의 입장을 생각해서 왜 그럴까 들어야 한다. 하지만 노인은 벼룩의 입장을 들어도 죽여 버린다. 항상 상대방의 입장도 생각해 보아야 한다.

무조건 노인만 잘못됐을까? 반대의 입장은

무조건 노인만 나무랄 수도 없는 실정이다. 일상생활에서도 우리는 피를 빨아먹는 해충인 모기를 잡거나 파리를 잡거나 하는 등 자연스레 해충을 잡기 마련이다. 위 글에서 나오는 노인도 평상시 하는 대로 벼룩을 잡은 것이다. 벼룩이 자신은 큰 피해를 주지 않을 것이라며 목숨을 살려달라고 부탁했지만 해충은 해충이다. 집에 모기가 피를 빨아먹지 않고 가만히 벽에 있다고 잡지 않는가? 아마 대부분 잡을 것이다. 노인은 평상시 하는 대로 해충을 잡은 것뿐이다. 해충은 피해가 있으니 노인의 생각대로 해충을 잡았다. 노인의 눈에 벼룩은 오직 해충일 뿐이니 죽여야 하는 존재이다. 설령 벼룩이 살려달라고 말을 했어도 언제 물지 모르는 잠재적 존재이다. 나도 노인과 같이 죽이거나 밖으로 버렸을 것이다. 무조건 노인의 행동을 비판하기보다는 평상시의 관점에서 나온 행동이라고 봐야 어색하지 않을 것이다. 넓게 사고력을 가져서 다양한 관점에서 생각해 봐야 한다.

역사에서 벼룩과 노인 유형의 인물을 찾아 보자

임진왜란 당시 부산진 패전 동래성 패전 등 명장들이 잇달아 패전하는 가운데 김명원 원수 휘하에 있던 신각[25]이 한강 전투에서 패전 후 유도대장 이양원을 따라 양주에 도망가 있다가 양주 해유령에서 이혼의 원군과 함께 육군 최초의 승리

---

25 신각 조선 중기의 무신. 임진왜란이 일어나자 한강싸움에서 패한 후 함경도병마사 이혼의 원군과 해유령에서 일본군을 대파했다.

전투중인 신각 장군

를 거둔 전투가 있다. 하지만 김명원은 명령불복종이라는 이유로 조정에서 신각을 죽이게끔 만든다. 김명원도 신각이 비록 승전을 했지만 평상시 하던 대로 규율을 어기자 처벌을 내린다.

이야기에 빗대면 벼룩-신각, 노인-김명원으로 볼 수 있다. 벼룩이 노인에게 자신은 별로 피해를 안 주니 살려 달라 청한다. 신각 장군으로 본다면 승리를 이룬 것으로 보면 된다. 김명원이 보기엔 신각이 승전을 했으나 명령을 어겼으니 처벌을 해야 한다. 근데 이것은 거짓보고를 해서 신각을 죽인 것이니 노인으로 치면 해충이니 죽여야 한다는 논리로 보면 된다. 노인과 같은 그릇된 관점에 얽매인 어리석은 장수 한 명이 조선의 육지에서 최초로 승리를 거둔 명장 신각을 제거했다. 이처럼 고정관념은 무서운 것이다. 전쟁과 같은 긴급한 상황에도 저런데 벼룩이 안 죽는다는 것은 어불성설이 될 것이다.

생명 존중이 필요하다

위에서 수많은 생명 존중 사상들을 보았다. 노인은 벼룩을 죽인 것에 대해 반성해야 하고, 우리는 생명 존중 의식을 높이 함양하기 위해 도교, 불교 등의 다양한 사상을 접해야 할 것이다. 노인이 죽인 것은 벼룩 하나이지만 다른 작은 미물들도 언제 그렇게 죽을지도 모른다. 길을 가다가 보면 무심코 매우 작은 개미나 지렁이를 밟을지도 모른다. 무심하게 걷기보다는 작은 생명들을 생각해서 땅을 잘보며 걸어가야 할 것이다. 물론 앞도 잘 보면서 말이다.

생명 존중은 정말 필요하다. 살다보면 나도 똑같이 될 수도 있다. 굳이 작은 미물이 아니더라도 동물을 학대하지 말고 식물을 함부로 꺾지 말고 유기견이 나와서는 안될 것이다. 지금부터라도 높은 생명 존중 의식을 지녀 우리 모두 생태계를 보전하자. 인간이 건들지 않는 그 자체의 모습이 가장 아름다운 모습이다. 뭐든지 건들지 않는 원래의 모습이 아름답다. 모두다 생명을 존중하자. 그것이 나를 위하고 우리를 위하고 미래를 위하는 일이다.

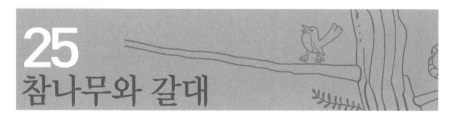

25
참나무와 갈대

- 강민욱

The Oak and the Reeds

"You were stubborn," came the reply, "and fought against the storm, which proved stronger than you: but we bow and yield to every breeze, and thus the gale passed harmlessly over our heads."

강둑 위에서 자라던 참나무 한 그루가 돌풍이 불어 뿌리가 뽑히면서 강물을 가로질러 갈대 사이에 엎어졌습니다. 그때 참나무는 갈대들에게 자신은 강한 힘을 가졌지만 뿌리채 뽑혀 강물에 넘어졌는데, 갈대들은 미약한데도 어떻게 폭풍을 피할 수 있느냐고 물었습니다.

그러자 갈대가 대답합니다.

"참나무 너는 폭풍과 정면으로 대적해 싸웠지? 결국 폭풍이 너보다 강했지? 하지만 우리는 작은 미풍에도 굴복한단다. 그래서 강풍도 우리에게 아무 해를 끼치지 않고 그냥 우리를 지나쳐 가더군."

참나무와 갈대의 지능 차이와 자아효능감

우선 이 우화에 나오는 참나무는 자신의 처지를 모르고 함부로 덤벼들다가 우월한 힘에 밀려 뿌리가 뽑혀버린 존재로 나와 있다. 아마도 이 글에선 거센 폭풍에 맞대응하다 뿌리가 뽑히고 마는 참나무의 우직함과 어리석음을 지적하는 듯하다. 그리고 갈대는 유연하게 폭풍에 굴복하는 듯 보이지만 결국 살아남는다. 이는 갈대가 참나무보다 허약하고 왜소하지만 특유의 부드러움으로 위기상황을 모면하는 인물을 상징하고 있다.

하지만 뽑힌 참나무가 갈대보다 더 낫다. 조금은 바보 같아도 자신의 한계를 뛰어넘기 위해 도전하는 참나무의 모습이 도전조차 하지 않고 작은 힘에도 굴복하는 갈대보단 더 낫다. 이솝이 강조하는 주제 의식과 다를지라도 쉽게 굴복하여 그 순간을 넘기는 갈대가 바람직한 삶의 모습이라고 보기에는 뭔가 찜찜하다. 갈대와 같이 그저 바람에 쉽게 굴복하여 살아남는 것이 꼭 바람직하고 진정한 승자인지는 의문이다.

예를 들어 보자. 돌풍이 부는 상황을 힘든 현실로 가정하고 참나무와 갈대는 그 현실 속에 살아가는 두 명의 인물로 생각해 보자. 그렇다면 참나무와 갈대의 차이점은 더욱 확실하게 드러난다. 힘든 상황을 이겨내기 위해 노력하는 참나무의 모습에 비해 작은 힘듦에도 불구하고 굴복해 버리는 갈대의 모습은 너무 무기력해 보인다.

교육학에서 지능이란 일반적으로 새로운 환경에 적응하는 능력이라고 말한다. 가드너(Gardner)의 다중지능이론에 따르면 지능은 '개인 내적 지능'이란 요인이 지능을 구성한다고 본다. 가드너의 다중지능 이론은 개인 내적 지능뿐만 아닌 다른 7개의 독립적인 다른 요인들이 지능을 구성한다. '갈대의 개인 내적 지능은 낮다.' 라는 가정을 세워서 생각해 보면 갈대는 새로운 환경에 적응하지 못하게 될 수밖에 없는 것이다.

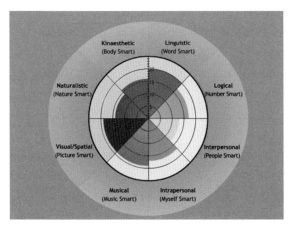

(다중지능은 총 9가지 언어지능(Linguistics), 논리수학지능(Logical-
Mathematical), 인간친화지능(Interpersonal), 자기성찰지능(Intra-
personal), 음악지능(Musical), 공간지능(Spatial), 자연친화지능
(Naturalist), 신체운동지능(Bodily-Kinesthetic), 실존지능
(Existentialist)등의 독립적인 요인들로 구성한다.)

실제 현실에서 아이들의 지능이 차이가 난다면 어떻게 해야 될까? 한 개인은
7개의 지능영역 가운데 한 가지 혹은 몇몇 분야에서 강점과 약점을 가질 수 있다
고 보기 때문에 학생의 약한 영역을 지도할 때 우세한 영역의 지능을 활용할 것
을 제안하는 것이 옳다고 본다. 아이들의 약점보단 강점을 살려서 꿈을 갖게 하
는 것이 교사의 역할이라 생각한다.

실제로 2015년 12월에 서귀포여자중학교가 3학년 학생들을 대상으로 다중지
능 검사결과에 의한 진로캠프를 실시하여 다중지능 검사를 토대로 학생들의 강
점과 약점 지능의 결과를 판독·분석해 자신의 소질계발 및 진로설계 방향을 설
정하는데 도움을 제공하였다. 아동도서 전문 출판사인 여원미디어는 '탄탄 아이
좋아 콩콩콩' 이라는 하워드 가드너 박사의 다중지능이론을 기초로 해서 만들어
진 아동도서를 출시하여 갓 태어난 0세부터 2세에 이르는 아이들이 이 책을 통
해 '언어지능', '자기이해지능', '신체운동지능' 등 8가지 지능을 골고루 발달
시킬 수 있다고 한다.

  또 다른 예를 들어보자. 이번에는 돌풍이 부는 상황을 일제 강점기로 보고 참나무와 갈대를 마찬가지로 일제 강점기속에 살아가는 두 명의 인물로 가정하자. 이 상황에서 참나무는 자신의 의지를 굴복하지 않고 일본군에게 저항하다 독립을 맞이하는 훌륭한 인물이 될 것이다. 하지만 갈대는 목숨을 부지했을지는 몰라도 자신의 뜻을 내세우지 못하고 굴복해 버리는 인물이 될 것이다.

  참나무는 주어진 상황에 전혀 굴복하지 않고 강력하게 대처하여 성공적인 결과를 도모했다. 이는 교육학의 반두라의 이론과 유사하다. 자아 효능감은 주어진 학습 상황에 대처하여 성공적인 학업성취를 가져올 수 있다고 믿는 것이 바로 반두라의 이론이다. 높은 자아 효능감[26]을 가진 사람(위 상황의 참나무)은 자기 수행능력을 믿으며, 실제로 자신이 할 수 있는 수준을 정하고, 스트레스 상황이 올 때 문제 중심의 해결책을 사용한다. 잘 해낼 수 있다고 말해 주는 인정과 격려의 말을 건네주는 선생님의 말씀이 아이들의 자아 효능감을 기를 수 있다.

---

26 자신의 삶에 영향을 주는 중요한 문제를 자기 스스로 해결할 능력이 있다는 확신

물론 이런 믿음 하나로 모두 성공하는 것은 아니다. 문재해결을 하면서 우울감과 좌절감이 올 수도 있다. 하지만 세상이 흘러가면 흘러가는 대로 살아가는 갈대와는 달리 참나무가 쓰러지면서 그 밑에 있던 자그마한 냇물의 흐름이 보다 나은 방향으로 바뀌었다면 참나무의 노력은 헛되지 않았으리라 생각한다.

　세상이 흘러가는 대로 맡긴다는 삶의 자세는 유유자적하는 선조들의 자연 철학을 받아들여 그 나름대로 의미가 있다. 하지만 나라를 빼앗기는 일제 강점기 하의 우리 땅에서도 어느 시인의 글처럼 그저 강냉이만 삶아 먹고 그냥 웃으면서 자연 속에 모든 것을 맡기고 살아갈 것인가. 그 점에서 난 이솝이 던지는 주제 의식이 그리 썩 바람직한 것은 아니라고 본다.

26
맹인과 새끼 이리

– 강민욱

The Blind Man and the Whelp

It would not be safe to admit him to the sheepfold."

옛날에 한 맹인이 너무나 뛰어난 촉감을 가지고 있어서, 어떤 짐승이라도 그의 손에 쥐어 주면 그 감촉만으로 그게 무슨 짐승인지 단번에 알아 맞혔습니다. 어느 날 어떤 사람이 새끼 이리를 그의 손에 놓아주면서 이게 무엇이냐고 물었습니다. 맹인은 잠시 그것을 이리 저리 만져보다가 말했습니다.

"새끼 늑대인지 새끼 여우인지 확실치 않군. 하지만 이걸 양우리 속에 안심하고 들여놓으면 안 된다는 것만은 분명하네요."

***

섣불리 판단하면 위험하다

이 우화에 등장하는 맹인의 행동이 주는 의미에 대해 여러 가지로 생각할 수 있다. 이솝이 강조하는 '악한 성향은 떡잎부터 알아본다.'와 맹인이 이리가 아직 다 자라지 않은 새끼인데도 불구하고 양의 우리에 들여보내지 말라고 한 것이 눈에 띈다. 이러한 맹인의 행동에서 사람의 타고난 본성은 악하다고 생각하는 윤리사상인 순자의 성악설이 떠오른다. 또한 촉각만으로 짐승을 판단하는 것을 조금 다르게 해석하면 현재 사회에서 문제가 되고 있는 외모지상주의로 생각할 수 있다. "맹인이 눈으로 확인하지도 않고 손으로 만져서 대상을 판단하는 것에는 문제가 있지 않을까.", "단지 양의 우리에만 넣지 않으면 문제가 해결되는 것일까.", "아무런 문제가 일어나지 않는다고 문제가 되지 않는 것일까.", "맹인의 너무나 주관적인 판단으로 앞으로 문제가 발생하지는 않을까." 등을 생각해 보았다. 이리가 아직 어린 존재인데도 맹수 새끼이기 때문에 악하다고 판단하는 것에도 할 말이 있다. 사람으로 치면 어린 아이가 앞으로 어떻게 성장하고 변할지 아무도 모르는데 본성으로만 판단하는 어리석은 사람들로 비유할 수 있지 않을까 싶다.

그럼 우리 사회에선 어떤 이와 같은 일들이 일어날까? 먼저 어떤 특정 조건으로만 대상을 판단하는 대표적인 예로 '외모지상주의'를 들 수 있다. 현재 '네이버 웹툰'에서 금요웹툰으로 그림을 그리고 있는 박태준 작가의 '외모지상주의'란 만화를 보아도 겉모습이 달라진 주인공의 모습에 대하는 사람들의 태도가 이전보다 확연히 차이가 난다. 실제 뉴스나 신문기사에서도 "외모지상주의의 비관적인 시선이 많음에도 불구하고 아직 한국에서 외모가 결혼, 취직의 최고 조건인 양 중요한 요소 중 하나로 꼽히는 것도 사실이다. 때문에 피부, 체형 등의 문제로 자신감을 잃고 소극적으로 변하는 사람이 많다."라는 문구를 쉽게 발견할수 있다. 외모로만 사람을 평가하는 것이 바람직하지 않는 것은 우리 모두 알고 있다. 그런데도 우린 너무나 쉽게 외모로만 사람을 평가하고 재단해 버린다. 물론 외모도 중요하다. 그러나 그 사람의 인성은 더욱 중요하다. 그런데도 외모만으로 그 사람의 인성까지 판단하는 일은 과연 바람직한 행동일까?

또한 맹인의 행동은 과잉대응이라고도 설명할 수 있다. 새끼 이리가 무엇을 한 것도 아닌데 미리 나쁜 짓을 할 것이라는 지레짐작으로 과잉 대응한 것이다. 목요일 오후 10:50분 JTBC에서 방송하는 '썰전'이란 프로그램에서 메르스에 관하여 박원순 시장이 메르스 증세가 발견된 35번 확진 환자가 대규모 군중 집회에 참가했다며 긴급 브리핑을 한 적이 있다. 그러자 강용석이 "국민들의 불안감만 더 구성했고 환자들을 범죄자 취급을 했으며 이 행동은 잘못되었다."라고 말하였다. 그에 반해 이철희는 "오히려 과잉대응을 하는 것이 나았다"고 말했다. 이처럼 맹인과 새끼이리에서 맹인의 촉각만으로 잘 판단할 수 있을까 하는 의문은 있을지 모른다. 하지만 맹인의 입장에선 이철희가 말하는 선의의 과잉대응을 함으로써 양의 안전을 보호하는 의도가 있지 않았을까 싶다.

세 번째로는 선입견에 대해 이야기를 해보자. 처음에 어떤 물체를 정의하고 그것을 사람들이 보았을 때 결국 사람들은 처음에 정의했던 대로 움직이길 기대하고 예상하게 된다. 이처럼 맹인이 이리새끼를 보았을 때 이리를 악이라고 정의했기 때문에 당연히 이리는 악으로 정의가 되었고 양을 잡아먹는다는 그런 관행이 되었다. 이리가 양을 잡아먹는 것은 당연한 일이지만 상황에 따라서 달라질 수 있다고 생각한다. 피아제의 인지 발달 이론을 예로 들어보자.

피아제의 인지 발달이론이란 인간의 인지발달[27]은 자연적인 성숙과 환경, 교육의 상호작용에 의해 발달된다. 피아제의 중요개념 중에는 '도식'과 '동화'가 있다. '도식'이란 인간이 가진 '이해의 틀'로서 인간이 태어날 때부터 가지는 것이 아니라, 환경과의 접촉에서 반복되는 행동을 말한다. 생물학적으로 이리의 머리가 인간을 따라올 수는 없지만 환경과의 접촉에서 이해의 틀을 형성한다는 점을 보면 맹인이 이리를 맨 처음으로 악으로 정의한 건 잘못된 행동이라고 생각한다. 또한 '동화'란 갖고 있는 도식을 통해 새로운 대상을 해석하고 이해하는 인지 과정이다. 이리가 양을 '먹이'라고 이해하지 않고 '친구'라고 인지하면 이리의 친구는 양이라고 동화되어 가지 않을까 싶다.

---

[27] 환경과 끊임없는 상호작용을 통해 이루어지는 인간의 적응과정

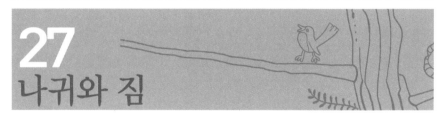

27
나귀와 짐

- 이재호

Donkey with Iuggage

When they came to the stream the Ass again lay down: but this time, as the sponges soaked up large quantities of water, he found, when he got up on his legs, that he had a bigger burden to carry than ever.

어떤 행상이 어느 날 많은 소금을 구입하여 함께 간 나귀가 감당할 수 있는 한도까지 실었습니다. 그런데 귀가길에 냇물을 건너면서 나귀가 그만 물 속으로 넘어지고 말았습니다. 그 와중에 소금은 다 젖어버리면서 무게가 상당히 줄어들었습니다. 그리하여 다시 네 발로 일어섰을 때 나귀는 등에 진 짐이 훨씬 가벼워진 것을 알았습니다. 그 뒤에도 읍내에 가서 소금을 다시 사 올 때도 나귀가 잔꾀를 부렸지요. 예전처럼 냇물 속에서 한 번 물 속에 누웠다가 일어나니 무게가 쏙 줄어드는 것입니다. 그런데 이번에는 주인이 나귀의 잔꾀를 알아차리고 스펀지를 많이 구입하여 나귀 등에 쌓아올렸습니다.

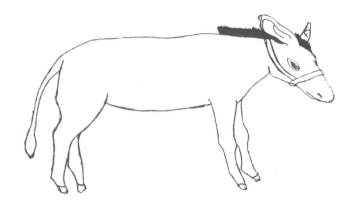

나귀는 그것도 모르고 냇가에서 예전처럼 다시 물 속에 누웠고, 스펀지에 물이 가득 먹어 엄청나게 무겁게 되었습니다.

* * *

정도로 가라

나귀가 물가에 쓰러진다. 그리고는 자신이 짊어지고 있던 대량의 소금이 녹아서 가벼워졌다는 것을 알고 한 번 더 그것을 이용해서 주인의 돈을 낭비하게 한다. 이 점에서 보았을 때 당나귀의 행동을 보면 아주 동물치고는 교활한 인간 못지않은 생각을 하고 그것을 써먹었다는 것을 알 수 있다. 하지만 이것을 주인의 관점에서 봤을 때는 결국 자신에 꾀에 넘어간 멍청한 당나귀로밖에 생각하지 않을 것이다.

이 당나귀와 주인의 모습을 우리나라의 사회에 비유해 보자. 주인은 아이들에게 많은 것을 바라고 지나친 억압과 압박을 강요하고, 지나친 교육을 시켜 사회적으로 많은 파장을 일으켰던 상위계층의 부모님들이고 당나귀는 부모님들의 기대에 못 미치는 아이에, 당나귀에게 실은 짐은 부모님들이 아이에게 원하는 그 모든 것과 억압과 압박에 비유할 수 있을 것 같다. 부모님들은 아이들에게 많은 것을 투자하여 교육을 시킨다. 아이들은 그것을 이기지 못하고 꾀를 부려서 거부해 보지만 결국은 부모님은 더한 압박을 불어 넣는다. 부모님들의 이러한 교육이 아이들의 미래를 위한다고 하지만 아이들은 결코 행복하지 못할 것이다. 차라리 아이들의 행복과 미래를 생각한다면 이러한 교육보다는 아이들을 생각하는 쪽으로 바꾸는 것이 좋을 것 같다.

김용익이 지은 『꽃신』이라는 소설에 보면 '나' 상도는 꽃신장이의 딸과 결혼하려고 하지만 꽃신장이는 내가 백정의 아들이라는 이유로 결혼을 반대한다. 이후 고무신의 등장으로 꽃신의 판매량이 줄어 형편이 어려워져서 꽃신장이의 딸은 남의 집 식모로 팔리게 된다. 하지만 꽃신장이는 사회변화에 적응하지 못하고 계속 꽃신을 고집하게 된다. 당연히 집안은 망하게 된다. 그리고는 꽃신의 곁에서 죽음을 맞이하게 된다. 여기서 '당나귀와 짐'과 비슷한 점을 말해 보자면 나귀가 다른 방법을 생각해 보지도 않고 잔꾀를 부리다가 일이 커지게 된다. 방법을 생각하지 않았다는 것은 진보하지 못했다는 것이고 진보를 하지 못했다는 것은 현실에 부적응했다는 것을 미루어 볼 때 나귀와 꽃신장이가 비슷한 인물이라고 볼 수 있을 것 같다.

시대의 흐름을 읽지 못하고 꽃신을 고집하다 결국 죽게 되는 꽃신장이나 기존의 사고에 젖어 아이들을 과도하게 사교육현장으로 끌어가는 일부 학부모들의 행위는 이 우화에 등장하는 나귀만큼이나 어리석기만 하다. 물론 꽃신장이나 학부모들의 행위가 정확하게 나귀의 잔머리와 일치하는 것은 아니다. 하지만 나귀가 꼼수를 부려 상황을 제대로 파악하지 못하여 낭패를 겪게 된다는 측면에서 시대의 흐름을 제대로 읽어내지 못하는 일부 학부모들의 처신이 오버랩되는 것 또한 사실이다. 우화를 읽으면서 나귀가 꼼수를 부리다가 낭패를 겪는 모습을 보면서 우리들은 그렇지 않을 것이라고 확신할지 모른다. 하지만 이 시대를 살아가는 사람들도 나귀와 비슷한 점이 매우 많다. 특히 아이들 교육에서 어떤 수를 쓰든 내 아이만 잘 되면 된다는 생각에 젖은 일부 학부모들의 생각은 어리석은 나귀가 무엇이 다른가.

맹목적으로 교과서 지식을 주입시키는 시대는 지나갔다. 참으로 다양한 현실

문제들이 우리를 기다리고 있다. 다양하고 복잡한 현실 문제를 해결할 수 있는 능력을 키워 내야 하는 시대가 되었다. 학창 시절 죽어라 외웠던 영어 단어나 쉽지 않고 풀었던 수학 문제들이 중요하지 않다는 뜻이 아니다. 그것들 나름대로 의미가 있겠지만 그것에 머물러 있는 사람들의 사고 방식이 심각하다는 것이다. 국영수 주요과목의 지식을 달달 외워 수능 점수를 많이 획득하여 명문대학에 합격한 뒤 출세하는 길만 고집하는 일부 학부모들의 사고가 아쉽다는 뜻이다. 그런 생각에 젖어 있다 보니 유치원부터 SKY대학을 겨냥한 학습 플랜을 짜서 아이가 하루에도 10개 가량의 학원을 순회하는 비극이 발생하는 것이다. 일시적으로 성적이 잘 나오면 그것에 희희낙락하는 학부모들의 행태를 우리 학생의 관점에서 보면 어리석은 정도가 아니다. 비닐하우스에서 식물을 촉성재배하듯 아이를 그렇게 무리하게 교육하면 그 결과가 어찌 될지 한번이라도 생각해 보면 좋겠다.

　내 아이만 잘 되라고 하는 심정에서 그렇게 과도하게 사교육현장으로 몰아넣으면 그 아이의 정신적 육체적 고통은 날로 누적되어 시쳇말로 그냥 골병이 드는 것이다. 내 아이만 잘 되면 세상은 어떻게 되든 관계없다는 꼼수로 세상을 살아가면 결국 그 귀한 아이조차도 잃게 된다는 점을 왜 모를까. 설령 명문대학을 졸업하고 대기업에 취직한다고 해도 그 아이가 학창시절에 경험해야 할 아름다운 추억을 강제로 빼앗긴 것은 어디에서 찾을 것인가. 그렇게 성장한 아이가 이 사회를 위해 무엇을 하려고 할 것인가. 사회에 대한 기여 그 자체를 생각이나 할 것인가. 우리들은 기계가 아니다. 부모를 소중하게 여길 줄 알고 가족과 나아가 사회와 민족을 생각하며 공동체에 기여할 수 있는 인재를 키워야 한다. 자신의 삶을 주도적으로 파악하고 미래를 설계하는 사람으로 만들어 가야 한다. 교육 방식도 사교육이든 공교육이든 정도를 걸어가는 인재 양성에 초점을 맞추어야 하고, 교육에 참여하는 모든 구성원들도 정도를 걸어가는 심정으로 행동해야 한다.

28
양치기 소년과 늑대

– 이재호

The Shepherd Boy and the Wolf

But this time the villagers, who had been fooled twice before, thought the boy was again deceiving them, and nobody stirred to come to his help. So the Wolf made a good meal off the boy's flock

한 양치기 소년이 마을 근처에서 양떼를 돌보고 있었습니다. 나타나지도 않은 늑대가 양떼를 공격하는 것처럼 가장하여 마을사람들을 속이면 정말 재미있을 것이라고 생각하였지요. 소년이 소리쳤습니다.

"늑대다! 늑대!"

이리하여 사람들이 몰려오자 소년은 너무나 재미있었습니다. 급히 달려오는 사람들을 바라보며 깔깔대고 웃었습니다. 그 뒤에도 몇 번이나 그렇게 장난을 쳤고, 사람들이 달려올 때마다 소년은 즐거웠지요. 하지만 자기들이 속았다는 것을 마을사람들은 알게 되었습니다. 늑대가 온 적이 없다는 것을 말이지요. 그

런데 어느 때는 정말로 늑대가 나타났습니다. 그리하여 소년이

"늑대다! 늑대!"

하고 목청껏 외쳐 구조를 요청하였지만 아무도 오지 않았습니다. 그리하여 늑대는 급할 것도 없이 양들을 하나씩 잡아 죽였습니다.

심리학적 관점에서 본 소년과 늑대

살아가면서 한번이라도 거짓말을 하지 않은 사람은 없을 것이다. 사람들은 무엇을 위해 거짓말을 하는 것일까? 대체로 자신들의 목표를 이루기 위해서 거짓말을 하는 경우도 있고 위기를 모면하기 위해서 거짓말하는 경우가 있다.

위의 그래프처럼 거짓말을 하는 이유는 가지각색이다. 그래프와 같이 우리 사

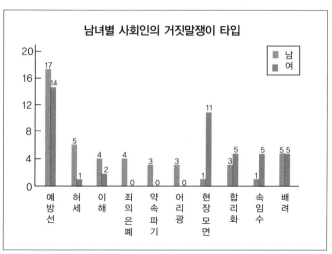

출처 : 시부야 쇼조 〈거짓말심리학〉

회에서 거짓말을 하는 것은 흔히 찾아볼 수 있는 자신의 묘책인 것이다. 그렇다면 거짓말을 하는 심리는 무엇일까. 흔히 거짓말은 크게 자신을 방어하기 위한 방어적 거짓말, 그리고 누구를 일부러 잘못되게 하기 위한 욕망의 거짓말로 나눌 수 있다. 하지만 '양치기 소년과 늑대'에 나오는 거짓말하는 소년은 자신을

방어하는 거짓말도 아니고 욕망을 위한 거짓말도 아니다.

　소년이 혼자 양을 지키면서 느꼈을 외로움과 고독함에 대해서 생각해 보았다. 소년이라고 하면 아직 성숙하지 않은 어린아이라고 한다. 어린아이라는 것은 아직 다른 사람의 도움이 필요한 그럴 나이라고 생각한다. 하지만 양치기 소년은 무슨 이유인지 혼자 양을 지키고 있었다. 양을 혼자서 지키면서 느꼈을 외로움과 그 외로움을 달래줄 무엇인가가 필요했을 것이다. 이러한 이유로 소년은 거짓말을 했을 것이고 사람들이 놀라서 헐레벌떡 뛰어오는 것을 보고 재미를 느끼고 외로움을 조금이나마 해소했을 것이다. 소년이 거짓말을 했던 것은 방어할 목적도 아니고 욕망을 위한 거짓말도 아니다. 그저 자신이 너무 외로웠기에 다른 사람의 관심을 받고 싶었기에 거짓말을 했을 것이다.

＊＊＊

반복되는 거짓말은 신뢰를 잃는다

양치기 소년 이야기는 누구나 알고 있는 유명한 이야기이다. 양을 지키던 양치기 소년은 심심함을 풀기 위해 늑대가 나타났다고 거짓말을 하게 된다. 늑대가 나타났다는 말을 들은 동네사람들이 혼비백산 모여들자 그것을 보고 양치기 소년은 낄낄 웃는다. 그리고는 한 번 더 늑대가 나타났다고 거짓말을 하게 된다. 한 번 더 동네사람들은 양치기 소년의 거짓말에 속아서 몰려든다. 하지만 더 이상 늑대가 나타나지 않는다는 것을 알게 된 동네사람들은 양치기소년을 믿지 않는다.

그런데 진짜로 늑대가 나타나자 양치기 소년은 늑대가 나타났다고 소리친다. 동네사람들은 양치기 소년이 또 거짓말을 한다고 생각하고 믿지 않는다. 그리고 양들은 늑대에게 전부 잡아먹히게 되었다는 이야기이다. 양치기 소년은 자신의 어리석음에 넘어간 것이다. 한번 재미를 느끼고 계속해서 거짓말을 치고 사람들을 속여서 자신의 쾌감을 채운 어리석으면서도 교활한 인간이다.

양치기 소년 우화와 너무나 흡사한 역사적 사실이 있었으니, 중국 서주의 마지막 왕인 유왕에게는 경국지색의 절세 미인 포사라는 첩이 있었다. 어리석은 유왕에게 왕후의 아들인 '의구' 대신 포사의 아들인 '백복'을 태자로 임명할 정도로 포사를 아꼈다. 그런데 이 포사라는 애첩은 평소에 잘 웃지를 않았다. 유왕은 포사의 마음을 사고 그녀의 미소를 보기 위해 갖은 방법을 궁리하였는데, 한 번은 포사가 비단을 찢는 소리가 좋다하니, 궁중에 있는 그 많은 비단을 가져다 찢어 버리는 일도 허다했다 한다. 참으로 어리석은 왕이여! 남자여!

더욱 기가 찬 일은 국방에 절대적으로 필요한 여산 봉화로 장난을 친 일이다. 당시 여산의 꼭대기에는 외적의 침입에 신속하게 대응하기 위해 봉화를 설치해 놓았다. 포사는 유왕에게 봉화를 피워 달라 청하고 유왕은 포사를 웃게 하기 위해 외적의 침입이 없었음에도 봉화를 피워 제후들을 모았다. 각지에서 온몸에 땀이 절은 군사들이 밤낮으로 달려 수도로 왔으나 정작 궁에는 별일이 없었으니 군대를 끌고 온 제후들이 얼마나 황당했겠는가. 그것을 본 포사는 비로소 웃었다고 한다. 그 뒤로도 유왕은 세 번이나 거짓 봉화를 올려 포사를 웃게 하였다. 제후들의 불만이 쌓여 가는 건 당연한 일이었다. 그중 왕후의 아버지이자 폐위된 태자의 외척은 서쪽 지방에 있던 융족의 일파인 견융과 손잡고 유왕을 치기로 한다. 견융이 침략해 오자 이민족의 침략을 알리는 봉화가 피어올랐지만 봉화에 응답해 군사를 몰고나온 제후는 없었다. 그리고 주나라는 멸망하게 되었다. 참으로 엄중한 역사적 교훈이 아닌가.

요즘 식당에서 음식에 들어가는 재료의 원산지를 속여서 파는 음식점이 많다. 원산지를 국산이라고 적어 놓고선 다른 나라의 수입산 재료를 넣는 비양심적인 행동을 보인다. 나중에는 다 거짓말로 들통나서 가게가 망하는 꼴을 많이 보기도 했다. 원산지를 속여 일시적으로 경제적 이익을 취할 수 있을지 모른다. 하지만 '신뢰와 양심'을 바탕으로 고객의 마음을 사지 않고 얄팍한 상술로 지속적인 이윤획득은 불가능하며 심지어는 가게가 통째로 파산하는 위험을 스스로 초래하게 되는 것이다.

이와 같이 사람은 거짓말을 하면 나중에는 꼭 다시 자신이 피해를 보게 된다. 그래서 양심을 속여가면서 남을 속이는 것은 정말 나쁜 일이다. 탈무드에서는 거짓말쟁이가 받는 가장 큰 벌은 그 사람이 진실을 말했을 때도 다른 사람이 믿어 주지 않는 것이라고 말했다. 거짓말을 하면 한 번 정도는 속을 수 있겠지만 그 거짓말이 반복되면 결국 이 사회에서 신뢰감을 상실하게 되고 무엇인가 해 보려고 노력해도 주위 사람들이 믿어 주지 않는다. 세상을 살아가면서 다른 사람과 소통하지 않고는 그 무엇도 할 수 없다. 그런데 거짓말을 하여 신뢰감을 상실한다는 것은 자살행위와 마찬가지이다. 탈무드의 이 명언은 양치기소년과 가장 잘 어울리는 것 같다.

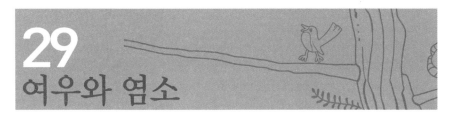

29
여우와 염소

– 이시현

The Fox and the Goat

Look before you leap.

어느 날 여우가 우물에 빠져서 다시 나올 수 없게 되었는데, 마침 그 곁으로 목마른 염소 한 마리가 그곳을 지나게 되었습니다. 염소가 우물 속의 여우를 보고 그 물 맛이 어떻냐고 물었지요. 그러자 염소가 이렇게 말했습니다.

"이 물은 내가 평생 맛본 물 중에서 제일 좋은 물이야. 내려와서 너도 직접 마셔 봐."

갈증에 시달린 염소가 아무런 생각도 없이 즉시 우물로 뛰어들었습니다. 물을 실컷 마시고 갈증을 해소하자 염소도 여우와 다름없이 우물에서 나갈 방법을 찾아 주위를 이리저리 둘러보았습니다. 그러자 여우가 제안합니다.

"나한테 좋은 생각이 있어. 염소 네가 뒷다리로 서서 앞다리로 벽면을 힘껏 누르고 있어. 그러면 나는 네 등을 타고 올라가 거기서부터 네 뿔을 밟고 나갈 수

있을 거야. 내가 먼저 나가서 너를 꺼내 줄게."

염소는 여우의 제안에 따랐습니다. 여우가 먼저 우물을 벗어나더니 그만 냉담하게 그곳을 떠나 버렸습니다. 염소는 큰 소리로 여우를 부르면서 나가도록 돕겠다던 약속을 상기시켰습니다. 그런데 여우는 그냥 고개만 돌려 이렇게 대답합니다.

"염소야. 네 턱에 수염을 가진 만큼 네 머리에 지각이 있었다면 뒤도 생각지 않고 그렇게 우물로 뛰어들지는 않았을 거다."

＊＊＊

그렇게도 어리석을 수가 있을까

이 우화 속에서 염소가 여우에게 속아 우물에 갇히게 된 장면을 보니 불현듯 초나라와 한나라의 전쟁을 그린 초한지 속의 인물인 항우와 범증, 진평이 생각났다. 범증은 중국 안후이성 출신이며 역사에서 초나라 항우의 책사로 알려진 인물이다. 범증은 초한쟁패 과정에서 항우의 참모로 활약하였다. 그는 초나라 사람들의 지지를 얻기 위해서는 초나라 회왕의 후손을 찾아 그를 왕으로 옹립해야 민심이 따를 것이라고 주장하였고 항량은 초 회왕의 손자인 웅심을 초나라 왕으로 세워 민심을 얻었다.

하지만 훗날 웅심이 함양으로 먼저 진격하는 자를 관중왕으로 인정하겠다고 발표하면서 문제가 발생한다. 진나라가 아무리 말년에 국력이 떨어졌다고 해도 남아 있는 주력군은 상당한 힘을 갖고 있었다. 항우는 장한이 이끄는 진나라 주력군을 만나면서 함양성으로 가는 길에 어려움에 처하게 되는 반면 유방은 신속하게 함양성에 들어서면서 절대적인 우위를 점하게 된다. 항량이 진나라와 전투에서 방심하다 패하여 죽자 범증은 항우를 보필하는 유일한 책사로서의 역할을 하였다. 그는 항우의 높은 신망을 얻었고 아버지 다음으로 여기는 사람이라는 의미인 '아부(亞父)'라는 존칭을 받았다.

범증은 뛰어난 지략의 책사였지만 유방의 모사 진평이 만든 계략에 빠진 항우에 의해 쫓겨난다. 유방의 막사로 항우의 사자가 찾아오자 극진한 만찬을 준비하였다가, 범증이 온 줄 알고 이렇게 대접상을 차렸는데 항우의 사자가 온 것이라면 만찬을 준비할 이유가 없다며 만찬상을 치워버렸다. 이 모든 것이 항우와 범증의 사이를 이간질하기 위한 진평의 책략이었다. 초나라 막사로 돌아간 사자는 이런 사실을 항우에게 고했고 항우는 범증을 의심하기 시작했다. 범증은 항우의 의심을 받자 자리를 털고 일어나 고향으로 돌아갔다. 범증은 고향에서 실의 속에 죽었다고 한다. 한편, 항우는 유방과의 전쟁에서 패배한 후 자신이 간계에 빠졌던 사실을 알게 되자 범증을 쫓아낸 것을 크게 후회하였다고 한다.

초한 쟁패에 나오는 항우를 이 우화의 염소에 비유할 수 있고, 유방의 모사 진평을 여우에 비유할 수 있다. 또한 염소가 여우에게 속아 우물 속에 갇히게 된 상황을 항우가 진평의 반간계에 빠져 자신의 책사인 범증을 잃고 유방과의 전쟁에서 패배하게 된 상황과 같다고 볼 수 있다.

사람들이 이 우화를 읽으면서 누구든 염소의 어리석음을 비난할 것이다. 지금 현대인이 역사를 배우면서 항우의 행위를 비난하는 것처럼. 그렇지만 우리 사회에는 의외로 염소같이 어리석은 사람이 많다. 제 3자가 보기에는 뻔한 거짓말인데 정작 당사자는 그 상황을 제대로 파악하지 못해 어려움에 처하는 어리석음 말이다. 그리고 어리석은 사람을 속이는 사람의 교활한 행위도 이 사회에서 많이 목격된다. 항우가 범증을 내치는 과정이야 진평의 교묘한 심리전에 의한 속임수라 어쩔 수 없이 당하였지만 염소와 여우의 경우는 사정이 조금 다르지 않은가. 그렇게 친한 족속도 아닌데 여우의 말을 듣고 벽에 두 다리를 대는 염소의 어리석음이여!

30
어부와 잔챙이 청어

– 이시현

The Fisherman and the Little Fish

"I should indeed be a very simple fellow if, for the chance of a greater uncertain profit, I were to forego my present certain gain."

어부가 바닷가에서 그물을 끌어 올렸더니 그 속에는 겨우 한 마리의 잔챙이 청어가 들어 있었습니다. 그 잔챙이는 다시 물 속으로 돌려보내 달라고 애원했습니다. 잔챙이 청어는 말했습니다.

"저를 살려보내 주신다면 지금은 겨우 잔챙이에 불과하지만 언젠가 크게 자랄 것이고, 그때 어부님께서 다시 오셔서 저를 잡으시면 큰 고기로 자라 있어 쓸모가 있을 겁니다."

그러나 어부가 대답했습니다.

"그건 아니지. 너를 잡은 지금 난 너를 가져가야 해. 너를 돌려보내면 언제 다시 볼 날이 있을지도 모르는데, 그건 어림도 없는 소리지!"

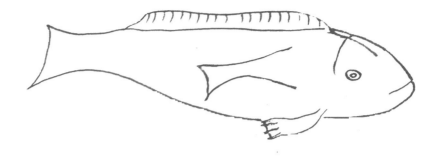

***

자연은 인간의 도구가 아니다

위의 이야기 속에서 어부가 그물을 던졌는데 왜 한 마리의 잔챙이 청어만이 그물에 걸려 들었는가라는 생각에 초점을 맞춰서 생각해 보았다. 백과사전에 보면 본래 청어는 무리지어 다니는 어류이다. 현실적으로 본다면 어부가 그물을 던졌을 때 한 마리의 청어만이 걸려들었다는 것은 믿기 어려운 상황인 것이다. 그래서 우화에 나오는 상황을 생태계와 연관지어 생각해 보았다. 자연 속에서 동물의 개체 수는 먹고 먹히는 관계 속에서 유지되고 있다.

예를 들어 어떤 숲속에 여우와 토끼가 각각 100마리씩 있다고 하자. 처음에는 여우들이 잡아먹을 수 있는 토끼가 많을 것이다. 하지만 시간이 지나면서 토끼의 수가 50마리로 줄어들었을 때 여우들은 자신들끼리 남은 50마리의 토끼들을 잡아먹기 위해 경쟁을 할 것이다. 그중 경쟁에서 이기지 못한 여우들이 굶어 죽고 50마리의 여우들만이 살아남을 것이다. 여우의 개체 수가 줄어들자 살아남을 수 있는 토끼들이 많아지고 번식을 하여 개체수가 다시 100마리로 늘어날 것이다. 그렇게 되면 다시 많아진 토끼를 잡아먹은 여우들의 개체수가 100마리로 늘어 날 것이다. 이렇게 생태계는 먹고 먹히는 먹이사슬 속에서 개체수를 자연스럽게 유지한다. 하지만 이야기 속 그물에 걸린 청어는 단 한 마리였다. 그렇다면 무엇인가 바다 속 생태계에 개입을 하여 청어의 개체수에 영향을 미쳤다는 이야기가 된다.

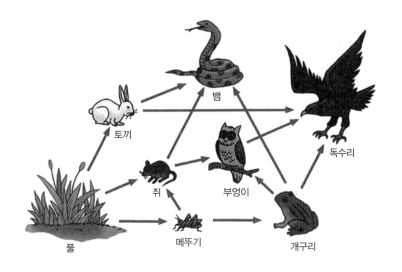

토끼　뱀　독수리

쥐　부엉이

풀　메뚜기　개구리

　자연에 개입하여 생태계에 영향을 미친 대표적인 예로는 이명박 전 대통령이 추진한 4대강 사업[28]이 있다. 4대강 살리기를 목적으로 진행된 사업이었지만 처음 목적 중 하나였던 수질개선 및 생태계 복원과는 모순되게 낙동강은 녹색 페인트를 풀어 놓은 듯 녹조가 강을 덮는 현상이 생겨 수질을 악화시키고 있다. 이렇게 수질이 악화되자 물고기들의 먹이였던 수초들이 줄었고, 수초의 개체수가 줄자 수초를 먹고사는 물고기들의 개체수도 줄어들게 되었다. 자신의 대통령 임기 내에 업적을 남기려고 한 사업인지, 정말 생태계를 개선하고자 하는 생각에 추진한 사업인지는 모르지만 결국 생태계를 개선하고자 하여 자연에 개입한 것이 더 큰 환경파괴를 가져왔다고 생각한다.

　또 이 우화는 어부가 눈앞에 이익만을 생각하여 잔챙이 청어를 잡아들여서 더 큰 이익을 잃는 '소탐대실'이라는 교훈을 주고 있다. 작은 이익을 얻으려다 큰

28 4대강 사업은 총사업비 22조 원을 들여 4대강(한강, 낙동강, 금강, 영산강) 외에도 섬진강 및 지류에 보 16개와 댐 5개, 저수지 96개를 만들어 4년 만에 공사를 마무리하겠다는 목표로 추진됐다. 그러나 야당은 예산 낭비와 부실공사 우려가 있다며 대대적인 반대에 나섰고, 이후 정치적 논란은 계속됐다. 하지만 4대강 사업은 정부의 사업 추진 발표 후 두 달 만인 2009년 2월, 「4대강 살리기 기획단」이 만들어지며 본격 추진되기 시작했다. 그 해 6월에는 4대강 살리기 프로젝트 마스터플랜이 확정됐으며, 7월부터 홍수 예방과 생태 복원을 내걸고 본격적인 착공에 돌입했다. 9월에 사업자가 선정된 이래 4대강 주변은 생활 · 여가 · 관광 · 문화 · 녹색성장 등이 어우러지는 다기능 복합공간으로 꾸민다는 계획 아래 사업이 진행되어 2013년 초 완료되었다.

이익을 놓치는 '소탐대실'의 예 중에서 연개소문과 김춘추의 외교를 예로 들고자 한다.

당시 신라는 632년 선덕여왕이 왕위에 오른 뒤 줄곧 백제의 공격에 시달리고 있었다. 따라서 신라는 고구려와 손을 잡고 백제를 고립시키려 하였다. 고구려와 손을 잡기 위해 김춘추가 신라의 사신으로 목숨을 건 외교를 하러 고구려의 연개소문을 찾아갔다. 김춘추는 백제에 의한 신라의 멸망은 고구려에게도 이롭지 않다는 점과 강성해진 백제가 중국 대륙과 손을 잡을 경우 고구려도 위험하다는 점을 내세워 고구려와 신라가 연합해야 한다고 주장한다. 그러나 연개소문은 '고구려가 수와 싸울 때 신라가 빼앗아 간 죽령 이북의 땅을 돌려주면 신라를 도와주겠다.'라고 주장하며 김춘추를 고구려에 붙잡아 두었다. 이때, 김춘추가 고구려 임금의 신임을 받던 선도해에게 뇌물을 바치자, 선도해는 술과 음식을 가지고 김춘추에게 토끼의 간 이야기로 꾀를 알려 주어 김춘추는 고구려를 빠져나온다.

신라는 고구려가 아닌 당나라에게 조공을 약속하고 백제를 공격하기 위하여 손을 잡게 된다. 신라와 당나라의 연합에 의해 660년 백제가 멸망하였다. 백제가 멸망한 뒤 신라와 당나라의 연합은 고구려가 연개소문의 사후 그의 세 아들 사이에 권력 다툼이 일어나 장남 남생이 당에 항복하는가 하면 연개소문의 아우 연정토가 신라에 투항하는 등 지도층의 내분을 틈타 668년 고구려를 멸망시킨다.

위의 이야기에서 죽령 이북의 땅은 작은 것에 비유할 수 있고 고구려를 큰 것에 비유할 수 있다고 생각하였다. 연개소문은 죽령 이북의 땅을 탐하여 김춘추를 고구려에 붙잡아 두었고 그 결과로 신라와의 외교가 틀어졌다. 이 사건을 계기로 신라와 당나라가 연합하게 되어 백제가 멸망하고 끝내 고구려도 멸망하게 된다. 연개소문이 눈앞에 보이는 작은 이익인 죽령 이북의 땅을 탐하지 않고 고구려의 더 큰 이익을 생각하여 신라와 연합을 하였다면 훗날 삼국통일을 이룬 국가가 신라가 아닌 고구려가 될 수 있었을지도 모른다고 생각한다.

31

뻐기는 여행자

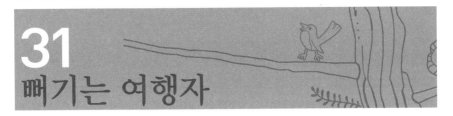

– 강승현

The Boasting Traveler

"Suppose this to be Rhodes; and now for your leap."

예전에 한 사나이가 여행 차 해외에 나갔는데, 집으로 돌아온 뒤에 외국 여러 나라에서 보고 들은 것들을 마을 사람들에게 이야기하게 되었습니다. 무엇보다 로테스에서 열린 높이뛰기 대회에 참가했는데, 아무도 자기를 이길 수 없었다고 자랑하였습니다.

"로테스에 가서 그곳 사람들에게 직접 물어보시면 그 사람들이 내 말이 사실이라고 말해줄 겁니다."

그 사나이가 말했습니다. 그러자 가만히 듣고 있던 사람들 중 한 사람이 말했습니다.

"당신이 그렇게 높이뛰기를 잘하면 굳이 우리가 로테스까지 갈 필요는 없지요. 여기가 로테스라고 가정하고 한 번 뛰어보세요!"

＊＊＊

언행 불일치

자신을 과장하여 사람들에게 허세를 부리다 망신을 당하게 된다는 교훈이다. 이 우화를 보면 언행 불일치라는 말이 생각난다. 말과 행동의 불일치는 우리가 늘 유의해야 하는 것이다. 대표적인 언행 불일치의 사례로 선거공약이 있다. 선거운동 시에는 표를 얻기 위해 지킬 수 있든 없든 상관없이 무수히 많은 공약들을 내뱉지만 막상 당선되고 난 후에는 거의 공약들이 지켜지지 않는다. 숱한 선거를 거치면서 우리 국민들도 정치인들의 약속을 거의 믿지 않은 듯하다. 투표 전과 개표 이후의 급변하는 정치인들의 모습을 생각해 보라. 그런 일들이 누적되면서 우리 사회에 가득해진 불신의 벽들! 그런 모습들이 높이 뛰지 못해 신뢰를 얻지 못한 여행자의 모습과 매우 유사하다고 생각한다.

First Impression

이 우화에서 여행자는 사람들의 기대와는 다른 자신의 이야기를 지나치게 많이 한 탓에 듣는 사람들에 대한 첫인상이 좋지 않게 되었다고 느꼈다. 사회 심리학 연구에 따르면 우리는 상대방 행동에 따라서 그들에 대한 끊임없이 지속적인 인상을 빠르게 형성한다고 한다. 이러한 일은 큰 노력 없이 이루어진다. 상대방의 고정적인 성품을 하나의 단일 행동으로 추론하면서 거친 단어나 칠칠맞지 못한 행동을 통해서 말이다. 우리는 인상을 지표로 상대방이 미래에 어떻게 행동할지에 대해 정확하게 예측할 수 있다고 한다.

그렇다면 그러한 인상을 바꾸려면 어떻게 해야 할까? 이 우화에 나오는 여행자처럼 자신의 능력을 과대포장하고 지나치게 강조하면 상대방에게 오히려 불신을 주게 된다. 사람들은 보통 자신을 선전하고 그것을 강조하면 자신의 이미지가 긍정적으로 자리매김한다고 여기는 것 같다. 하지만 자신의 능력을 실제로 보이지 않고 그저 자랑만 하면 어느 사이에 불신을 얻게 된다. 자신의 역량이 가득 찬 사람은 굳이 자신을 강조하지 않아도 상대방은 저절로 알아준다. 자신을 알리는 것이 뭐 그리 조급한지. 수만 가지 말보다 한 가지 행동으로 실제 사례를 보여주면 그런 인상이 가볍게 바뀌게 될 것이다. 그리고 이후로도 지속적으로 실천하는 모습을 보이면서도 스스로 말로써 강조하는 것을 지양해야 한다. 말은 많을수록 역효과만 날 것이니까.

발타자르 그라시안이 쓰고 임정재가 옮긴 책 『사람을 얻는 지혜』에 보면 '성과를 드러내되 노력은 숨겨라'라는 내용이 나온다. 지혜로운 사람은 자신이 한 일의 결과가 타고난 재능 때문인 것처럼 보이도록 그 속에 담긴 노력을 숨긴다. 사람들은 인위적인 것보다 타고난 것을 더 높이 평가한다. 그래서 공연히 잘난 척하는 사람을 보면, 그가 재능이 없기 때문에 일부러 더 과장해서 자신을 드러내는 것이라고 생각한다. 지혜로운 사람은 재능을 갈고 닦기 위해 노력하는 만큼 그것을 감추기 위해서도 노력해야 한다. 그러나 지나치게 겸손한 척하다가 오히려 더 잘난 척하는 꼴이 되지는 않아야 한다. 정작 자신은 무심한데 다른 사람들이 그의 재능을 우러러볼 때 비로소 능력과 인품을 겸비한 사람이라는 평가를 얻을 수 있다.

평범한 사람이 도저히 흉내낼 수 없는 경지에 오른 '지혜로운 사람'들은 자신의 재능을 오히려 숨김으로써 더 크게 드러내는 것이다. 말이야 쉽겠지만 살아

여행자가 사람들한테 말하는 모습

가면서 그렇게 행하는 것이 그리 쉬운가. 그래도 우화에 등장하는 여행자처럼 자신을 자랑하는데 열중한 나머지 오히려 주위 사람들에게 불신을 주는 그런 사람은 되고 싶지 않다. 남들이 굳이 알아주지 않아도 내면으로 실력을 쌓고 인품을 갈고 다듬어 나가면서 스스로의 역량을 키워나가면 나 자신이 행복한 삶에 기뻐하게 되지 않을까 싶다.

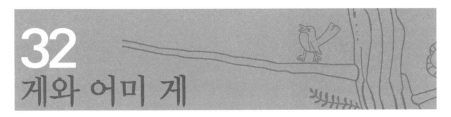

32
계와 어미 게

– 강승현

The Crab and It's Mother

do but set the example yourself, and I will follow you.

한 늙은 게가 옆으로 걷는 아들 게에게 똑바로 걸으라고 말했습니다. 그러자 아들 게가 엄마에게 시범을 보여달라고 요청합니다. 늙은 어미 게는 해보려고 노력하고 노력했지만 게의 생물학적 특성상 불가능한 것이지요. 그제서야 어미 게는 자식을 헐뜯은 것이 얼마나 바보스러웠던가를 깨달았습니다.

✻ ✻ ✻

부모는 아이의 모델

먼저 어미 게가 새끼 게에게 "아들아, 넌 왜 그렇게 옆으로 걷니? 넌 좀 똑바

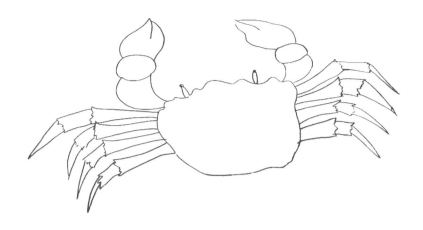

로 앞으로 걸어야 돼."라는 부분을 보고 현대 사회에서 우리에게 무언가를 강요하는 사람들이 직접 자신이 그 일을 하면 실패하는 모습이 생각이 났다. 예를 들어 우리가 초등학교 시절 때는 좌측통행을 하라고 하더니 우측통행으로 바꾸어 버리는 모습 모두 이 글과 비슷한 면이 있다.

두 번째로 어미 게를 통해 나의 단점보다 다른 사람의 단점이 더 크게 느껴진다는 점을 발견해 낼 수가 있다. 오히려 상대방이 가지고 있는 단점에 대하여 아무것도 생각하지 않고 무조건 충고하고 비판만 하는 것보다는 다른 사람의 단점을 들여다보기 전에 먼저 나의 단점을 곰곰이 생각해 본 후에 격려를 해주는 것이 옳다고 생각한다.

세 번째로는 새끼 게에게 그릇된 행동을 한 어미 게의 모습을 비판 할 수가 있다. 어미 게는 자신의 행동이 잘못된 줄 모르고 자신과 똑같은 행동을 하는 새끼 게를 꾸중하고 있다. 어미 게가 옆으로 가는 걸 보면 자식은 어쩔 수 없이 옆으로 갈 수밖에 없다. 인간이든 동물이든 부모 역할도 제대로 하지 않고 새끼에게 강요하는 것은 옳지 않다고 생각한다. 부모로서 먼저 모범을 보이고 새끼에게 설득을 하는 것이 더 바람직한 방법이다.

윗물이 맑아야 아랫물이 맑다

이 우화를 읽고 어미 게 자신도 앞으로 걷지 못하면서 아들에게 앞으로 왜 걷지 못하냐고 하는 것을 보고 君子之德風(군자지덕풍)[29]이라는 고사성어가 떠올랐다. 흔히 노블레스 오블리주라고 하여 이 사회 최고 지도층이나 유명 인사들의 의무 사항

을 강조하는 말이 자주 출현하고 있다. 그것은 그만큼 이 사회에 지도층이 모범을 보이지 않고 있다는 것을 증명해주는 것이다. 굳이 그런 용어를 쓰지 않고도 자연스럽게 행동으로 체화되어야 좋지 않겠는가!

게의 구조 차이

위 글에서 어미 게는 '옆으로 걷는 게'에게 "앞으로 걸어라"라고 하였다. 당연히 게는 앞으로 걷지 못할 것이고 직접 하려고 하는 어미게 또한 앞으로 걷지 못하였다. 왜 게들은 옆으로 걸을 수밖에 없는 것일까? 위 왼쪽 그림은 옆으로 걷

는 게의 한 종류인 돌게이고, 오른쪽 그림은 앞으로 걷는 게의 종류인 밤게이다. 두 그림에서 알 수 있는 두 게의 차이점은 무엇일까? 바로 다리의 구조이다.

돌게 같은 보통 게들은 개펄을 걷기 위해 다리 폭이 넓게 생겨서 다리가 꺾이게 되어 있다. 각 다리의 관절이 앞뒤로 지나치게 가깝게 형성되어 있고 게의 다

---

29 군자의 덕은 바람과 같아서 백성은 모두 그 풍화를 입는다는 뜻으로, 윗물이 맑아야 아랫물도 맑다.

(사진출처 : 네이버 지식백과) 위 그림은 보통 게들의 다리 구조이다.

리는 배를 중심으로 안쪽으로만 굽어지기 때문에 앞뒤로 걷기보다는 옆으로 걷는 편이 쉽고, 자연스럽게 동작이 나오는 것이다. 그렇다면 밤게는 어떻게 앞으로 걷게 되는 것일까. 밤게, 대게 등은 앞쪽으로 걸을 수 있다. 이런 게들은 다리가 다른 게들에 비해 얇은 편이고 다리와 다리 사이의 거리가 다른 게들에 비해 넓기 때문에 앞으로 걸을 수 있다.

게의 신체구조상 그렇게 걸을 수밖에 없는데도 어미 게가 아들 게에게 똑바로 걸을 것을 요구하는 상황은 어쩌면 선생님들이나 부모님들이 우리에게 거의 불가능한 것을 요구하는 것과 너무나 흡사하다. 훗날 우리가 성장하여 어른이 되었을 때, 우리가 먼저 모범을 보이고 아이들이 자연스럽게 따라 올 수 있게 해야한다.

33
나귀와 나귀의 그림자

– 박철환

The Ass and his Shadow

When the men finally stopped arguing, they found that the donkey and his shadow were both gone.

어떤 남자가 너무나 뜨거운 여름날에 여행을 하기 위하여 나귀를 빌렸습니다. 그리고 길을 떠났는데, 그 나귀의 주인도 동행하였습니다. 여행 중 어느 날 여름 한낮의 뙤약볕 속에서 그들은 줄줄 흐르는 땀을 견디지 못하고 잠시 쉬기 위해서 발걸음을 멈췄습니다. 그런데 문득 나귀를 보니 발 밑으로 그림자가 길게 나 있었습니다. 그래서 남자가 더위를 피하기 위해 그림자를 향해 가고 있었습니다. 그런데 주인은 여행자가 그렇게 하는 것을 허용하지 않았고, 그 이유를 여행자가 물어 보았습니다. 나귀만 빌렸지, 나귀의 그림자는 빌리지 않았다는 것입니다. 그래서 계약 상 특정 기간 동안 나귀를 이용할 수 있도록 보장된 것이 아니냐고 여행자가 따졌습니다. 그것이 빌미가 되어 주먹싸움이 되었고, 그 사이에 나귀가 도망쳐 버렸습니다.

＊＊＊

참으로 어리석은 인간들이여!

이 우화에서 이솝이 제시하는 교훈은 사물의 그림자를 놓고 논쟁하다가 정작 나귀가 도망쳐 버렸다는 것을 들어, 사소한 것에 매달려 정작 중요한 사물의 본질을 망각하기 쉽다라는 것이다. 그런데 필자는 다른 생각을 해 본다. 논쟁을 할 때 상대방의 의견을 존중해 주었으면 좋겠다는 생각을 해 보았다. 우리는 살아가면서 숱한 논쟁을 하게 된다. 그리고 그 순간만 지나면 그 논쟁이 무의미하게 되는 때가 많다. 물론 절체절명의 상황에서는 치열한 논쟁이 필요할 것이다. 나라의 운명이 걸린 문제라든가, 자신의 생에서 매우 중요한 기회가 왔을 때도 논쟁을 치열하게 해야 할 때도 있을 것이다. 그러나 대부분의 논쟁은 그야말로 사소한 말싸움에 불과한 경우가 의외로 많다. 그런 논쟁을 하는 중에 조금만 뒤로 물러나서 상대를 이해하고 상대의 입장이 되어 대화를 이끌어 가다 보면 문제가 쉽게 풀리는 경우가 많다.

여기에서도 그림자에 대한 권리를 주장하는 논쟁을 벌이다가 정작 재산인 나귀를 잃어버렸다는 사실이 중요하다. 사람들이 사람과 만나면서 어떤 관계를 형성해 나갈 때 '인간관계는 기브앤테이크(Give and Take)다. 내가 준 만큼 나도 받는다' 는 생각이 들 때가 많다. 그런데 조금 더 재미있는 사실이 있다. 우리는 어릴 때 부모님과 선생님 같은 주변 어른으로부터 아낌없이 주는 나무처럼 남에게 베풀 수 있는 사람이 되라고 가르침을 받지만, 학교에 들어가면서부터 사회에 진출하기까지 무한 경쟁 속에 들어가고 만다. 그렇다면 기브앤테이크 같은 사고가 들어갈 여지가 없다. 오직 일등 아니면 꼴찌, 승자가 모든 것을 독식하는 사회에서는 그런 상호 보완적인 사고가 피어날 수가 없다. 그렇지 않은가. 배려와 이해가 없는 한 의사소통 또한 원활하지 않을 것이다. 상대방의 입장이 되어 조금만

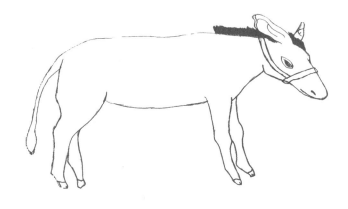

생각해본다면 갈등을 최소화시킬 수 있을텐데 말이다.

개인주의, 의사소통은 괜히 있는 것이 아니다

이 이야기는 당나귀의 그림자를 소유하기 위해 서로 싸우다가 결국은 그림자
는커녕 당나귀도 잃어버린 이야기이다. 처음 이야기를 접했을 때 머릿속에는 개
인주의가 생각났다. 지나친 개인주의는 현대의 큰 문제 중 하나이면서, 주위 사
람들과 교감하는 정이 없는 현실을 초래하고 있다.

그 사례 중 하나가 아파트에 살던 한 노인이 숨진 지 한 달 만에 발견된 이야
기였다. 노인은 호적상 부인과 딸이 있었지만 연락을 끊은 지 오래되었고 심지
어 밀린 가스요금 고지서와 여러 가지 우편물이 쌓여 있었지만 이웃들은 관심조
차 갖지 않았다. 심지어 그들은 노인이 죽은지도 모르고 있었다. 사회의 무관심
이 결국 이런 결과를 낳은 것이다.

그렇다면 개인주의가 잘못된 것인가? 잘못됐다고 단정지을 수는 없다. 왜냐하
면 그들도 자신만의 생각이 있고 관점이 다르기 때문이다. 내 관점이 무조건 맞
다고 할 수 없기 때문에 잘잘못을 따질 수는 없다. 개인주의 자체는 그리 심각한
것이 아닌데 개인주의가 너무 지나치면 우리 사회에 심각한 문제를 발생시키는
것 같다. 모든 사람이 개인주의에 지나치게 함몰되어 의사소통이 불가능하게 될

때, 우리들의 공동체가 부담해야 할 손실비용은 얼마나 많을 것이며 그 와중에 잃어 버리는 삶의 긍정적인 면은 또 얼마나 많을 것인가. 그것도 아주 사소한 것에 얽매여 이판사판 논쟁하다가 말이다.

34 농부와 아들들

– 박철환

The Farmer and His Sons

They found none, however: but the vines, after so thorough a digging, produced a crop such as had never before been seen.

한 농부가 죽음의 문턱에서 아들들에게 무엇인가 유언을 하고 싶어했다. 포도밭에 보물을 숨겨 두었으니 그것을 파헤치면 쉽게 발견할 수 있을 것이라는 유언을 남겼다. 그 말을 들은 아들들은 장례식은 대충 해치우고 식이 끝나자마자 삽과 갈퀴를 가져와서 포도밭의 흙을 며칠간이나 계속해서 파헤쳤다. 거기에 묻혀 있다고 생각되는 보물을 생각하여 흙을 파뒤집었다. 그런데 보물은 없었다. 대신에 땅이 깊숙이 잘 파헤쳐져서 포도 수확을 풍성하게 할 수 있었다.

***
농부의 유언에서 무엇을 배울까

농부의 유언이 주는 의미는 무엇일까? 그저 열심히 노력하면 훌륭한 수확을 얻을 수 있다는 것은 너무 단순한 생각이 아닐까 싶다. 농부가 아들들에게 유언할 때 어떤 의도였을까. 그렇게 거짓말을 하였고, 물질에 눈이 어두운 아들들이 아버지가 숨을 거두자마자 포도밭을 뒤집는 행위를 보면 아들들은 물질만능주의, 황금숭배주의에 물든 사람들처럼 보인다. 아버지의 숨이 오락가락하는데 이 아들들은 그저 아버지가 돌아가시기만 기다렸다가 포도밭을 뒤집는다는 것이 바로 그 증거다. 아버지도 이전에 아들들의 삶의 방식을 보고 있었을 것이고, 아들들이 반드시 그렇게 할 것으로 예상했을 것이다. 아들들이 이후에 제대로 교훈을 받들었으면 더 좋은 결과가 되지 않았을까 싶지만 안타깝게도 후일담은 여기에 없다.

언론 보도에 보면 부모의 사망 후에 상속 유산 문제를 다투는 자녀들의 행태가 자주 언급된다. 수십 년 함께 살던 가족들인데도 그렇게 그 황금이 좋은 것일까. 심지어 살인사건까지 나는 것을 보면 우리 사회가 인간의 정(情)보다 돈이나 물질에 더욱 비중을 두고 있는 것 같아 안타깝기만 하다.

여기서 물질만능주의에 대해 사례를 찾아보았다. 세상에는 돈만 있으면 원하는 것을 살 수 있고 심지어 사람도, 마음도 살 수 있으니 사람들의 가치관은 물질쪽으로 쏠리고 있다는 사실을 부정할 수 없게 되었다. 그리고 아는 사람은 한 번쯤 들어보았을 사건, '지강헌 사건'. 개인적으로 이 사건도 물질만능주의 때문에 일어났다고 생각한다.

때는 1988년 10월달, 영등포교도소에서 다른 교도소로 이감되던 중 차량에서 범죄자들이 도망친 사건이 있었다. 그들은 서로 제 갈길을 가거나 무리를 지어 다녔는데 그중에는 지강헌이 있었다. 그러던 10월 16일이었다. 그 집의 주인이 지강헌 일당이 있다고 신고를 한 것이다. 경찰들은 곧 들이닥쳤고 지강헌 일당은 어쩔 수 없이 가지고 있던 총으로 인질극을 벌였다. 결국 대치가 벌어지기 시작했고 지강헌은 세상을 향해 크게 외쳤다.

"난 500만원을 훔친 잡범이다. 나보다 더 해먹은 전경환(수십억 횡령)은 3년인데 난 감형조차 받지 못하고 보호관찰까지 더해진 17년을 선고받았어! 있는자 들에겐 관대하고 없는 자들에겐 어찌 이리 무자비할 수 있단 말인가? 국민에 의한 국민을 위한다는 노태우 대통령! 이 자리에 나타나지 않고 있어!!"

그리고 그가 죽기 전 남긴 말이 필자에겐 큰 충격으로 다가왔다.

"낭만적인 세상에서 살고 싶었지만 살아갈 곳이 없었다! 유전무죄, 무전유죄!"

결국은 돈 때문에 일어난 불만으로 이런 끔찍한 범죄가 생겼다는 것이다. 그들의 이야기는 미화될 수는 없으나, 그가 남긴 말은 시민들의 가슴속 한 곳을 울리기에는 충분했다.

이 우화에 등장하는 아들들이 물질 숭배의식이 강하고, 부친은 아들들의 사고방식을 철저히 파악하였다. 아버지가 유언을 활용하여 포도 수확을 풍성하게 할 수 있었다. 죽음을 활용한다는 것이 어폐(語弊)가 있을지 모르나 결과적으로 그리 되었다. 죽음을 이용한 것을 생각하니 오기(吳起)의 고사가 떠올랐다.

중국 춘추전국 시대 위(魏)나라 장군으로 명성을 떨치던 오기(吳起)가 초(楚)나라 재상으로 즉위했다. 초나라 도왕(悼王)은 오기에게 힘을 실어주고 혼탁한 사회를 바로잡아줄 것을 요구했다. 오기가 개혁정책을 펼쳐 초나라를 천하의 강국으로 만들었다. 왕족들의 특권을 폐지하고 대신 백성들의 삶을 헤아리는 정책을 실행하면서 영토는 넓어지고 국력은 강대해진 것이다. 하지만 그동안 무의도식하며 호화로운 생활을 누리던 왕족과 귀족들의 불만은 날로 커져갔다.

그렇게 승승장구하던 오기에게 위기가 닥쳤다. 그를 신뢰하고 힘을 실어주던 도왕이 덜컥 죽었기 때문이다. 오기의 강경정책에 기득권을 잃어버렸던 왕족과 귀족들은 이 기회를 놓치지 않고 오기를 죽이려고 궁궐주변에 몰려들었다. 오기가 이미 궁궐을 빠져나갈 방도가 없다고 판단하고 이미 차갑게 식은 도왕의 시체 위에 엎드린다. 하지만 폭도로 변한 반란군들이 오기를 향해 화살 세례를 날렸다. 이후에 태자가 입궁하여 즉위한 도왕의 시체에 수많은 화살이 꽂혀 시신이 훼손된 것을 보고 몹시 분노했다. 그리고 오기를 향해 화살을 날린 자들을 모두 체포하여 주살해 버렸다.

죽음이나 시체를 활용한다는 것은 살아 있는 우리들에게 금기 사항이다. 하지만 어차피 한 번 죽을 것이라면 그 죽음을 무의미하게 하는 것보다 우화의 아버지나 오기의 사례처럼 현명한 결과를 만들어내는 것도 그리 나쁜 것만은 아니다. 더욱이 이 우화에 등장하는 아버지는 아들들에게 포도 수확을 풍성하게 하기 위한 동기까지 부여했으니 그 정도면 의미가 있는 것이 아닐까.

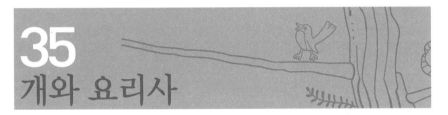

35
개와 요리사

– 임태훈

The Dog and the Cook

But just then the Cook caught sight of him, and, in his annoyance at seeing a strange Dog in the kitchen, caught him up by the hind legs and threw him out of the window.

옛날에 어떤 부자가 많은 친구와 친지를 잔치에 초대했습니다. 그런데 부잣집에 있던 개가 친구 개에게 오늘밤 주인이 잔치를 베풀 예정이 맛있는 음식을 함께 먹자고 제안하였습니다. 초대받은 친구 개가 부잣집의 음식 준비가 풍성한 것을 보고 며칠 동안은 먹을 걱정을 하지 않아 좋겠다고 하면서 기쁜 마음을 표시하였습니다. 친구 개에게 꼬리를 경쾌하게 흔들면서 마음을 표시하고 있는데 마침 곁에 있던 요리사가 낯선 개의 뒷다리를 잡고 창밖으로 내동댕이쳤습니다. 친구 개는 음식도 제대로 얻어 먹지 못하고 비참하게 도망갔는데, 얼마 후 다른 개 몇 마리가 어떤 음식 얻어먹었느냐고 물었을 때, 이렇게 대답하였습니다.

189

"참으로 멋진 시간이었지. 그집 포도주가 어찌나 맛있던지 그걸 잔뜩 마셨더니 내가 그 집에서 어떻게 나왔는지 도통 기억이 안 나."

＊＊＊

인지심리학의 관점으로 본 '개와 요리사'

개와 요리사에서 '부엌에 들어온 낯선 개를 보자 요리하느라 바빠서 약이 잔뜩 오른 요리사는 개의 뒷다리를 잡고 창문 밖으로 내동댕이쳤습니다.' 이 구절을 인지심리학 관점에서 분석해 보기로 했다. 사람은 어떤 물체를 보았을 때 그 물체를 인지하는 데 걸리는 시간과 과정은 얼마나 걸리고 어떻게 구성되어 있을까? 이를 토대로 이후에 일어날 이야기를 추측해 보자. 먼저 인지심리학이란 무엇일까? 인지심리학이란 과학적 · 기초적 심리학의 한 분야이다. 인간의 두뇌는 기억을 한다. 인간의 기억을 담당하는 영역은 두뇌의 변연계의 해마, 편도라는 영역이다. 그리고 해마라는 부분은 기억과 불안을 담당하고 편도라는 부분은 두려움, 불안, 공격성, 성적활동, 감정 등을 담당한다.

예를 들어 인간이 산짐승을 보았다고 가정해 보자. 만약 그 산짐승이 처음 본 동물이라면 두려움보다 호기심이 커지며 뇌에서는 몸을 긴장시키기보다는 그 산짐승의 모습을 뇌의 해마에 사진의 형태로 저장한다. 그러나 그 산짐승이 자신에게 해를 입혔다면 그 산짐승에 대한 두려움이 편도에 저장된다. 그러나 이후에 인간이 다시 그 산짐승을 보았을 때에는 그 산짐승의 형태를 보고 두뇌의 해마라는 부분에서 이름을 기억해내고 편도라는 부분에서 그 동물에 대한 두려움이 반응하여 두려움을 느끼는 동시에 전두엽에서 몸을 보호하라는 신호를 보내어 신체가 반응하게 된다. 그렇다면 그 산짐승을 보고 이름을 기억해내고 해마와 편도가 반응하고 전두엽에서 신호를 보내 신체가 반응하기까지 걸리는 시간은 얼마나 걸릴까? 시간은 정확히 추측할 수는 없고 빠르기만 추측가능하다. 왜냐하면 현대과학에서 두뇌연구가 아이의 첫 걸음마 수준이라서 그 깊이까지 파

악하기는 힘들기 때문이다. 그것은 상황에 따라 다르다.

위 이야기에서처럼 요리사가 많이 위급하다면 빠르게 해마와 편도가 반응해서 전두엽에서 신호를 보낼 것이다. 반면에 위급하지 않은 상황이라면 빠르게 행동을 하진 않을 것이다. 여기서 요리사는 낯선 개를 보자 약이 올랐다. 그렇다면 요리사의 두뇌에서는 해마의 기억이 작동함과 동시에 편도의 공격성이 작동했다고 추측할 수 있다. 그리고 상식적으로 생각해 보면 요리를 하는 주방에 개가 들어온 것은 당연히 요리사로서 쫓아내는 것이 올바른 행위이다. 상식적으로 비춰본다면 요리사는 자신의 요리에 개의 털이 들어가 혹시나 파티에 누가되어 직장을 잃지 않을까? 라는 생각이 들어서 그랬을 가능성이 크다. 즉 위에서 말했던 바와 같이 위급한 상황이라서 개를 문 밖으로 내보낸 것도 아닌 창문 밖으로 던진 것이다. 그리고 개는 그 요리사에 대한 어떠한 정보도 없었기 때문에 그 요리사를 향해 꼬리를 흔든 것이다. 그리고 요리사는 그 행동에 반응하게 된 것이고, 개는 도망도 칠 겨를 없이 밖으로 내동댕이쳐진 것이다.

그럼 이후에 스토리는 어떻게 될까? 아마도 개의 해마에 기억이 저장될 것이고, 편도에는 요리사에 대한 두려움이 저장될 것이다. 만약 이 다음 그런 상황이 부득이하게 발생할 경우 개는 전보다 빠르게 행동을 취하게 될 것이다. 그리고 요리사는 자신의 주방에 대한 경비가 소홀하였음을 인지하고 그것을 해마에 기억시키고 편도에 두려움으로 저장시켜서 좀 더 보안을 철저히 할 것으로 추측된다.

36
왕이 된 원숭이

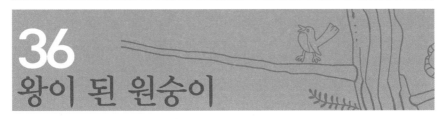

– 임태훈

The Monkey as King

The Fox, however, was very much disgusted at the promotion of the Monkey.

어느 날 동물들이 회의를 열어 원숭이 한 마리를 왕으로 모셨습니다. 그 원숭이가 춤을 추며 좌중을 매우 즐겁게 했기 때문이었지요. 그런데 여우는 원숭이의 신분이 격상되는 것이 역겨웠습니다. 그리하여 어느 날 고깃덩이로 만든 미끼가 달린 덫을 발견하자 여우가 원숭이를 그리로 인도하고 나서 제안하였습니다. 여우 자신이 그 고기를 먼저 발견하였지만, 폐하를 위해 남겨 두었으니 드시라는 것이었습니다. 원숭이는 지체 없이 그 고기 미끼로 돌진하더니 그만 덫에 걸리고 말았습니다. 원숭이가 여우의 계략을 파악한 뒤 거세게 꾸중하였습니다. 하지만 여우는 깔깔대고 웃으며 이렇게 말했습니다.

"야, 원숭이 녀석아, 너 자신이 스스로 동물의 왕이라고 부르는데, 그 정도 계략에 넘어갈 정도라니 참으로 생각이 부족한 녀석이로고."

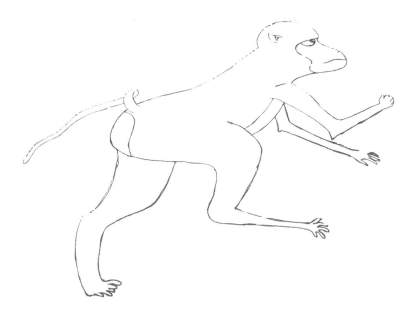

* * *

심리학적 관점으로 본 '왕이 된 원숭이'

이번 이야기에서는 여우가 왕이 된 원숭이를 시기하고 질투한다. 여기서 이 관점을 심리학적인 관점과 더불어 요즈음 사회에 이슈가 되고 있는 '왕따'에 비추어 분석해 보자. 그리고 이 이야기가 어떻게 전개될지 추측해 보자. 이야기에서 원숭이는 모두를 즐겁게 해주는 재주가 있어서 왕으로 추대된다. 여기서 여우가 느낀 감정은 '시기심'이라는 것인데 시기심이 무엇인지 심리적인 관점으로 살펴보자.

이 시기심은 심리학적으로 어떻게 설명될까? 심리학이란 인간과 동물의 행동과 생각을 연구하는 학문으로서 인간의 행동을 정신적으로 분석하며 판단하는 학문이다. 그렇다면 여우의 시기심은 어떻게 분석될까? 먼저 시기심의 심리학적 의미를 '왕이 된 원숭이'에 연계시켜 보자. 1) 자신이 갖고 싶은 것을 다른 사람이 가진 것에 대한 불만스런 감정 → 여우는 왕이 되고 싶었다. 2) 다른 사람의 행운에 대한 불편한 감정 → 여우는 재능 하나만으로 운 좋게 왕이 된 원숭이를 시기하였다. 3) 자기 자신의 결핍에 대한 수치감 → 여우는 자신이 원숭이보다 더 재능이 있다고 생각하는데 원숭이가 왕이 된 것이 못마땅하였다. 심리학적으로 시기심은 이렇게 분석된다. 먼저 첫 번째 해석 – 여우는 왕이 되고 싶었을까? 이야기를 살펴보면 여우는 왕에 대한 욕심은 없었던 것으로 추측된다. 그 이유는 여우는 원숭이가 자신보다 신분이 격상된 것이 불만인 것으로 나오기 때문이다.

그렇다면 두 번째 해석– 여우는 재능 하나만으로 운 좋게 왕이 된 원숭이를 시기하였을까? 이 두 번째 해석은 완전히 빗나갔다. 왜냐하면 여우는 오로지 자신보다 신분이 높아진 원숭이를 시기하고 있는 것처럼 보이기 때문이다. 그럼 마지막 해석 – 여우는 자신이 원숭이보다 더 재능이 있다고 생각하는데 원숭이가 왕이 된 것을 시기하였다? 이 해석도 틀린 것처럼 보인다. 여우는 자신보다 신분이 격상된 것에 불만이 있어 보인다. 그렇다면 1번 해석이 더 옳다고 할 수 있다. 그 이유는 시기심의 심리학적 의미에서 1) 자신(여우)이 갖고 싶은 것(신분)을 다른 사람(원숭이)이 가진 것에 대한 불만스런 감정, 즉 여우는 자신이 원하는 신분 상승을 원숭이가 해버려서 그에 여우는 시기심을 느끼게 되고 그래서 원숭이를 남들 앞에서 깎아 내리려 한 것이다. 그리고 깎아 내릴 때 여우의 심리에 경쟁자를 제거하려는 무의식적인 소망이 담겨 있었을 것이다.

그럼 이제 사회에서 이슈가 되었던 시기심, 질투에 대한 '왕따' 사건을 분석해 보자. 얼마 전 대한민국 전역을 놀라게 했던 중○대 음대 여대생(N양) 왕따 사건을 기억하는가? 그 사건의 전말은 이렇다. 평소 N양은 밝은 성격에 대인 관계가 원만했다고 한다. 대학 진학 후에도 사교성이 좋아서 남학생들에게 인기가 많았다고 한다. 하지만 얼마 후부터 친했던 동기 P양의 주도로 같은 과 여학생들에게 따돌림을 당하기 시작한다. N양이 P양에게 그 이유를 묻자 "그냥 네가 싫어"라는 대답을 들었고, 다른 여자 동기들에게는 "여우같다"는 말을 들었다고 한다. 또 동기 여학생들은 N양이 선배를 험담했다는 거짓을 꾸며 선배에게 말하였고 그 선배는 N양에게 "학교 얌전히 다니거나, 다니지 마라"라는 말을 들었으며, 그리고 2학년 선배는 N양이 지나갈 때 마다 욕설을 했다고 한다. 또 밤늦게 술자리에 불러내 N양에게 많은 양의 술을 먹여 만취상황에 까지 이르게 했고, 또 강의실에서 혼자 있는 N양을 다른 남학생들이 도와주면 남자를 밝힌다고 험담을 했다고 한다.

그러다가 같은 과 선배와 사귀면서 괜찮아지는 듯 했으나 같은 동기들은 차마 입에 담을 수 없는 욕설을 했고, 사소한 이유로 남자친구와 헤어진 그녀를 보고 "바람을 펴서 헤어진 거 아니냐?"라는 소문이 돌기 시작했다. 게다가 N양은 기숙사 생활을 하며 많음 음대생들을 마주하고 지내야 했기 때문에 더욱 힘들었을 것이다. 그리고 N양의 친구들은 모두 서울에 대학을 다니고 있어 이러한 사실을 메시지와 전화로만 전달해서 얼마나 상황이 심각한지 알 수가 없었다고 한다. 그렇게 남자친구와 결별 후 힘들어하던 N양은 친구들에게 "모두 나를 싫어한다. 이제 학교를 어떻게 다녀야 하나?"라는 메시지와 함께 자살을 언급하고 9월 22일 전 남자친구 오피스텔 옥상에서 투신자살한다.

이 사건은 정말 못된 시기심에서 비롯된 것 같다. 분명 자신보다 외모도 뛰어나고 성격도 좋은 N양을 가해자들은 시기하였을 것이다. 그래서 남들이 보는 앞에서 깎아 내리려고 한 것이고, 끔찍한 상황까지 이르게 한 것이다. 위의 사건도 만약 동기들이 서로 보듬어 주고 위로해 줬다면 이런 상황까지 벌어지진 않았을 것 같아서 더욱 안타깝게 느껴진다. 시기심은 때론 잔인한 무기가 되기도 한다. 시기심은 사람을 따돌리며 때론 같은 친구였던 사람도 자신의 부러움을 산다는 이유로 깎아 내린다.

그렇다면 '왕이 된 원숭이' 우화에서 이후의 이야기 전개는 어떻게 될까? 여우는 이후에도 같은 행동을 할 것으로 판단된다. 왜냐하면 심리상 자신보다 아래에 있다고 판단이 되면 마구 괴롭히는 성격을 가진 것으로 추정되기 때문에 이후에서 많은 따돌림과 괴롭힘이 있을 것 같다. 만약 옆에서 지켜보던 다른 동물들이 중재를 하고 이를 저지한다면 이야기는 한결 편안하게 전개될 것이다.

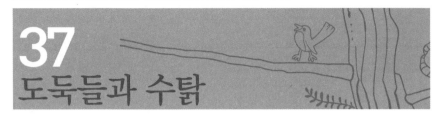

37
도둑들과 수탉

– 윤종원

The Thieves and the Cock

"Pray spare me; I am very serviceable to men. I wake them up in the night to their work."

도둑 몇 명이 어떤 집에 침입했는데, 그 집에 훔쳐 갈 것이라곤 수탉 한 마리밖에 없었습니다. 할 수 없이 그들은 그 수탉을 잡아들고 그곳을 떠났습니다. 저녁 식사를 준비할 때 도둑 중 하나가 수탉의 목을 막 비틀려 하는 순간, 수탉이 애원하였습니다.

"제발 절 죽이지 마세요. 제가 매우 쓸모 있다는 것을 알게 되실 겁니다. 새벽마다 울기 때문에 사람들을 잠에서 깨워 일터로 보내지 않습니까?"

그러나 그 도둑은 좀 화가 난 목소리로 대답했습니다.

"네 말 맞다. 그런데 네 놈이 그렇게 새벽녘에 매일 울어서 우리들을 먹고 살기도 힘들게 만들고 있는 줄은 모르느냐? 이 냄비 속으로 냉큼 들어가기나 해라."

***

긴 호흡으로 세상을 보자

이 글에서 보듯이 도둑이 자신이 무엇을 잘못을 했는지 생각을 못하는 것은 자기 입장에서 생각을 하기 때문이다. 이 우화에 등장하는 도둑은 지금 도둑질을 하고 있는 집의 사람 마음과 닭의 마음을 전혀 알지 못하고 있다. 하지만 도둑의 입장에서 보면 자신도 먹고 살아야 하기 때문에 어쩔 수 없는 그러한 감정들이 느껴지기는 한다. 그렇지만 나 살자는 이유로 한 마리밖에 없는 닭을 처참하게 죽일 수는 없는 노릇이다. 모든 이에게 다 도움이 되는 것은 없지만 지금이라도 닭을 냄비에 넣어서 먹으면 내 식사 해소에 도움이 될 것이라는 생각을 가지고 있는 것이다. 따지고 보면 남은 닭 한 마리를 잡아먹는다고 쳐도 배가 부르게 된다는 보장은 없다.

우선 닭을 잡아 먹으면 순간적으로 배는 부를 것이다. 그런데 닭을 죽이지 않고 기른다면, 즉 닭을 살려 준다면 더 많은 것이 내 수중에 들어오지 않을까. 우화에서 닭이 그냥 닭만을 의미하는 것이 아닐 것이다. 세상을 살아가면서 눈앞의 이익에 어두워 세상을 길게 내다보지 못하는 바보 같은 짓을 참으로 많이 목격하게 된다. 정말 순간적인 판단에 이끌려 삶을 그르치는 결과를 초래하게 되는 것이다. 여기에서도 그런 의미가 들어 있다고 본다. 지금 당장 조금 어렵더라도 긴 호흡으로 세상을 내다보면서 장기간의 체계적인 계획을 수립하고 커다란 인생 목표를 설정하는 것이 중요하지 않을까 싶다. 대학 입시라는 눈앞의 목표에만 끌려 다른 것은 아예 안중에도 없이 살아가다 보면 너무나 많은 것을 놓치는 것은 아닐까. 또 지금 우리가 그런 어리석은 행동으로 살아가고 있는 것은 아닐까. 치열하게 자신의 삶을 반성하고 다시 미래를 향해 나아가는 그런 긴 호흡의 생을 추구하는 것이 멋있다고 본다.

우승을 위해 에이스를 혹사시키다

우선 나는 이 글을 보고 이기주의라는 말이 나의 머릿속에서 떠올랐다. 그래서 생각을 해보니 문득 1984년 한국시리즈가 떠올랐다. 1984년 한국시리즈는 롯데vs삼성의 대결이 있었다. 롯데는 전반기에 4위를 하고 후반기에 1위를 했다. 삼성은 전반기에 1위를 했고 후반기는 2위를 했다. 하지만 많은 전문가들은 한국시리즈가 시작하기 전에 삼성이 우승할 것이라고 예상하였다. 당시 삼성은 원투펀치 김일융과 김시진이 있었고, 타자 쪽에서는 이만수와 장효조와 같은 리그 최고의 타자들을 보유하고 있었다. 롯데는 최동원을 제외하고는 전력이 심각하게 약했다.

그렇게 이 한국시리즈는 전문가들의 예상과는 반대로 롯데가 우승을 했다. 최동원은 한국시리즈 7경기에서 5경기 출전 3완투승에 4승을 올린 최동원은 롯데의 전설로 남게 된다. 이 한국시리즈는 최동원의 원맨쇼를 보셨다고 해도 과언이 아니다.

그렇지만 당시 롯데 강병철 감독이 꼭 최동원을 무리하게 올려야만 했는가? 에 의문점을 두고 싶다. 물론 그 당시 투수의 상태가 좋지 못해서 참 고민을 많이 했을 것이다. 그래도 최동원을 최대한 아끼는 방안에서 조금 줄여줬으면 좋았을 것이라고 생각한다. 1차전~5차전까진 2일간 휴식을 취하며 나오기는 했다. 하지만 5차전~7차전까지는 쉬지도 못하고 등판을 해야 했다. 물론 최동원이 자청해서 나간 것도 있겠지만 그래도 최동원을 이렇게 녹초가 되게 만드는 것을 보고 마치 이솝우화에 도둑의 상황과 같다고 보았다. 집안에 닭 한 마리가 있듯이 그 당시 롯데에는 최동원밖에 없었다고 이해는 할 수 있다. 강병철 전 감독도 이 이야기의 도둑처럼 최동원을 어떻게 해야할지 고민을 했을 것이다.

　요즘은 옛날보다 혹사가 줄기는 하였다. 그렇지만 아직 완벽하게 사라지지는 않았다. 이 우화에서처럼 도둑에 의해 파리목숨이 될 위기에 처해 있다. 이런 상황에 놓인 사람들이 이 우화의 닭처럼 파리목숨에 처하지 않으면 좋겠고, 그리고 감독이나 그 사람을 통제하는 사람이 이 우화의 도둑 역할이지만 선택은 감독과 통제하는 사람이 하는 것이다. 그렇게 자신의 이익에 눈이 멀어 닭의 날갯죽지를 꺾는 그런 이기주의적인 사람이 되지 않고 날개를 펴고 꼬꼬댁 하면서 더 넓은 곳으로 가게 해주는 그런 사람이 되고 혹사없이 살아가는 세상이 되기를 바란다.

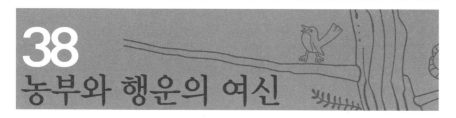

38 농부와 행운의 여신

– 윤종원

Farmers and Goddess of the good luck

"Man, Why Did I turn the eungong batgodo a gift to the earth goddess Sergeant? I do not think you can thank your lucky for me. But if you lose all you got right. You're bad luck It turned everything in my ahninya one obvious fault of the goddess of fortune?"

어느 날 한 농부가 자기 밭에서 쟁기질하다가 우연히 금이 담긴 항아리를 캐내게 되었습니다. 농부는 너무나 기뻐서 매일 매일 그 금 항아리를 대지의 여신을 섬기는 신전에 봉납했습니다. 그러나 행운의 여신은 기분이 상한 나머지 농부에게 와서 말했습니다.

"이 사람아, 금 항아리는 내가 주었는데 너는 어찌하여 그 은공을 대지의 여신에게 돌리느냐? 너의 행운에 대해 너는 나에게 감사하다는 생각은 안 하고 있어. 하지만 네가 불운을 맞아 얻은 것 모두를 잃게 되면 넌 그때는 그 모든 불행을 행운의 여신인 내 탓으로 돌리겠지."

＊＊＊

누가 진짜 고마운 대상인가

우리가 살아가다 보면 은혜를 갚아야 할 곳을 모르는 경우가 있다. 누군가 분명 나를 도와주었는데, 그가 정확하게 누구인지 모른다는 것이다. 그러면 상대방은 자신의 선행에 대해 반드시 보답받기 위해 그렇게 한 것은 아니지만 다른 사람이 감사하다는 인사를 받을 때 매우 불편할 것이다. 사람의 심리는 참으로 미묘하여 아주 사소한 것에 감정이 상하고 분노하기까지 한다. 가령 A라는 사람이 B라는 사람에게 특별한 행사 기념으로 꽃다발을 주었는데, 그 B가 그날 밤 자신은 꽃다발을 받을 자격이 안 된다고 생각하여 C에게 주고 말았다. 그 자리에서는 전혀 몰랐는데 시간이 지나 C가 A와 함께 B를 칭찬하는 경우가 적절한 예가 되지 않을까. 최초에 꽃다발을 분명 자기가 사주었는데, 다른 사람에게 감사해 하는 장면을 목격했을 때 얼마나 불쾌할까. 비록 내 손을 떠난 선물을 상대방이 어떻게 처분하든 상관없겠지만 그래도 서운한 마음을 지울 수가 없을 것이다.

그러다 꽃다발의 가격이 조금이라도 싸다고 판명되면 이젠 원래 사준 사람을 찾아 원망하는 일까지 생긴다. 그러면 최초에 좋은 의미로 꽃다발을 준비한 사람은 고맙다는 말을 듣지도 못하고 원망만 들을 가능성이 커진다. 우리가 살아가는 인간 세상은 참으로 미묘하다. 정말 사소한 감정 하나로 모든 감정을 폭발하게 되는 경우도 허다하다.

배은망덕하면

이렇게 남에게 얻은 것을 잊지 말고 나를 도와주는 사람에게 감사하는 마음을 가져야겠다는 생각이 들었다. 길을 가다 우연히 어려움에 처한 사람을 정성껏 도와주었는데, 나중엔 그것이 문제가 되는 경우도 있다. 사람들이 처음에는 순수한 마음으로 남을 도와주지만 한 번 두 번 그런 황당한 경우를 겪으면 이 사회에 대한 실망과 분노가 생기게 되고, 그 다음부터는 아예 남의 어려움을 목격해도 도와 줄 생각을 하지 않는다. 그래서 이 공동체가 제대로 운영되려면 선행을 한 사람을 더욱 귀중하게 생각해야 하는 것이다.

언젠가 누군가에게서 들은 이야기인데, 어느 날 아침에 어른 한분이 출근 중에 길에 서 있는 학생들을 태우다가 가벼운 교통사고를 낸 경우가 있었다. 그런데 심각한 교통 사고가 아니었지만 학생의 부모는 차량 운전수에게 모든 불만을 터뜨렸다고 한다. 왜 무책임하게 학생들을 태워 주어 사고를 내게 하였느냐고 말이다. 그 어른이 설마 사고를 내려고 했을까. 그저 길에 서 있는 학생이 안타깝게 보여 조금이라도 도움이 될까 하는 선량한 마음에서 태워 준 것 뿐인데! 요즘은 고속버스 터미널 같은 곳에서 시골 할머니들의 짐을 들어 주는 것도 의심을 받는 시대가 되었다. 아버지 세대만 해도 무거운 짐을 들고 있는 노인을 발견하면 자리를 양보하고 짐을 대신 들어주는 미덕도 많았다고 한다. 그런데 지금 세상은 그런 미덕이 들어 설 자리가 없어져 가고 있는 듯하다. 오히려 불신이 많아져 가는 듯하여 안타깝기만 하다.

북한의 배은망덕 그리고 인질외교

모두 알고 있겠지만 북한은 매년 유엔을 포함한 여러 곳에서 지원을 받고 있다. 유엔은 식량뿐만 아니라 재해 때마다 구호물품을 보내고 있다. 우리도 유엔기구나 민간 차원의 기관을 통해서 지원을 하고 있다. 그것뿐만이 아니다. 1970

년대 초 냉전시대 때에는 옛 소련을 포함한 중공이나 동구권 사회주의 나라들로부터 많은 재정지원을 받기도 했다. 그럼에도 북한은 전혀 감사하다는 마음이나 말조차도 없다. 매년 이렇게 얻어먹는 것이 당연한 것인 줄로 알고 있다. 되려 생각과 맞지 않으면 언제 우리가 받아먹었지? 라고 하는 듯이 하면서 뒤통수를 친다. 그러나 그들은 오히려 그것을 주체사상이라고 자랑을 하면서 알리고 있다. 그렇게 해서 협박하거나 회유를 통해서 얻어먹는 것도 자력갱생(自力更生)이라고 한다. 빨치산 전략 중 보급투쟁과 같다고 봐도 된다. 최근에 캐나다 국적의 한인 목사가 북한에 체포되었고 종신 노동 화형을 선고 받았다. 이 목사는 20여 년 간 북한에 있는 취약 계층을 대상으로 구호사업을 한 인물로 알려져 있다. 이미 몇 명의 목사가 북한 당국에 의해서 유괴되거나 인질로 잡혀 있다. 그들의 귀책 사유는 북한 체제 전복이라는 어마어마한 혐의이다. 예전에도 미국 시민권을 가지고 있는 종교인 몇 명들을 인질로 잡았다가 특사가 오면 선심을 쓰는 듯사면해 주곤 했다. 전직 미국대통령 지미 카터라가 북한 인질 사면 특사로 나서곤 했다. 오명을 씻으려는 선전으로 인질 석방으로 과시하곤 했다. 마치 놀부가 제비 다리 부러뜨려 놓고 다시 싸매어 박씨라도 받으려는 심보와 다를 바 없다고 생각한다.

얼마 전 뉴스를 보았는데 반기문 유엔 사무총장이 북한을 방문할 것이라는 뉴스를 보았다. 방문 성과를 거두지 못하면 가지 않는 것보다 못할 수 있다. 핵문제를 해결하기 위한 것이 아니라면 반기문 총장의 방북은 김정은의 선전용으로 이용당할 가능성이 높다고 본다. 하지만 핵은 힘없는 유엔 사무 총장 혼자서 해결하기에는 한계가 있다. 북한의 배은망덕도 받아 주는 사람이 있기 때문에 계속되는 것이다. 인질범과는 협상 테이블을 깔지 않는 것이 가장 좋은 방법이다. 범죄자를 상대로 신사협정을 기대하는 자체가 넌센스인 것 같다.

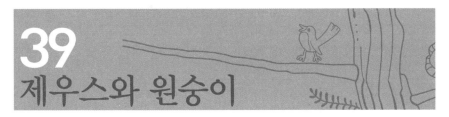

39
제우스와 원숭이

– 강욱

Zeus and the Monkey

"There is no winner!," Zeus stated,?"In their mother' s eyes, every kid can be considered to be the most beautiful and this is good."

- The wise man accepts his mistake and revisits it.

제우스가 세상에서 가장 아름다운 새끼를 낳은 짐승에게 상을 주는 대회를 열었습니다. 대회 당일에 많은 동물들은 자신의 새끼를 씻기고 아름답게 하여 대회장에 데리고 왔습니다. 모두들 의기양양하였습니다. 어떤 원숭이도 자신의 새끼와 함께 대회장에 도착했습니다. 그 새끼는 매우 못생겼기 때문에 제우스와 다른 동물들은 그것을 보고 비웃었습니다. 하지만 어미 원숭이는 새끼를 품에 꼭 껴안으며 말했습니다.

"제우스 신께서 좋아하는 대상이 그 누구에게든 상을 주셔도 좋습니다. 하지만 저는 세상에서 제 아기가 가장 아름다운 아기라고 항상 생각하고 있을 겁니다."

***

어떤 경우든 제 자식은 예쁘다

이 이야기를 보고 가장 먼저 생각이 난 속담은 '고슴도치도 제 새끼는 함함한다.'이다. 제 아무리 털이 바늘같이 꼿꼿한 고슴도치라도 제 새끼 털이 부드럽다고 옹호한다는 뜻이다. 이 이야기에 다른 동물들이 아무리 원숭이의 새끼를 못생겼다 하더라도 어미 자신만은 자기 새끼를 세상에서 가장 아름답게 보고 있다. 인간들도 마찬가지이다. 영화 '마더'에서 아들이 살인사건의 범인으로 몰리고 경찰은 사건을 종결하고 변호사는 돈만 밝힌다. 하지만 자신의 아들이 범인으로 몰린 어머니는 도움도 없이 범인을 찾고 자신의 아들을 구하려고 하는 모성애가 돋보인다.

다들 2014년 12월에 일어난 땅콩 회항 사건에 대해 잘 알고 있을 것이다. 딸전 대한항공 부사장 △△△씨가 땅콩 회항 사건을 일으킨 이후 약 200일 만에 한진그룹 회장 ○○○씨는 눈물도 흘리고 고생을 한 딸에게 경영복귀 가능성을 열어 주었다. 사건 당시만 해도 ㅇㅇㅇ씨는 "제 여식의 어리석은 행동으로 물의를 일으킨 데 대해 진심으로 사과드린다."라고 몇 번이나 사과하고 딸의 경영복귀에 대해 "생각해 본 적 없다."라고 했다. 하지만 시간이 지나고 재판결과 집행유예를 선고받자, 마치 손바닥을 뒤집듯이 다른 태도를 취하였다. 그 또한 '고슴도치도 제 새끼는 함함하다.'의 부모에 불과할 뿐이었다.

만약 누군가가 자신의 단점을 찾아내서 비판하더라도 또 다른 사람의 관점에서는 그것이 바로 장점이 될 수도 있다. 사람에게는 장점과 단점은 따로 존재하지 않고 자신이 처한 상황에 따라 그러한 자신만의 특성이 좋을 수도 있고 나쁠 수도 있다는 것이다.

최근 논란이 되고 있는 역사 교과서 국정화를 한번 바라보자. 이것 또한 찬성과 반대 측이 열렬하게 대립한다. 찬성 측은 교과서마다 서술이 달라 학생들로 하여금 혼란을 유발한다는 면에서 역사교과서 국정화가 필요하다고 말한다. 반대 측에서는 똑같은 교재로 역사를 가르치게 된다면 교과서를 쓴 사람의 시각으로 역사를 학생들이 볼 수 있기 때문에 우리 역사가 퇴보한다고 하며 반대를 한다.

누가 봐도 원숭이 새끼는 못났는데, 어미 원숭이가 보기에는 그 새끼는 너무 예쁘다는 것을 우리 사회에 적용해 보자. 사람들마다 각자 보는 시각이나 상황에 따라 동일한 대상이라도 전혀 다르게 받아들여지는 것이 많다. 자신과의 관계가 머냐 가까우냐에 따라 그 대상을 다양하게 볼 수도 있고, 자신에게 이로우냐 해로우냐에 따라 판단할 수도 있는 것이다. 자신에게 가깝다고 회사 취직에서 혈연, 학연, 지연들을 따지며 사람을 뽑는 행위를 그 예로 들 수 있다. 원래 아무 필요도 없던 사람을 나중에 자신에게 득이라도 되면 아부를 하는 등 자신의 편으로 만들려 한다.

사람들은 각자 자신만의 안경을 쓰고 있어서 다른 사람의 시각을 어떻게 비판할 수도 없다. 그러므로 우리 사회가 더욱 평화롭고 행복하려면 다른 사람의 시각도 인정해 주어야 하고, 우리 각자도 남을 배려하는 생활 자세를 가질 필요가 있다.

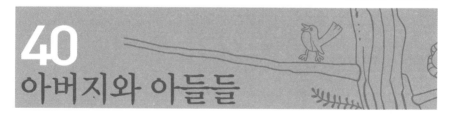

40
아버지와 아들들

– 강욱

The Father and His Sons

He then addressed them in these words: "My sons, if you are of one mind, and unite to assist each other, you will be as this faggot, uninjured by all the attempts of your enemies; but if you are divided among yourselves, you will be broken as easily as these sticks."

어느 집안의 아들이 몇 있었는데 나날이 싸움이 그치지 않았습니다. 그것을 보다 못한 아버지가 아무리 말로 아무리 타일러도 아들들이 듣지 않자, 불화가 얼마나 나쁜 것인지 예를 들어 보여 주기로 작정하였습니다. 아버지는 자식들에게 나무 막대기 한 다발을 가지고 오라고 시켰습니다. 아버지가 자식들에게, 한 명씩 돌아가며 나무 한 다발을 동시에 부러뜨려 보라고 했습니다. 아무리 힘을 주었지만 나무 다발은 부러지지 않았습니다. 그러자 이번에는 아버지가 나무 다발을 풀어 막대기 하나씩 자식들 손에 쥐어 주니 쉽게 부러졌습니다. 그러자, 아

버지는 이렇게 말했습니다.

"얘들아, 너희들이 한마음으로 서로를 돕고 단결한다면, 이 나무 다발처럼 세상의 어떤 위협에도 굴하지 않을 것이야. 허나, 너희들끼리 뭉치지 못하고 흩어진다면, 이 막대기들처럼 쉽게 부러지고 말 것이다."

***

형제가 뭉친다는 것

이 이야기를 읽고 생각난 것은 '뭉치면 살고 흩어지면 죽는다.' 라는 말이다. 위에서 보듯이 1명이 막대 다발을 가지고 혼자서 꺾으려면 힘에 부쳐 부러뜨리지 못한다. 하지만 막대 다발을 풀어 나누어 쥐고 그것을 꺾으려면 전보다 힘이 덜 필요할 것이다. 현재 시대에 빗대어 말하자면 요즘은 혼자서 해결할 수 있는 일들이 많이 없다. 대부분의 과제들도 혼자 해내는 것이 아니라 팀의 동료들과 함께 그 과정을 수행해 나간다.

물리적 관점으로 이것을 바라볼 때 합력과 연관하여 말할 수 있다. 합력이란 한 물체에 2개 이상의 힘이 작용할 때 이들 여러 힘과 같은 효과를 내는 하나의 힘이다. 나무막대를 자식이라고 보고 부수려는 데 드는 힘을 적들이 형제들을 떼어 놓으려 할 때 드는 힘을 합력이라고 하자. 양손으로 나뭇가지 하나를 부수는 데 드는 힘을 20N이라고 가정한다면 나뭇가지가 하나, 둘씩 추가하여 부수려 할 때마다 부수려는 데 드는 힘은 20N씩 자꾸 늘어나게 된다. 이런 것처럼 형제들이 서로 떨어져 있지 않고 뭉쳐 있다면 다른 적들이 형제들을 떼놓으려는 데 드는 힘은 더 많이 필요할 것이고 형제들 사이에 결속력도 강화될 것이다.

한때는 한 사람의 천재가 수많은 사람을 먹여 살린다는 취지로 영재 양성의 정당성이 강조된 적이 있었다. 물론 영재도 필요하다. 그런데 지금은 집단 창의를 강조하는 시대가 되었다. 천재 한 명이 아무리 뛰어나도 수십만 수백만의 집단의 역량을 뛰어넘을 수는 없다. 그리고 형제들도 그렇다. 각자가 따로 노는 것보다 전체가 뭉쳐서 살아간다면 상상을 초월하는 결과물을 만들 수가 있다. 예를 들어 과학 탐구 하나 정도만 봐도 팀의 중요성이 얼마나 중요한지 알 수 있다. 아무리 뛰어난 교수도 실험을 하려면 옆에서 도와주는 조수가 필요하듯이 어려운 일을 극복하는 것도 혼자만이 아니라 여러 사람이 같이 그 어려운 일을 바라보면 사람마다 그 일을 보는 관점이 다르니 서로 협의를 하며 더 나은 방안을 도출해 낼 수 있을 것이다.

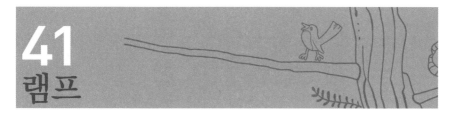

41
램프

－ 이성욱

The Lamp

"Boast no more, but henceforth be content to give thy light in silence. Know that not even the stars need to be relit"

램프 하나가 기름을 가득 채우고 맑고 꾸준한 빛을 발하며 타고 있었습니다. 문득 램프 자신이 해님보다 더 밝게 빛난다는 자만과 자랑으로 가슴이 부풀기 시작했습니다. 바로 그때 어디선가 바람이 불어와 램프를 꺼버렸습니다. 어떤 사람이 성냥을 그어 다시 불을 붙여주며 말했습니다.

"넌 그냥 불타고 있으면 돼. 해님이고 뭐고 생각하지 말고. 잘 생각해 봐, 넌 지금 다시 불을 붙여야 하지만 저 별들을 봐라. 저 별들조차도 다시 불을 붙일 필요가 없지 않니?"

＊＊＊

과대망상

　우선 이 우화에서는 '과대망상'이라는 말에 주목하려 한다. 우리는 우리 사회에 램프처럼 과대망상을 가진 사람들을 많이 본다. 그렇다고 과대망상을 아예 가지지 말라는 것은 아니지만 과대망상이 아닌 적절한 자신에 대한 이해를 통한 자부심이나 자존감은 충분히 가져야 한다고 생각한다. 만약 램프가 자신이 해님보다 더 밝게 빛난다는 과대망상이 아닌 자신도 해님만큼 빛날 수 있는 존재라는 긍정적 자부심과 자존감을 갖고 있었더라면 그 사람도 램프의 자존감마저 꺼버릴 수는 없었을 것이다. 과한 자부심이나 자존감은 과대망상처럼 좋지 못한 모습이 되어 좋지 못한 결과를 낳을 수도 있지만 적당한 자존감은 꼭 필요하다고 생각한다. 과대망상에 젖으면 세상을 보는 관점이 편중되거나 어떤 상황을 왜곡하는 문제가 발생할 수 있다. 하지만 적당한 자기 자신에 대한 자부심이나 자존감이 존재한다면 그것은 오히려 자신의 커다란 장점이 되기도 한다.

과대망상이 심한 경우에는 다른 사람들과 어울려 살아가는 것 자체가 불가능하게 된다. 물론 자부심이나 자존심을 버려가면서까지 살아야 한다는 것은 결코 아니다. 긍정적인 자기 자신에 대한 자부심 혹은 자존감은 타인들과의 관계형성에 더 큰 도움이 될 것이다.

경제적 관점에서 바라본 '램프'

이 이야기를 경제적인 관점으로 본다면 대한민국이라는 램프가 1980년대 경제 안정화 정책 및 3저 호황을 맞으면서 크나큰 경제성장을 이루게 된다. 하지만 국제 무역 추세가 바뀌면서 조금씩 타격을 받으며 결국 1997년 외환 부족으로 대한민국은 외환위기라는 바람을 맞으며 타오르던 불씨가 꺼진다. 하지만 그 당시 국민들의 금 모으기 운동, 시민 단체의 시민운동 주도, 기업의 구조 조정, 정부의 제도 개선 등으로 다시 성냥을 그어 불을 붙였다. 그리고 대한민국은 독일이나 프랑스와 같이 꾸준히 빛나며 다시 불을 붙일 필요도 없는 별들을 보며 다시금 경제 성장을 시작하게 된다.

외환위기 당시 대한민국의 경제는 정말 어둡게 보이기만 하였다. 하지만 전 국민이 나라를 살리겠다는 마음 하나로 단합하여 외환위기를 극복하게 되고 지금과 같은 대한민국을 있게 만들었다. 그리고 우화에 나오는 마지막 말처럼 다른 나라들을 신경 쓰지 않고 그저 그냥 불타기만 하면 된다고 생각하여 별들과 같이 꾸준히 타올라 지금의 경제 강국 대한민국이 되었다. 이와 같이 삶을 가장 행복하고 성공적으로 살아가는 방법은 남의 눈치를 보지 않고 나만의 길을 걸어가는 것이라고 생각한다. 그리고 자기 자신에 대한 자만심보다 자기 이해를 통한 자부심을 가지는 것 또한 중요하다고 생각한다. 결과적으로 남의 눈치를 보며 살아가는 사람과 나만의 길을 걸어가는 사람, 과대망상을 통한 자만심을 가진 사람과 자기 이해를 통해 자부심을 가진 사람 중 누가 더 행복하고 성공적인 삶을 살아갈지에 대한 정답은 이미 모두 알고 있는 사실일 것이다.

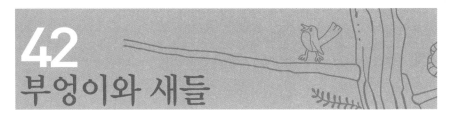

42
부엉이와 새들

– 이성욱

The Owl and the Birds

She, however, gives them advice no longer, but sits moping and pondering on the folly of her kind.

아주 오랜 옛날에 최초의 참나무가 숲속에서 싹을 틔웠을 때 부엉이는 모든 새들을 불러 모아놓고 충고하였습니다. 참나무가 작을 때 없애야 하는데, 그렇지 않으면 이 나무가 자라면 겨우살이[30]라는 식물이 이 나무 위에 나타나고, 거기에서 새들을 잡아 먹는 끈끈이가 나온다는 것이었습니다.

또 최초의 아마[31]가 파종되었을 때 부엉이는 새들에게 다시 그 씨앗을 모두 먹기를 충고하였습니다. 아마의 씨가 자라면 그것으로 인간들이 새를 잡는 그물을

---

30 다른 나무에 기생하며 스스로 광합성 하여 엽록소를 만드는 반 기생 식물로 사계절 푸른 잎을 지닌다.
31 쌍떡잎식물 쥐손이풀목 아마과의 한해살이풀

만든다고 하였습니다. 그리고 최초의 활 쏘는 사람을 보았을 때 부엉이는 그 인간이 새들의 무서운 적이며 그는 깃털 달린 화살을 날려 새들을 맞혀 떨어뜨릴 것이라고 경고하였습니다.

그러나 새들은 부엉이의 말에 별로 관심을 쏟지 않았으며, 오히려 부엉이가 좀 실성한 것이라고 생각하고 비웃기까지 하였습니다. 그러나 세월이 지나 모든 것이 부엉이가 예언한 대로 되었을 때 그제서야 그들은 생각을 바꾸고 부엉이에 대한 큰 존경심을 품게 되었습니다. 그 후로 부엉이가 나타날 때마다 새들은 자기들에게 유익할지 모르는 무엇인가를 들을 희망으로 부엉이에게 시중을 들었습니다. 그러나 부엉이는 더 이상 충고를 하지 않고 조류의 우둔함에 대해 우울하게 바라보기만 하였습니다.

* * *

지혜로운 자가 침묵을 지키는 이유

이 우화는 우리에게 많은 교훈을 주고 있는데, 그 중 대표적인 것은 백치 같은 군상의 푸닥거리[32] 앞에서 지혜로운 자는 말을 잃을 수밖에 없다는 점이다. 그리고 그리스 시대 이전부터 부엉이는 지혜를 상징하는 새였다는 것을 알려주며 동식물을 겉으로 내세우지만 결국 인간에게 교훈을 주려는 우화라는 측면에서 이야기를 분석해 볼 필요가 있다. 이 이야기에서는 우둔한 군중들이 지혜로운 현인의 충고를 수용할 자세나 의지 또는 능력이 없는 것을 풍자, 비판하려 하고 있다. 역사적으로 보아 시대를 앞서가는 훌륭한 사람이 군중들에게 뭔가 가르쳐 주어도 제대로 듣지 않거나 설령 들었다고 하더라도 깊이 받아들이지 않아 낭패를 당하는 경우가 비일비재하다. 그런 것이 반복되면 충고를 하는 측에서도 의욕을 상실하게 되고 결국 침묵을 지켜버리고 상황이 악화되는 것을 보아도 그

---

32 무당이 하는 굿의 하나. 간단하게 음식을 차려 놓고 부정이나 살 따위를 푼다.

상황을 방관하는 일이 일어나는 것이다.

이러한 경우의 예시로는 임진왜란 당시 이율곡의 십만양병설과 서양의 갈릴레이의 지동설을 들 수 있다. 임진왜란이 일어나기 전 이율곡은 일본의 행동이 심상치 않음을 감지하고 당시 왕인 선조에게 십만양병설을 주장하였다. 하지만 조정의 반대로 실행되지 못하고 결국 조선은 임진왜란으로 큰 피해를 입게 되는 일이 있었다.

그리고 17세기 초반 갈릴레오 갈릴레이는 자신의 천문학적 결과에 의거하여 지동설을 주장하기 시작한다. 하지만 그 당시 사람들은 태양이 지구 주위를 돈다는 천동설을 믿었기에 그의 의견은 받아들여 지지 않았다. 그런 이유로 그는 로마교황청의 반발을 사게 된다. 이후에 그는 재판에 올라 앞으로는 지동설에 대해 말하지 말라는 경고를 받게 되고 그는 어쩔 수 없이 그의 의견을 단념하게 된다. 하지만 현대에는 지구가 태양 주위를 돈다는 지동설이 당연시 되고 있다. 이처럼 갈릴레오 갈릴레이는 옳은 말을 했음에도 당시 사람들에게 비웃음과 조롱을 받았다. 그 결과 그는 그의 의견을 단념하게 된다.

그렇지만 부엉이의 이러한 행동도 그리 바람직한 일이 아니다. 부엉이가 진정한 지혜로운 새이자 새들의 지도자였다면 끝까지 새들에게 끝없는 조언과 충고를 해주며 더 이상의 피해가 생기지 않도록 했었어야 했다. 아무리 지혜롭고 현명한 사람일지라도 본인만이 문제에 대한 해답을 알고 남들에게 조언과 충고를 아낀다면 그 자는 진정으로 현명한 자가 아니기 때문이다. 정말 부엉이가 현명한 새였더라면 자신이 속한 조류의 우둔함에 대해 그저 한탄할 것이 아니라 그들에게 조언을 아끼지 않으며 더 이상의 이런 일이 생기지 않도록 해야 한다는 것이다.

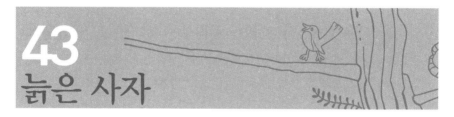

43
늙은 사자

– 추준혁

The Sick Lion

I feel uneasy when I see many footprints going into your cave, but none coming out!"

노쇠해진 사자가 힘이 아닌 꾀로 동원하여 먹을 것을 구하기로 마음 먹었습니다. 그래서 동굴 깊숙이 누워 있다가 동물들이 안부 인사를 하러 오면 잡아먹었습니다. 어느 날 여우 한 마리가 동굴을 방문하여 사자가 동물을 잡아먹는다는 사실이 맞는지 아닌지 알아 보기 위해 동굴 밖에서 사자에게 잘 지내느냐고 물었습니다. 이에 사자가 몸이 아주 나쁘다고 대답하였습니다. 그리고 안으로 왜 안 들어오는가 하고 물으니, 여우가 이렇게 대답합니다.

"글쎄요. 모든 발자국이 동굴 안으로 들어가기만 했을 뿐 밖으로 나온 발자국은 하나도 없네요. 이것을 보지 않았다면 나도 들어갔을 겁니다."

* * *

지혜는 어떻게 획득할까

여우의 지혜가 돋보이는 우화이다. 동굴 안으로 들어간 발자국은 있는데 나오는 발자국은 보이지 않는 것을 보고 위험한 곳임을 알았다는 내용이 핵심이다. 우리가 살아가면서 지식은 많으나 지혜가 부족한 경우가 많다. 물론 지식과 지혜가 따로 노는 것은 결코 아니다. 하지만 지식 일변도의 현행 학교 교육에서 다양한 체험 학습을 통해 지혜로운 삶을 가르쳤으면 좋겠다는 생각을 해본다.

우리가 학교에서 선생님을 통하여 많은 것을 배우긴 한다. 그러나 선생님이 갖고 계신 지식도 분명 한계가 있을 것이다. 흔히 농담조로 말하는 NAVER 지식in으로 모든 것을 커버할 수 있다고 말하지만 선생님들께 삶의 지혜까지 더불어 배웠으면 좋겠다. 그런데 학교 수업에서 우리가 접하는 지식은 교과서와 참고서 또는 문제 풀이에서 얻는 경우가 태반이다. 그런 것이 무의미하다는 것이 아니다. 대학 수능 시험에서 좋은 결과를 거두기 위해 전국의 고교생들이 동일한 교재로 동일한 방식으로 문제풀이식 수업을 하고 있다면 이것은 삶의 지혜와는 동떨어진 방식이 아닐까 걱정스럽다.

여우가 영리한 판단력을 소유하여 위기에서 벗어나는 장면이 인상적이다. 하지만 우리도 과연 그런 상황에서 그렇게 현명한 판단을 쉽게 할 수 있을까를 생각해 보면 그렇지 않을 가능성이 높다. 풍부한 독서를 바탕으로 타인들과 많은 대화를 나누면서 깊은 사색을 할 줄 아는 사람이 수준 높은 지혜를 획득할 가능성이 많다. 경험 많은 선배들의 직접 체험을 들어보는 것도 또한 좋은 방법이다. 실제로 학교에서 교과서만 깊이 파는 제한된 공부 방식은 지양해야 한다. 교과서를 충실히 이해하여 지적 토대를 마련하는 것에서 나아가 우리가 살아갈 사회의 다양한 문제를 해결할 능력을 갖추어야 하는 것이다. 그런데 우리 학생 입장에서 누군가를 직접 만나는 것은 시간적, 공간적 제한이 많다. 그것을 극복할 수 있는 방법 중 하나가 독서가 아닐까 한다. 우리 선조들은 정말 책을 많이 읽었다. 지금 우리나라가 세계 무역 규모 10위권의 경제대국으로 자리매김할 수 있었던 원동력도 따지고 보면 엄청난 교육열, 그리고 책을 좋아하는 DNA가 아닐까 싶다. 그리고 수많은 책 속에서 조상들의 뛰어난 지혜를 접하고 자신의 삶에 적용하면 위의 우화에 나오는 여우처럼 현명한 판단을 내리지 않을까 한다.

44
미역 감는 소년

– 추준혁

The Boy Bathing

"Oh, sir!" cried the youth, "Pray help me how and scold me afterwards." counsel without help is unless.

한 소년이 강물에서 미역을 감다가 깊은 곳에 빠져 익사할 위험에 빠졌습니다. 때마침 그곳을 지나던 사람이 소년의 외침을 듣고 강가로 왔습니다. 그런데 그 사람은 그렇게 깊은 물에 들어갈 정도로 주의력이 없느냐고 꾸지람만 할 뿐 소년을 도와주려는 시도는 하지 않았습니다. 그러자 소년이 울부짖으며 소리쳤습니다.

"아저씨. 일단 저를 구해 주세요. 꾸중은 나중에 하고요."

* * *

충고보다 도움을 먼저 주어라

위험에 처한 사람을 보고 충고하는 모습이란 참으로 가관이다. 지금 당장 숨이 넘어가는 찰나에 주의력이 왜 없냐고 충고하는 모습을 보면서 우리도 가끔 그렇게나 하지 않는지 모르겠다. 우선 손을 뻗어 도움을 준 뒤에 충고해도 전혀 늦지 않다. 아이가 학교에서 시험을 제대로 치르지 못해 성적이 엉망이 되어 안 그래도 기가 죽어 있는데, 속모르는 어머니들은 공부를 어떻게 해서 그러냐며 자녀를 사정없이 몰아친다. 그렇게 하는 것이 무슨 도움이 되겠는가. 아이야 앞으로 또 시험을 치면 되는 것이고, 성적이 저조하면 다시 도전하여 성적을 높이

면 되지 않겠는가. 올해 대학 시험에서 좋은 결과를 내지 못하면 내년에 다시 도전하면 된다. 지금 성적이 저조한 결과가 나오면 해당 학생의 마음은 더 심각하다. 그런 경우에는 우선 아이의 마음을 이해해 주고 격려하는 것이 필요하다. 그렇게 아이의 마음이 풀리면 그때 가서 공부 이야기를 꺼내는 것이 도움이 된다. 그런데도 이 시대 엄마들은 급하다. 그러지 말고 아예 엄마들이 시험공부하면서 살면 되지 않을까 하고 반문하고 싶다.

주위에 그런 경우가 정말 많다. 지금 당장 손을 뻗어 도움을 해 주기를 바라는데 도움을 주기는커녕 충고한다고 건네어 큰 상처를 안기는 사람들이란!

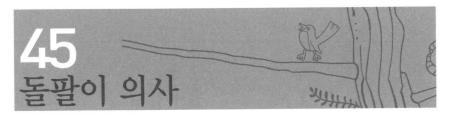

45
돌팔이 의사

– 김민준

The Quack Frog

"How can you pretend to prescribe for others, when you are unable to heal your own lame gait and wrinkled skin?"

옛날에 개구리 한 마리가 늪지에서 나와 온 세상을 향하여 자기는 약을 잘 알며, 어떤 병이라도 낫게 할 수 있는 뛰어난 의사라고 선전했습니다. 마침 군중 속에 있던 여우 한 마리가 소리칩니다.

"여보시오. 당신 몸을 보시오. 그렇게 절룩거리는 다리와 온통 검버섯 투성이고, 주름진 피부도 못 고치면서 어떻게 남의 병을 낫게 할 수 있단 말이오?"

＊＊＊

허세는 절대 실질을 못 이긴다

이 우화를 읽고 한 이야기가 떠올랐다. 옛날 한 상인이 창과 방패를 팔고 있었다. 그는 그 창은 모든 것을 뚫을 수 있다고 하였고, 방패는 모든 것을 막을 수 있다고 사람들에게 설명하였다. 그러자 한 사람이 그에게 그럼 그 창은 방패를 뚫을 수 있냐고 물어봤다. 그러자 그 상인은 대답을 하지 못했다. 위 우화와 같이 자신의 주장에 모순[33]이 생긴다는 점에서 이 이야기와 공통점이 있다. 개구리가 세상의 모든 병을 고칠 수 있다면서 정작 자신의 몸에 난 병은 치료할 수 없다는 모순 말이다. 우리들에게 시사하는 것이 많다. 사람들이 허세를 부리면서 자신을 과장하지만 그 허세를 곰곰이 따져보면 모순이 금방 드러난다. 이와 관련된 경제용어 '베블런 효과' 가 있다. 이는 과시욕이나 허영심으로 값이 오를수록 수요가 줄지 않고 늘어나는 현상을 말한다. 커피 전문점, 아웃도어 브랜드와 명품 브랜드는 오히려 가격을 낮추면 잘 팔리지 않는다는 통계도 있다. 이로 인

---

33 '창과 방패(防牌) ' 라는 뜻으로, 말이나 행동(行動)의 앞뒤가 서로 일치(一致)되지 아니함

해 명품족, 된장녀 등의 신조어가 나왔으며, 짝퉁의 생산을 부추기기도 했다. 그런데도 사람들이 순간적으로 그 허세에 넘어가니 참으로 안타까운 일이다. 실질이 허세를 이기는 경우는 영화 '더블: 달콤한 악몽'에서도 나타난다. 간단하게 이 영화의 줄거리를 얘기하자면 어느 날, 주인공과 똑같은 모습을 한 남자가 나타나 그의 모든 것을 앗아가지만 결국 주인공은 그 남자를 처리하고 다시 일상으로 돌아간다는 이야기이다. 이 영화에서도 결국엔 실제가 승리하게 된다.

그런데 우화를 다른 관점에서 살펴 보자. 만약 개구리의 약이 정말로 모든 병을 치료할 수 있는 약이고, 개구리가 연구에 몰두한다고 자신의 몸에 신경 쓸 겨를이 없었다고 한다면 이야기의 성격이나 내용은 전혀 다른 방향으로 흐르게 된다. 허세가 아니라 진정으로 세상을 위해 희생한 인물이 되는 것이다. 이러한 시각에서 보면, 여우의 태도에도 문제가 있다고 볼 수 있다. 무조건 자기가 옳다는 듯이 쏘아 붙이면 상대방이 곱게 말하려 했던 말도 곱게 돌아오지 않을 수 있다. 가는 말이 고와야 오는 말이 곱다는 속담이 있듯이 여우의 태도에도 문제가 있다. 실제로 자신의 능력에 대한 자부심으로 그렇게 말했다고 하더라도 바로 면전에서 창피를 줄 것이 아니라 그렇게 말한 사람이 근거를 충분하게 제시할 기회를 주는 게 알맞다.

여우의 또 다른 문제점은 개구리의 겉모습만 보고 개구리와 약을 판단했다는 것이다. 이와 관련된 심리학, 경제용어로 '후광 효과'가 있다. 후광 효과란 어떤 대상이나 사람에 대한 일반적인 견해가 그 대상이나 사람의 구체적인 특성을 평가하는데 영향을 미치는 현상을 말한다. 어떤 사람에 대한 첫인상, 외모가 그 사람의 인성이나 업무수행능력을 평가하는데 영향을 미치기도 한다.

이 우화에서는 여우가 개구리의 검버섯과 절룩거리는 다리를 보고 섣불리 개구리의 약이 효과가 없을 것이라고 판단했다. 이와 관련된 현상은 사회에서도 빈번히 일어난다. 한 예로, 맬버른 대학교와 호주 국립대학교 공동 연구팀이 외모와 경제적 가치 간의 연관성을 연구하였는데, 평균 이상의 외모 그룹과 평균 이하의 외모 그룹간의 평균 연봉 격차가 3600만 원 가량 나는 것을 밝혔다. 잘생긴 백인 남자가 다른 남자보다 능력이 뛰어날 것이라는 무의식적인 판단 또한 후광 효과이다. 개구리는 검버섯과 절룩이는 다리로 인해 좋지 않은 인상을 남김으로써 여우가 개구리와 약에 대해 부정적인 시각을 가지게 된 것이다. 만약 개구리한테 검버섯이 없었더라면, 절룩이는 다리가 아니라 정상적인 다리를 가졌더라면 여우의 행동이 달라지지 않았을까?

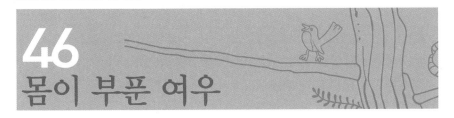

46
몸이 부픈 여우

– 김민준

The Swollen Fox

"Ah, you will have to remain there, my friend, until you become such as you were when you crept in, and then you will easily get out."

배가 고파 허기진 여우가 우연히 속이 빈 나무 속에서 푸짐한 빵과 고기를 발견했습니다. 그것은 인근의 목동들이 어려운 상황에 처했을 때 먹기 위해 보관해둔 것이었습니다. 여우가 좁은 틈새로 미끄러져 들어가 그 음식을 몽땅 먹어버렸지요. 그런데 음식을 다 먹고 나오려고 하니, 몸이 잔뜩 불어난 탓에 아까 들어갔던 구멍으로는 다시 나올 수 없음을 알게 되었습니다. 여우가 절망에 빠졌습니다. 마침 그곳을 지나던 다른 여우가 다가와서 상황 판단을 하자마자 말했습니다.

"할 수 없지. 이전의 몸 크기로 오므라들 때까지 지금 있는 곳에 그대로 있어야 할 걸. 몸이 오므라들면 쉽사리 빠져나올 수 있을 거야."

＊＊＊

참고 견디는 것이 해결책이 아니다

이 우화를 읽고 많은 생각이 들었다. 우선 이 우화에서는 여우가 목동들이 숨겨놓은 음식을 포식하는 바람에 동굴에서 꼼짝 못하는 모습을 보고 아무리 배고파도 남의 음식에 손을 대면 곤란하다는 교훈을 전달하고 있는 듯하다. 잠깐 화제를 돌려 여우가 포식하여 몸집이 일시적으로 커진 것에 주목하여, 어떻게 동물의 몸이 음식 섭취로 갑작스럽게 늘어나는가에 대해 의문을 가지면서, 이에 대해 알아보려고 한다.

음식을 섭취해 몸이 불어나는 것은 일반적으로 삼투압 때문인데, 우리 몸의 70%는 물로 되어 있다. 삼투압의 차이가 생기면 물은 물질의 농도가 높은 곳에 머물며 삼투압을 맞추려고 한다. 나트륨을 많이 섭취하면 삼투압의 차이 때문에 몸 밖으로 배출되는 물의 양이 줄어들고, 몸에 남는 양이 늘어나게 된다. 여우가 나트륨을 어느 정도 섭취하면 몸이 불어날까에 대해 궁금증을 가지게 되었으며, 그것을 알기 위해 체격이 비슷하고, 같은 종인 개의 일일 권장 나트륨 섭취량을 찾아보았다. 개의 일일 권장 나트륨 섭취량은 1kg당 62.4~125mg으로 여기에 여우의 평균 무게인 7.5kg를 곱해 약 700mg이라는 결과가 나왔다. 자반 고등어 한 토막이 1,500mg이므로 얼마나 많은 양의 나트륨이 여우의 몸에 들어갔는지 알 수 있다. 이로 인해 몸이 부어 여우는 밖으로 나오지 못하게 된 것이다.

이와 관련된 현상을 사회에서도 찾을 수 있다. 모두들 한번쯤은 '길에 있는 고양이가 왜 이리 통통하지?'라고 생각해 본 적이 있을 것이다. 이에 대부분의 사람은 단순히 많이 먹어서라고 생각할 것이다. 물론 많이 먹어서 그런 고양이도 있겠지만, 대부분의 고양이는 사람들의 음식물을 섭취하여 그렇게 된 것이다. 먹을 것이 충분하지 못한 길고양이는 음식물 쓰레기 통에서 음식을 섭취할 때가 많다. 고양이의 일일 권장 나트륨 섭취량은 약 20mg인데 반해 우리들이 먹는 짬뽕은 4,000mg, 비빔밥은 1,600mg이다. 엄청난 양의 나트륨을 포함하고 있는 것이다. 이로 인해 길고양이도 몸이 불어나는 것이다.

두 번째로 의아한 점은 '왜 음식을 밖으로 들고 나오지 않고 안에서 먹었을까.'이다. 밖으로 들고 나오면 음식을 많이 먹어도 틈에 끼지 않을 수 있는데 말이다. 세 번째 의문은 '밖에 있던 여우가 안에 갇힌 여우를 도와줄 순 없었을까.'에 대한 의문이다. 그리고 이솝은 이 우화를 통해 '참고 견디는 것이 문제 해결의 열쇠다.'라고 이야기하고 싶어하는 듯한데, 그건 교훈도 아니고 가르침도 아니다. 어떻게 아무 것도 안 하고 배고 쪼그라들 때까지 기다리는 것이 현명한 방법인가 하는 것에 대해 반박하고 싶다. 이에 대한 예로 최근 연예인 Y양의 의상표절 사건, 연예인 G양의 대부업체 광고 사건이 있다.

최근 배우 G양은 일본계 종합금융회사 JT(제이트러스트)의 브랜드광고 모델로 계약을 하며 네티즌의 비난을 받았다. 하지만 상황이 계속 악화될 기미를 보이자 G양은 주저하지 않고 소속사를 통해 보도 자료를 내고 "뒤늦게나마 자신이 간과했던 부분을 깨닫게 됐다"며 실수를 인정했다. 잘못됐다면 뒤늦게라도 바로 잡겠다는 발 빠른 대처로 Y양과는 다른 태도를 보였다. 하지만 Y양은 표절의혹을 제기한 어느 디자이너에 "컬렉션을 앞두고 자사의 브랜드를 홍보하기 위해 Y양이라는 이름을 도용하지 않기를 바라는 바"라며 의상 표절을 인정하지 않고, 해명 없이 일관해 사건은 더욱 커져갔다. 늦어도 안하는 것보다는 낫다라는 말도 있고, 뭔가 실행하면 결과가 좋든 아니든 그 모든 것이 살아가는데 교훈을 줄 것인데 그냥 시간만 흘러가기를 기다려라는 충고는 현실적으로 받아들이기 어렵다.

47
생쥐와 개구리와 솔개

– 심상현

The Mouse, the Frog, and the Hawk

Too close friendship even spoil their lives as well as relationship.

언젠가 생쥐와 개구리가 친구가 되기로 하였습니다. 그런데 생활 터전이 다른 그들이 처음부터 잘 어울릴 수 있는 것이 아니었습니다. 생쥐는 땅에서만 살고, 개구리는 뭍에서나 물 속에서 어려움 없이 살 수 있기 때문이지요. 그래서 무슨 일이 있어도 헤어지지 않으려고 생쥐가 한 가닥 실로 자신과 개구리의 다리를 묶었습니다. 그들이 마른 땅 위에 함께 살 때는 큰 문제가 없었습니다.

하지만 연못가에 이르자 개구리는 아무 생각없이 생쥐를 데리고 풍덩 뛰어들었습니다. 그리고 개구리가 이리저리 헤엄쳐 돌아다니며 신이 났습니다. 그런데 불쌍한 생쥐는 물 속에서 견딜 수 없어 곧 익사하게 되었습니다. 개구리와 생쥐가 실로 묶여져 있었기 때문에 함께 수면 위에 떠오르자 둘은 솔개에게 발각되고 말았습니다. 솔개가 곧장 낙하하여 생쥐의 시체를 발톱으로 잡아챘습니다.

개구리는 자기와 생쥐를 묶은 매듭을 풀 수 없었습니다. 그리하여 솔개가 개구리도 함께 낚아채서 둘 다 먹어치웠습니다.

＊＊＊

방휼지쟁(蚌鷸之爭)[34]과 자업자득(自業自得)[35]

생쥐와 개구리가 우정 때문에 몸을 묶고 다니게 되다가 솔개한테 잡혀 결국 둘 다 먹히게 된다. 이 상황을 두 가지 관점에서 해석할 수 있다고 본다. 첫 번째는 생쥐와 개구리가 뭍이 아닌 물 속이라는 성장 환경의 차이로 갈등하던 사이에, 지나가던 솔개가 이득을 본 상황에서 방휼지쟁(조개와 도요새가 다투다가 둘 다 어부에게 잡혔다는 뜻)이라는 한자성어가 생각났다. 두 번째는 생쥐가 지나치게 우정을 과시하려고 제시했던 '몸을 묶는 것'이 결국에는 악영향을 끼친 장면에서 자업자득이 떠올랐다. 하지만 잘못이 꼭 생쥐에게만 있는 것은 아니다.

마른 땅 위에서는 별 문제가 없었지만 연못으로 들어가는 순간, 갈등이 발생한다. 개구리와 생쥐의 각각 살아온 생태적 환경이 정말 천양지차였기 때문이다. 당연히 개구리에게는 그 연못이 너무나 편안한 고향의 품속 같을 것이고, 생쥐에게는 그야말로 죽음의 공포로 가득한 곳이 된다. 우리가 살아가는 사회에서도 이런 유사한 일이 비일비재하게 발생한다. 사회를 함께 구성하는 개인들의 성장 환경이나 사고 방식이 천차만별로 다른데도 획일적인 관점을 강요할 때를 생각해 보라. 사람마다 장단점이 다 있고 그 장단점이 각자 다르니 개인의 특수한 경우를 고려하여 접근할 필요가 있다. 물론 사회가 추구해야 할 아름다운 가치관이나 예절 같은 것은 공동으로 지켜야 하기 때문에 단일한 내용으로 강조할 필요가 있다. 그런데 그렇게 좋은 의도로 만들어진 것이라도 지나치게 단일하고

---

34 도요새가 조개와 다투다가 다 같이 어부에게 잡히고 말았다는 뜻으로, 제3자만 이롭게 하는 다툼을 이르는 말.
35 자기가 저지른 일의 과보가 자기 자신에게 돌아감을 뜻하는 말

획일적인 방식으로 누르면 반드시 문제가 발생하게 된다.

학교에서도 그런 일이 많다. 학생들이 다양한 가치관을 갖고 다양한 환경에서 성장하여 각자가 가진 특성이 정말 다양한데도 지나치게 획일적인 가치관을 주입하는 방식이 적용되다 보니 학생들이 학교 수업에서 흥미를 갖기가 쉽지 않다. 오죽하면 19세기 교사가 20세기 교실에서 21세기 학생을 지도한다는 말이 나왔겠는가. 최근 정부에서 지속적인 투자를 실시하여 교실 환경의 수준은 많이 높아져 위의 구호가 무색하지만 가장 중요한 교사들의 수업 방식은 예전의 모습에서 그리 벗어나 있지 않은 듯하다. 아무리 좋은 학습 방법을 도입한다고 해도 대학입시가 존재하는 한 학생들이 다양한 학습 방법을 체험하는 것에 한계가 있는 듯하다.

그래도 생쥐나 개구리 이상으로 특성에서 차이가 나는 학생들의 다양한 존재 방식을 고려하여 그들의 특성을 깊이 고려하여 현명한 학습 방법을 도입하면 좋겠다. 급격한 고령화가 본격적으로 진행되면 청소년 세대들의 역할이 매우 중대할 것이다. 사실상 진정한 성장 동력에 해당하는 이 청소년들에게 미래에 대한 제대로 된 진로지도가 있어야 하고, 학생들도 기존의 틀대로 수동적으로 움직일 것이 아니라 자신만의 진로를 탐색하고 바람직한 인생의 방향을 모색할 필요가 있다. 생쥐나 개구리처럼 다양한 이 사회 구성원들에게 그저 획일적인 교육 방식만 고집한다면 우리 사회의 미래는 너무나 암담하지 않겠는가. 지금도 교실에서는 수업 시간에 끝없이 수면부족을 느껴 감당하지 못하는 학생이 정말 많다. 우리 학생들이 왜 모두 영어 수학 문제만 죽어라고 풀어야 하는가. 모두 다 대학생이 되면 이 사회의 역동적인 다양성은 어디에서 찾겠는가. 저마다 능력을 최대한으로 발휘할 수 있는 분야가 무궁무진할 텐데 생쥐에게 혹은 개구리에게만 유리한 환경 속으로 모두를 집어 넣는다면 결국 비극적인 결말과 함께 솔개와 같은 엉뚱한 포식자가 이익을 취하는 최악의 상황이 벌어질 수도 있다. 이 우화는 표면적으로 원만해 보이는 친구 관계로 어떤 상황이 주어지거나 자신만을 생각하고 상대의 처지를 이해하지 못하면 비극적인 결말이 올 수도 있다는 누구나 공감할 수 있는 주제를 전달하고 있다. 하지만 이 이야기를 깊이 여러 번 읽으면서 우리 청소년 세대들의 다양성을 생쥐와 개구리에게 이입 시킨 후 이야기를 되짚어 보았을 때 이 같은 관점에서도 이해가 되는 이야기였다.

두 번째 상황을 더 자세히 생각해 보면 그 상황에서 생쥐와 개구리 둘 다에게 잘못이 있다고 본다. 왜냐하면 생쥐는 위와 같이 서로의 우정을 지나치게 강조하기 위해 서로의 몸을 묶어 다니다가 둘 다 죽게 되는 비극이 일어났기 때문이다. 한편 개구리가 잘못한 것은 생쥐가 물 속에서는 자유롭지 못하다는 것을 알면서도 같이 들어갔다가 생쥐를 죽게 한 것이다. 실제로 어떤 사건이 생겨 책임을 묻게 되면 그 책임의 소재에 대해 공방이 치열해진다. 어떤 관점으로 보느냐에 따라 전혀 다른 결과가 나오기 때문이다. 생쥐처럼 우정에 함몰되어 서로의 몸을 묶는 현상을 깊이 생각해 보라. 아무리 우정이 좋다 해도 두 몸이 한 몸이 될 수는 없는 것이다. 그리고 서로의 몸을 묶는 어리석은 행동도 고민해 보아야 한다. 앞에서도 강조하였지만 전혀 다른 환경에서 살아 온 구성원을 억지로 한데 묶어 살게 하고 억지로 환경에 적응하게 하는 과정에서 치명적인 문제가 발생함은 불문가지가 아닌가.

그래서 요약하면 진정한 친구라고 해서 계속 붙어 다니다가는 좋지 않은 일이 생길 수도 있으니 적절한 제한을 두고 사귀어야 한다고 마무리 짓고 싶다. 또 다르게 생각해 보면 우정을 맺은 관계에서 서로 믿을 수 있고 의지할 수 있는 존재일 것인데 생쥐는 개구리를 믿지 못했다. 그래서 생쥐가 물에 빠져서 익사한 것이 불신의 결과라고 생각하고 개구리가 같이 잡혀서 먹힌 것은 잘못된 친구를 사귄 것에 대한 결과라고 보고 싶다.

생물학적 관점에서 바라 본 '생쥐와 개구리와 솔개'

첫 번째 관점은 개구리와 생쥐의 습성을 대조해 봤을 때 개구리의 평균 크기는 2.5~4cm이고, 생쥐는 6~10cm이다. 단순히 크기를 놓고 보더라도 개구리가 생쥐를 매달고 일방적으로 헤엄치는 상황이 불가능하다. 게다가 둘의 수영 능력을 비교할 때 둘 다 수영이 가능하기 때문에 개구리가 수영하는데 생쥐가 익사하는 상황은 벌어질 수 없다고 생각했다.

두 번째 관점은 생쥐가 개구리의 다리에 실을 묶는 장면을 보았다. 매듭을 짓는 능력은 인간과 고도로 훈련받은 일부 영장류가 가진 특별한 기술이다. 손가락을 자유롭게 사용할 수 있어야 하고 지문에 있는 마찰력도 이용해야 한다. 헤엄을 치고 한 동물이 익사할 때까지 격렬한 움직임 후에도 풀리지 않을 정도의 매듭이라면 개구리와 생쥐가 할 수 있는 능력의 범위를 벗어난다고 생각한다.

48
소년과 쐐기풀

\- 심상현

A Boy and the Nettle

"Whatever you do, do with all your might."

한 소년이 집 울타리에서 딸기를 따다가 그만 쐐기풀에 손이 찔렸습니다. 너무나도 아파 소년이 어머니에게 달려와 말했습니다.

"엄마, 난 살짝 쐐기풀을 건드렸을 뿐인데 너무 아파요."

그러자 어머니는 말했습니다.

"애야, 바로 풀을 살짝 잡았기 때문에 찔린 거란다. 오히려 네가 세게 잡았더라면 전혀 다치지 않았을 거다."

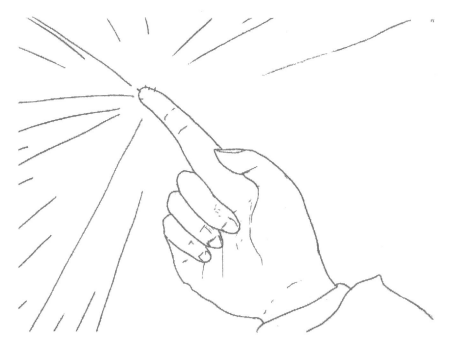

***

어정쩡함이 일을 망친다

이 우화에서 소년이 자신이 할 수 있는 최선을 다했다면 쐐기풀에게 당하지 않을 수 있었다는 것을 강조하고 있는 듯하다. 때로는 아무리 노력해도 되지 않는 일을 겪기는 하지만 그렇게 하는 것도 헛된 것만은 아니라는 것도 주장하고 있다. 또 다른 의견은 행동을 취할 때 과감하게 행하라는 것이다. 뭔가 큰 일이 일어났을 때 그것에 대해 소극적으로 대하고 계속해서 그 일을 피하면 나중에 더 큰 일이 벌어질 수도 있다는 것이다. 그래서 큰일을 마주한다면 그 일에 대해서 적극적으로 대응하고 끝내 그 일을 극복한다면 다음에 더 큰 일이 닥치더라도 해결할 수 있는 능력을 가질 수 있게 될 것이라는 뜻이다. 그리고 살아가면서 때로는 채찍질도 필요하다. 우리가 살아가면서 숱한 상황에 처해지는데 어떤 일이 눈앞에 전개되면 그에 대한 대응이 적극적으로 행해지지 않고 지나치게 소극적으로 대응하다가 점점 그 화가 커지는 어리석은 경우를 많이 목격하게 된다. 흔히 미봉책이니 '언발에 오줌누기' 식의 일시적인 효과를 노린 방법을 추구하다 보면 나중에는 도저히 어찌 해볼 수 없는 지경에 이르는 것이다.

우화에서 어머니가 말했듯이 풀이 소년을 찌른 것은 계속 '오냐 오냐' 해주니까 자기 분수를 모르고 덤빈 것 같다. 화제의 초점을 소년이 아닌 풀에 두면 풀이 상대방의 소극적인 행동에 대해 앞으로도 계속 괴롭힐 것이다. 대충 가면 앞으로도 소년이 풀에 찔릴 것을 우려한 것 같다. 그래서 이야기 중 어머니가 힘껏 잡으라고 한 것은 풀에게도 채찍질을 해줘야 자기 잘못을 알고 깨달을 것이라는 이야기를 하는 것 같다.

지피지기면 백전불태(知彼知己 百戰不殆)

시험공부를 했을 때, 뭔가 다 된 것 같은 느낌을 받을 때가 있다. 왠지 잘 될 것 같은 막연한 마음과 "이정도면 됐다." 하는 안도감에 손을 놓고 다음날 시험을 쳤을 때 망친 경험이 있다. 대상에 대해서 충분히 이해하지 못하고 "어떻게든 되겠지"라고 생각하는 자기의 합리화는 이제껏 내가 들인 노력을 완전히 헛된 것으로 되돌려 줄 수도 있다는 경험이었다. 아마 소년이 쐐기풀에 대해서 잘 알고 정확히 행동할 수 있었다면 다치지 않았을 것이다.

위의 말과 연관시킨 이유는 소년이 자신에 대한 불확신과 애매모호함, 그리고 사물에 대한 무지가 다치게 되는 원인이라고 생각했기 때문이다. 따라서 우화에서 어머니가 소년에게 말한 것처럼 무언가 일을 할 때에는 그 일에 따르는 결과에 대한 책임을 지고 강한 결단력을 가지고 행해야 한다고 생각한다.

사회적 관점에서 바라 본 '소년과 쐐기풀'

이야기에서 나온 쐐기풀을 주도권을 쥐고 있는 세력이라고 생각하고 소년을 그에 대항하는 세력으로 가정해 보았다. 우리 주변에서도 흔히 일어나는 일이지만, 자신이 원치 않는 의견이 나왔을 때, 자신의 감정을 밖으로 표현하지 않고 속으로만 반박한다면 바뀌는 것은 아무것도 없다. 우화에서도 소년이 자신의 온 힘을 다하지 않고 어중간한 행동으로 인해 쐐기풀에게 얕잡아 보였기 때문에 찔리는 장면이 있다. 이런 면들을 종합적으로 생각해 봤을 강한 힘을 가진 세력도 거대한 규모의 저항세력이나 상대의 강한 압박에 무릎을 꿇는 경우도 있다. 결론적으로 사회 현상에도 연관되듯이 소년이 좀 더 과감한 행동을 했다면 쐐기풀에 찔리지 않았을 것이라 생각했다.

작은 고추가 맵다

이 글을 보고 위 속담이 떠올랐다. 하지만 단지 소년의 소극적인 태도에 초점을 맞추지 않고 쐐기풀의 자기 보호 본능과 때로는 약자가 강자를 이긴다는 좋은 예로 쓰일 수 있을 것 같았기 때문에 골라 보았다. 일단 요즘 사람들에게는 '강한 자가 산다.'라는 통념이 머릿속에 가득한 것 같다. 그럴 수밖에 없는 것이 '약육강식', '빈익빈 부익부' 같은 말들이 존재하기 때문이다. 하지만 이 이야기에서 쐐기풀은 그 틀을 벗어나게 해주는 좋은 발판이 되어 준 것 같다.

보통 사람들은 인간이 가장 상위 계층에 있다고 생각하고 자연이나 다른 동물들이 인간에게 복종하는 존재라고 인식한다. 하지만 쐐기풀은 자신의 강함을 믿고 소년에게 대응한 것이 좋은 결과를 낳았다. 이처럼 우리 사회에서 약자라고 생각되는 사람들이 있다 할지라도, 그들이 어떤 잠재력을 가지고 있는지 모르기 때문에 항상 무시하지 않고 배려해야겠다는 생각을 해보았다. 또한 우리 주변에 있는 약한 아이들을 더욱 챙겨주고, 존중해 줘야 하는 존재라는 것을 상기시켜 주었다.

49
농부와 사과나무

- 고윤재

The Peasant and the Apple Tree

Once there lived a peasant in a village.

He considered the tree as sacred and began worshipping it.

어떤 농부가 자기 정원에 사과나무를 심었습니다. 그런데 그 나무는 농부가 기대한 만큼 사과열매가 달리지 않았습니다. 농부는 사과나무를 자르기로 결심하였습니다. 그러자 자신의 쉼터가 사라질 것을 우려한 참새들과 베짱이들이 나무를 자르지 말라고 부탁을 합니다. 그래도 농부가 말을 듣지 않고 나무를 도끼로 찍어서 베어 버렸습니다. 그런데 그 나무 속은 텅 비어 있었고. 그 안에 벌떼와 꿀이 담겨있었습니다. 이걸 보고 농부는 "이야. 이런 고목도 보존할 가치가 있네."라며 도끼를 던집니다.

작은 실리에 얽매이면

이 우화에서 농부는 참새들과 베짱이가 나무를 자르지 말아달라고 하는 명분을 두고 나무를 잘랐을 때 얻을 실리만 생각하고 나무를 자르기로 결심한다. 그러나 꿀이라는 더 큰 실리를 보고 나무를 그냥 놔두기로 결심한다. 결국 농부는 명분을 버리고 실리를 택하게 된 셈이다. 이 이야기 속 농부의 행동과 같이 지나치게 단편적으로 행하는 실리 추구는 주변사람들에게 신뢰도를 떨어뜨리고 주변사람들이 나를 이기적으로 보게 한다. 실제 이익을 얻지만 도덕적으로는 손해를 본 '도덕적 파산 상태'가 될 것이라 표현하고 싶다. 요즘 현대사회에서는 명분보다는 실리가 훨씬 더 중요하게 생각되어져 어떤 일에서 명분을 실리보다 더 추구하는 사람을 보기 어렵다. 게다가 '뭐가 되었건 결과만 좋으면 된다.'라는 식의 사고가 퍼지고 있다. 결국 '흰 고양이든 검은 고양이든 쥐만 잘 잡으면 된다.'라는 흑묘백묘(黑猫白猫)론 식이 될 것이다.

문제는 실리를 추구하는 농부가 피해를 보는 참새, 베짱이보다 더 힘이 세다는 것이다. 대표적인 예로 1997년 12월 교토에서 열린 기후변화협약 총회에서 채택된 '교토의정서36에 이산화탄소를 가장 많이 배출하는 미국은 자국의 산업발전에 영향을 줄 것이라며 2001년 탈퇴해 버렸다. 결국 미국은 환경보호라는 명분을 무시하고 산업발전이라는 실리를 택한 것이다. 여기서 문제는 미국의 교토의정서 탈퇴를 가지고 항의를 할 만큼 힘이 있는 국가가 없다는 것이다. 결국 미국은 교토의정서를 탈퇴했고 2007년 미국의 온실가스배출량은 1990년대보다 약17% 늘어났다.

---

36 기후변화협약에 따른 온실가스 감축목표에 관한 의정서.

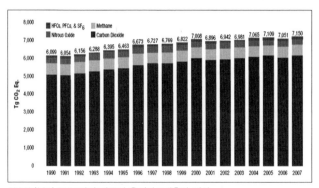

1990년부터 2007까지 미국의 온실가스배출량 변화

그런데 과연 우리는 실리를 명분보다 더 추구하는 농부를 나쁘다고만 말할 수 있을까?

경제학에 관심이 없는 사람이라도 애덤 스미스라는 이름을 한번쯤은 들어봤을 것이다. 1776년에 발표된, 오늘날까지 유효한 내용을 담고 있는 애덤 스미스의 국부론은 다음과 같이 말한다.

"푸줏간주인, 양조장 주인, 빵 굽는 사람들의 호의 때문에 우리가 오늘 저녁을 먹을 수 있는 것이 아니라 그들이 자신의 이익을 위해 일하기 때문이다. 우리는 그들의 이기심에 의존하는 것이며, 우리에게 무엇이 필요한지가 아니라 그들에게 어떤 이득이 있는지 말해야 한다. 걸인만이 동료 시민들의 호의에 의존하려 할 것이다."

글에서 나오는 참새와 베짱이는 단지 자신들의 쉼터가 사라진다고 말했지 농부가 고목을 베지 않았을 때 얻을 이익을 말하지 않았다. 애덤 스미스의 말처럼 참새와 베짱이는 그저 농부의 호의에만 의존하는 걸인과 같다는 것이다. 반면 농부는 스미스가 주장하는 보이지 않는 손의 원리에 따라 충실히 사적 이익을 추구했다. 아무 쓸모없어 보이는 고목을 베려 한 것도 고목 안에 꿀이 있자 베지 않은 것도 모두 충실히 사적 이익을 추구했다고 볼 수 있다. 결국 보이지 않는 손에 의해 농부의 실리추구가 경제적 풍요를 부르는 것이다.

이렇게 보면 명분과 실리 두 사이에서 무엇을 추구해야 할지 고민이 된다. 그

러나 우리는 명분과 실리 두 개를 동시에 잡은 경우를 볼 수 있다. 2차 세계대전 때의 미국을 보자. 1929년 10월 29일, 주식시장이 폭락한 미국은 은행들이 줄줄 이 파산했다. 이른바 대공황이 발생한 것이다. 당시 대통령이었던 하버트 후버 의 소극적인 대처로 인해 상황은 더 악화되고 만다. 1933년, 프랭클린 루즈벨트 가 대통령이 되었다. 루즈벨트 대통령은 뉴딜정책을 실시한다. 뉴딜정책은 경제 문제를 완화하고 경기를 회복시켰지만 대공황에 빠진 미국을 완전히 건지지는 못하였다. 1940년대까지만 하더라도 미국에는 800만 명의 실업자가 있었다. 그 럼 이런 미국을 구한 것은 무엇이었을까? 바로 2차 세계대전이었다. 전쟁에 참 여하며 미국의 군수산업은 전쟁에 필요한 물자를 만들게 된다. 이 과정에서 침 체되었던 산업이 다시 살아났다. 즉, 미국은 전쟁을 종결시켜 세계평화를 유지 하는 명분과 대공황 극복이라는 실리 두 가지를 모두 챙기게 된 것이다. 우리나 라에서도 명분과 실리 두 가지 모두 찾은 사례가 있다.

대표적인 예로 아름다운가게를 들 수 있다. 아름다운가게의 설립 목적인 명분 은 바로 한국에서 중고물품 재사용이다. 아름다운가게가 설립될 당시만 해도 우 리나라에서는 모자라는 사람과 넘치는 사람을 이어줄 다리가 없었다. 게다가 우 리네 정서상 남이 사용했던 물건을 다시 사용하기를 꺼려하는 경우가 많았다. 이런 상황에서 재사용 촉진이라는 명분과 함께 등장한 아름다운가게는 2015년,

설립한 지 14년 만에 140호 매장이 생겼고 연간 판매액이 220억 원에 이르렀다. 명분과 실리 두 마리의 토끼를 잡은 셈이다.

우리는 살면서 많은 선택의 상황에 놓인다. 아마 명분과 실리의 선택도 그중 하나일 것이다. 그러나 우리는 두 개 중 한 개만 선택하려는 이분법적 사고를 하면 흑백논리의 오류에 빠지기 쉽다. 명분과 실리의 적절한 조화, 그것이 21세기를 살아가는 우리에게 필요한 자세일 것이다.

아름다운가게

50
갈가마귀와 비둘기들

– 고윤재

A Jackdaw and the Doves

but when he forgot to keep quiet and let out a squawk, the pigeons then recognized who he was and they pecked at him until he went away.

어느 농가의 마당에서 비둘기들이 맛있는 먹이를 정답게 나누어 먹고 있었습니다. 그 모습을 유심히 바라보던 갈가마귀가 그것이 부러워 비둘기로 변장하기로 결심했습니다. 그래서 온몸을 하얗게 칠하고 비둘기 무리에 끼어들었습니다. 비둘기들도 처음에는 알아채지 못하다가 어느 날 우연히 잡담을 하는 와중에 비둘기가 아닌 것을 알았습니다. 갈가마귀가 현명하지 못한 탓이지요. 갈가마귀가 비둘기 무리에서 쫓겨나 다시 예전의 갈가마귀 무리로 돌아왔습니다. 그러나 이번에는 다른 갈가마귀들이 하얀 옷을 입은 그를 알아보지 못하고 자신들의 무리에서 추방했습니다.

***

잔머리 굴리다가 큰 코 다친다

이 글을 읽고 나면 많은 사람들이 아마도 갈가마귀의 분수를 모르는 행동, 말의 중요성 등을 생각할 것이다. 갈가마귀의 어리석은 잔꾀를 비판하려 할 것이다. 그러나 여기서 우리가 주목하는 것은 위 내용 중 비둘기들의 행동이다. 글에서 비둘기들은 마당에서 좋은 먹이를 먹고 자신들 외의 존재인 갈가마귀가 그것을 먹자 갈가마귀를 쫓아낸다. 비둘기들이 마당의 먹이를 독점하고 있는 것이다. 독점은 진입장벽37 덕분에 생긴다. 갈가마귀나 다른 새가 비둘기처럼 좋은 먹이를 먹을 수 없는 진입장벽이 있는 것이다.

경제학에서 진입장벽은 크게 3가지 이유로 생긴다. 첫 번째, 정부규제이다. 정부가 한 사람에게 독점적으로 생산할 수 있는 권리를 주는 것이다. 두 번째는 생산기술이다. 한 사람이 생산할 때의 비용이 여러 사람이 생산하는 것보다 싼 경우이다. 그리고 마지막이 생산요소의 독점인데 무언가를 생산하는데 중요한 요소를 한 사람이 소유하는 경우이다. 물론 이 사람이라는 개념이 작게는 한 사람

---

37 독과점 기업이 지배하는 시장에 새로운 경쟁자가 자유로이 들어오는 데 어려움을 주는 요소.

에서 그치지만 범위가 커지면 집단이 되고 기업이 되고 때로는 국가가 되기도 한다.

우리의 이야기인 경우는 생산요소인 좋은 먹이를 비둘기 혼자서만 차지하는 생산요소의 독점이 될 것이다. 갈가마귀는 비둘기들이 독점한 농부의 마당이라는 시장에 뛰어들었다가 커다란 실패를 봤다. 즉, 시장실패의 상황이다. 시장실패란 시장에서 자율적으로 기능이 돌아갈 때, 효율적으로 자원이 분배되지 못했을 때를 지칭하는 용어이다. 비둘기들의 시장지배력이 워낙 세니 갈가마귀는 시장실패를 할 수밖에 없는 것이다. 이러한 독점은 비둘기가 차지한 좋은 먹이를 먹고 싶어 하는 갈가마귀나 다른 새들한테는 불행한 일이다. 그리고 비둘기한테는 자신들만이 좋은 먹이를 먹는 좋은 일이다.

이러한 생산요소 독점이 사회에 어떤 영향을 미칠까? 그 영향을 알기 위해서는 현실에서의 사례를 찾아봐야 한다. 가장 대표적인 사례는 바로 남아프리카공화국의 다이아몬드 회사인 드비어스다. 이 회사는 세실 로즈가 1888년에 설립한 영국의 다이아몬드 회사이다. 현재 드비어스의 다이아몬드 생산량은 전 세계 다이아몬드 생산의 80%를 차지한다. 엄밀히 말하면 생산의 100%가 아니라 완전한 독점은 아니지만 드비어스는 거의 독점기업과도 다름없었다. 사실 우리의 현재사회에서는 진입장벽 중 생산요소의 완전한 독점으로 인한 사례를 찾기 힘들다. 현실에서는 경제규모가 워낙 크고 한 사람이나 집단, 기업이 자원을 독점하기가 쉽지 않기 때문이다. 허나 우리는 생산요소 외에 다른 진입장벽으로 인해

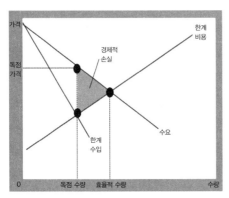

생기는 독점에서 실마리를 얻을 수 있다.

독점기업은 최적의 가격이라 생각되는 한계비용보다 높게 가격을 매겨 판다. 이러한 한계비용보다 높은 가격은 소비자들이 물건을 소비하는 것을 꺼리하게 하고 결국 독점기업의 생산량은 사회적 최적보다 적다.

독점으로 인해 생기는 경제적 순손실은 그래프의 주황 부분과 같다. 결론적으로 비둘기의 이러한 먹이독점행동은 사회적으로 좋지 않은 영향을 불러일으키는 것이다. 그러면 이러한 비둘기, 기업의 독점을 막기 위해서는 어떻게 해야 할까?

바로 먹이시장을 관리하는 농부, 즉 국가의 개입이다. 농부는 기업의 합병을 막아서 독점을 막을 수 있다. 만약 우리나라에서 전자제품 판매량 1,2위를 다투는 삼성과 엘지가 합병을 한다고 하면 우리나라 정부는 심각한 고민을 할 것이다. 우리나라의 법원에서는 이러한 합병이 독점규제 및 공정거래에 관한 법률[38]을 위반한다고 판단하면 두 회사의 합병을 금지하는 판결을 내릴 것이다. 미국 대법원은 이러한 독점금지법[39]은 '자유경쟁이 상거래의 기본원칙으로 자리 잡도록 하는 경제적 자유의 포괄적 헌장'이라고 했다. 실제 1994년 마이크로소프트사도 이러한 정부의 규제 때문에 인튜이트사[40]의 합병에 실패했다.

그리고 또 농부는 기업을 분해해서 독점을 막을 수도 있다. 미국 내 최대의 전화회사였던 AT&T사의 사례를 보자. AT&T사는 수년간 독점적으로 미국의 장거리통신과 대부분 지역에서 시내 전화 사업을 벨 시스템이라는 일원적 체제로 운영해 왔다. 1984년 미국정부는 전화 산업을 독점했던 AT&T사를 8개의 작은 회사로 분할했다.

그러나 농부(정부)가 아무리 노력해도 비둘기(독점기업)의 생각을 바꾸지 않는다면 이러한 독점을 완전히 막기는 힘들다. 비둘기들은 이러한 먹이의 독점이 결국 자신들에게도 좋지 않다는 것을 알아야 한다. 그리고 배려와 양보의 마음으로 갈가마귀에게 먹이를 나눠 주어야 한다. 눈앞의 이익만 보고 행동하기보다는 바로 앞의 이익을 보고도 배려와 양보의 자세로 주변사람과 나눈다면 분명 그것은 부메랑이 되어 더 좋은 이익을 들고 돌아올 것이다.

---

38 과도한 경제력 집중을 방지하고 불공정거래행위를 규제하기 위해 제정한 법률.(일부개정 2009.3.25 법률 제 9554호)

39 독점에 의해 발생되는 부당한 거래의 제한과 독점 그 자체를 배제 또는 규제하기 위한 법률.

40 미국의 자산관리 소프트웨어 회사로서 주로 소기업 및 개인의 금융과 세금 관련 소프트웨어 솔류션을 제공하는 회사.

51
제우스와 거북이

– 권택현

ZEUS and the Tortoise

ZEUS said that Hey impertinent tortoise, I' ll give you opportunity to be inside the house FOREVER!!

제우스 신이 아내를 맞이하려고 할 때였습니다. 세상의 모든 동물들을 잔치에 초대하였는데, 거북이만 오지 않았습니다. 제우스 신의 입장에서 거북이가 얼굴 도 보이지 않으니 놀랄 수밖에요. 그리고 시간이 지나 거북이를 만났을 때 제우 스신은 왜 잔치에 오지 않았느냐고 거북이에게 물었습니다. 거북이가 대답하기 를,

"저는 집을 나와 돌아다니기를 싫어합니다. 내 집 같은 곳은 없으니까요."

그 말을 듣고 제우스 신은 화가 나서 거북에게 길을 나설 때 집을 메고 다니게 하고, 어떤 경우에도 그 집을 벗어날 수 없도록 하라고 명령하였습니다.

＊＊＊

제우스를 통해 본 리더십

제우스는 어릴 적부터 그리스 로마 신화에서 많이 보았던 신이다. 위의 신화 자체가 신이 인간과 아주 유사하다는 전제를 한 것 같아서 그런지 몰라도 제우스는 여러 신들 중 가장 강력한 힘을 가지고 그들을 다스리지만 바람을 피우고 여성들을 추행하는 이중적인 모습을 볼 수 있었다. 나는 그가 신하들을 통치하는 모습에서 비판받을 점과 학급 반장으로서, 리더로서 내가 고쳐야 할 점들에 대해 생각해 보려 한다.

논점 1. 결혼 축하의 방식

그는 자신의 결혼을 축하하기 위해 모든 동물들을 불러왔다. 또 그는 자신이 가진 권위와 초대를 받을 동물 대부분이 이를 거부할 수 없다는 것을 잘 알고 있었다. 반장이 이와 같은 강력한 권력을 가지지는 못하지만 선생님이 항상 함께 하시지는 못하기에 선생님을 대신해 반 아이들이 해야 할 것들에 대해 알려주고 지시할 필요가 있다. 몇 달 전 수련회 활동에서 반 친구들의 줄을 정렬하는 과정에서 무작정 짜증을 내며 명령조로 말을 했다. 그런데 오히려 줄은 맞춰지지 않고 나에게 비난의 화살이 날라 왔다. 또 다음 날 조별로 둥글게 앉아 강사 선생님이 말씀하신 조건에 맞는 친구가 나와 춤을 추는 활동이 있었는데 춤을 잘 추고 활발한 친구에게 위의 활동을 몰아서 해 활동 자체에서는 좋은 점수를 얻었지만 그 친구는 상당히 힘들어했고 다음 날까지 영향을 받았다.

내가 1년 간 겪은 이 두 가지 사례가 이솝우화 속 제우스와 상당히 유사한 점이 많다고 느꼈다. '리더가 죽어야 리더십이 산다' 라는 진재혁님의 책에서 한국형 리더 3가지 유형 중 근대식 상명하달에 기초한 복종의 강요가 위계질서가 분명한 과거와는 다른 21세기에는 적절치 않고, 그런 리더십이 통하지 않는다고 말하며 도덕과 원칙에 근거해 탄탄한 신뢰 끝에 진정한 리더십이 있다고 말하고 있었다.

    이 책을 통해 깨달은 점은 나는 반장이니까 너희들은 내 말에 무조건적으로 복종해라는 식의 사고는 상당히 잘못됐으며 주어진 상황을 정확히 이해하고, 깊은 생각 끝에 우리 반을 더 나은 방향으로 이끌 수 있는 결정을 내려야 한다는 것을 깨달았다. 또한 이러한 판단들은 도덕성과 원칙에 근거해야 되고 구성원들의 동의와 신뢰를 얻어야만 리더의 판단이 효과를 발휘한다는 것 또한 앞으로 내가 생각해야 할 점이었다. 이야기 속의 제우스가 비록 결혼 축하라는 중대한 행사일지라도 초대를 받게 될 동물들에게 무조건적인 강요보다는 부탁을 바랐어야 했고 본인은 관용의 태도로 위의 상황을 받아들였어야 했다.

논점 2. 제우스의 벌

    그는 자신의 결혼식에 오지 않은 거북이에게 벌로 영원히 나올 수 없는 등껍질을 메어 주었다. 내가 친구들을 야단칠 일은 거의 없다. 같은 나이이기도 하지만 내가 내릴 판단이 과연 옳은지 친구들을 더 나은 방향으로 이끌 수 있는지에 대한 의구심이 들기 때문이다. 하지만 리더는 자신의 팀 구성원을 타이를 때가 반드시 존재하고 그 방식과 태도에 대해 말해 보겠다.

    우리 학교는 사립 고등학교로서 선생님들의 평균 연령이 상당히 높고 오래 전에는 무시무시한 체벌이 있었다고 전해졌기에 입학 당시에는 상당한 두려움이 있었다. 하지만 막상 1년을 지나고 보니 우리 반 친구들이 각자 잘못한 점에 대해 책임을 질 때 납득하지 못하는 경우를 거의 보지 못했다. 선생님들은 많은 고민을 하셨고 그 친구에게 같은 실수를 반복하지 않게 할 방법들을 제시하셨기에 가능한 일들이었다. 다음은 조금 주제에 벗어날 수 있지만 논란이 많은 처벌 중 사형 제도에 대한 이야기이다.

우리나라는 사형 제도를 10년 이상 시행하지 않아 사실상 사형이 폐지된 국가로 분류돼 있다. 하지만 그 시행 여부에 대한 논의는 끊이지 않고 있으며 양측의 입장은 팽팽하다. 나는 사형이 100명 중 한 명의 억울한 사람을 위해서 그리고 범죄자들의 인권에 대해 생각하면 당연히 폐지되어야 한다 생각하지만 악질 범죄자들에 대한 처벌과 사회 분위기 조성상 시행되어야 할 것 같기도 하다. 이 문제에 대해서는 앞으로도 사회생활을 하면서 또 리더가 된다면 다른 여러 처벌 제도에 대해 계속 고민해 봐야 할 것 같다. 하지만 지금 내 생각은 다음과 같다. 강력한 벌의 반대급부가 범죄 없는 사회가 아니며 그 벌을 받는 사람의 진정한 참회를 위해서는 자신의 행동을 객관적으로 보고 벌에 대해 동의할 수 있는 것이 가장 이상적이라고 생각한다.

제우스가 거북이에게 처벌을 내리더라도 정확한 상황 설명을 하고 처벌에 대한 인과 속에서 스스로 납득하고 참회할 수 있는 벌을 내렸더라면 어떨까를 생각해 보게 되었다.

거북이를 통해 본 단체생활과 협동

거북이는 제우스의 명령을 들었을 것이고 우화에서는 집이 좋기 때문에 가지 않았다고 서술돼 있다. 이때 집은 결국 자신만의 공간이며 결혼식과 같은 여러 사람들을 만나 친분을 쌓을 수 있는 단체 행사에서 자신을 고립시켰다. 이와 관련된 이야기가 떠오른다. 작년까지 또래 상담이라는 활동에 참가해 우리 반 친구들의 고민을 듣고 함께 고민했었는데 우리 반에서 흔히 말하는 학교폭력을 겪고 있다며 친구 A가 상담을 요청했고 진지하게 친구 A의 말을 들었다. 그런데 이야기를 정리하고 해결책을 모색하다 보니 다른 친구들의 따돌림 방식이 자칫 별일 아닌 일로 들리는 무관심이었다. 그리고 그 원인은 A가 학기 초부터 그리 적극적으로 친구들을 사귀려고 하지 않았고 주위를 신경쓰려 하지 않았다는 점이다. A의 행동에는 잘못된 부분이 없었다. 그저 소극적인 인간관계, 우화 속 거북이와 비슷한 점이 많다.

나는 그때 당시 반에 다른 친구들에게 교내 행사를 빌미로 A가 다른 친구들과 소통하고 자신의 개성을 뽐낼 수 있는 기회를 주려 했고 그에게도 네가 먼저 다른 사람들에게 다가가려 하면 그들도 너를 부를 수 있다고, 우리는 다 아직 서툴고 많은 시행착오를 겪기 때문에 이때까지의 무관심하고 차가운 태도는 잊어주고 먼저 다가가주라고 말했다. 결과는 성공적이었다. A는 평소 그림을 잘 그렸기에 반화라고 1년을 마무리하는 기념으로 포스터를 만드는데 뛰어난 실력으로 좋은 성적을 거뒀고 적극적인 그의 태도에 반감을 가질 이는 없었기에 학교생활을 즐겁게 마무리 할 수 있었다. 만약 이야기 속의 거북이가 단체생활의 소중함과 협동 속에서의 기쁨을 찾으려 했다면 생명과학 책 속의 거북이는 어쩌면 껍질 없는 모습이었을지도 모른다.

위에서도 언급했듯이 난 이과생이다. 또한 화학공학기술자를 꿈꾸고 당연히 꿈에 가까운 화학과 생명과학에 관심이 많다. 20년 후 또는 그 후 내가 어떤 분야에 종사할 지는 신이 아니고서는 모른다. 하지만 지금 내가 관심 있고 도전해 보고자 하는 것에 최선을 다하고 싶기에 위의 두 분야에 초점을 맞추어 글을 썼다.

거북이 등껍질은 어떻게 단단할까

우선 거북이 등껍질의 존재 이유를 말하자면 안타깝게도 모른다. 학자들은 뼈가 진화했기 때문이라 하지만 그 증거가 부족하기에 아직은 알 수 없고 원시거북이 백악기에도 존재했다는 것을 통해 진화론과는 다소 상반된다는 점을 유추

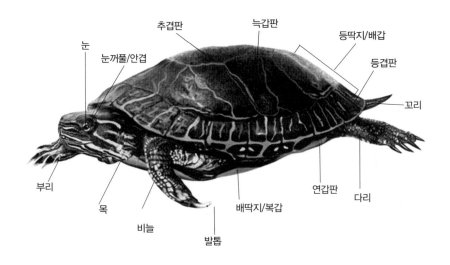

눈
눈꺼풀/안겹
추겹판
늑갑판
등딱지/배갑
등겹판
꼬리
부리
목
비늘
발톱
배딱지/복갑
연갑판
다리

할 수 있다.

거북이의 등껍질은 '케라틴'이라는 상피조직을 구성하는 단백질로 주로 이루어져 있다. 케라틴은 동물의 여러 조직에서 주요 구성을 이루는 단백질이며, 대개 점성과 탄성이 매우 높고, 물에 쉽게 녹지 않는다. 우리가 흔히 보는 케라틴은 머리카락과 같은 체모, 동물의 뿔, 그리고 손톱 발톱 등인데, 이러한 케라틴은 보통 이황화 결합에 의해 물리적으로 단단한 결합물을 만든다. 이러한 케라틴은 세포외 케라틴이며, 세포내 케라틴과 구분된다. 글의 거북이 등껍질은 전자에 해당하기 때문에 세포내 케라틴에 대해서는 다루지 않겠다.

이황화 결합

다이설파이드 결합(이황화 결합)은 두 개의 SH기[41]가 산화[42]되어 생성하는 −S−S− 형태의 황 원소 사이의 공유 결합이다. SS결합 또는 다이설파이드 브리지(이황화 다리)라고도 한다.

겨울철 건조한 피부를 위한 화장품

겨울 방학 개학을 앞두고 우리 학교 졸업생이신 정대성 중앙대 화학공학과 교수님의 강의를 들었다. 화학 공학 기술자를 꿈꾸던 내 입장에서 상당히 충격적인 내용을 알게 되었는데 바로 화학과 화학공학의 차이다. 나는 대학 진학 시 화학과와 화학공학과의 차이를 느끼지 못했고 다른 기초 과학학문과 공학계열 학문의 차이점 또한 알지 못했다. 전자는 순수하게 그 학문을 파고들고 연구한다면 후자는 이러한 내용을 가지고 인간 생활에서의 문제점들을 해결하고 유용하게 하는데 응용하는 분야에 가깝다. 둘 다 중요한 학문이지만 내 꿈과 적성은 내가 만든 이론과 물질들이 많은 사람들에게 직접적으로 이롭게 쓰이는 화학공학에 가까웠다.

이러한 고민들을 하던 찰나에 일본 현지체험활동에서 구경했던 보습제품이 생각났다. 이러한 보습 제품의 원리는 결국 피부 위에 막을 형성시켜 수분이 증발하지 못하게 하고 오랫동안 촉촉한 상태를 유지시키게 하는 것이다. 그렇다면 위에서 살펴본 케라틴은 이황화 결합을 통해 물리적으로 단단한 결합을 이루고 있고 땀과 비와 같은 물에 쉽게 녹지 않아 유지되는 정도도 좋을 것 같은데 이를 화장품에 적용시키는 것은 어떨까라는 생각을 하게 되었다. 내 생각과 완전히 일치하지는 않지만 관련한 선행 연구가 있어서 연구보고서를 읽게 되었다.

---

41 티올기(-SH)로서 설프히드릴기 (sulfhydryl group)이라고도 한다. 단백질의 시스테인 잔기의 SH기를 나타내는 경우에 자주 사용되는데 2개의 시스테인 잔기의 산화에 의해 형성되는 결합을 디설파이드 결합(S-S 결합)이라고 한다.
42 산화는 분자, 원자 또는 이온이 산소를 얻거나 수소 또는 전자를 잃는 것을 말한다.

"미생물이 생산하는 케라틴 분해효소를 이용한 화장품 응용개발[43]"

위에서도 언급했듯 케라틴은 시스틴 이중 황화결합을 이루어 불용성이고 고분자로서 세정제 단독으로는 제가가 어려운데 연구제목에서처럼 미생물이 생산해내는 케라틴 분해효소를 대량으로 합성하는 효과적인 방법을 찾았고 적절한 비율로 다당류와 함께 첨가하면 피부 보습, 재생, 면역 활성 등의 긍정적인 효능들이 많다고 연구에서 말하고 있다.

내가 고등학생으로서 많은 연구를 직접 할 수 있는 시간적, 경제적 여유가 있다면 좀 더 자세히 알아보고 싶다는 아쉬움이 남는다. 하지만 이러한 사고 과정과 탐색을 통해 꿈에 더 확신을 가질 수 있었고 좋은 자극이 되었다고 생각한다.

---

43 윤병대 저. 동향/연구보고서 발행정:바이오알앤즈|2001년|한국어 서지링크: http://report.ndsl.kr/repDetail.do)

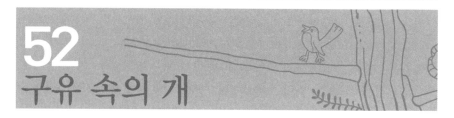

52
구유 속의 개

— 권택현

The Dog in a manger

Selfish Dog prevents a Ox from eating hay. what a pity.

소를 먹이기 위해 마련한 구유가 건초 위에 놓여 있었습니다. 그런데 개가 구유 속에 누워 있었습니다. 소들이 와서 사료를 먹으려 하면 개는 으르렁대며 소들이 먹지 못하게 하였습니다. 그러자 소 한 마리가 자기 동료에게 말했습니다.

"별 이기적인 놈도 다 있군. 저 녀석은 제가 먹을 수 없다고 해서 그것을 먹을 수 있는 자들 조차도 못 먹게 방해하는군."

✳✳✳

개에게 필요한 교육

우화 속의 개는 자신이 먹을 수 없기에 다른 이도 먹지 못하게 하고 있다. '못먹는 감 찔러나 본다.' 는 속담과 몽니라는 말이 생각난다. 우화가 다소 추상적이고 단순한 것 같아 위의 개의 의미를 조금 더 확장시켜 이기적인 사람에 빗대고 싶다. 이기심은 자기만의 이익을 중심으로 다른 사람이나 사회의 이익은 고려하지 않는 입장으로 정의되고 있다.

이러한 사전적 정보를 찾다보니 평소 유사한 개념이라 생각했던 개인주의에 대해서도 알게 되었는데 개인주의는 성격과는 구분되는 신념으로써 사회속의 나와 반대로 개별적인 나에 맞추어 사고하는 것인데 이기주의와 다르게 개인이라는 평가의 잣대는 나 외에도 타인에게도 똑같이 적용되는 것이다. 하지만 이러한 점 때문에 우리라는 개념의 집단주의와는 상극을 이루어 집단생활에 적응하지 못하는 경우가 많다고 한다. 실제 2007년 '잡코리아' 에서 중소기업들을 대상으로 한 연구에서 신입직원에게 불만족하는 부분에서 52.3%로 개인주의가 1위를 차지했다.

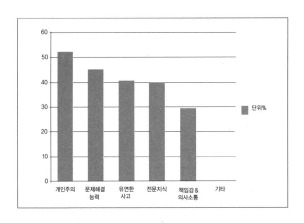

고유한 개인으로서 상대방의 입장을 이해하는 것이다. 또한 그러한 개인주의에 지나치게 편재되어 자신의 무리에서 소외되는 일도 없었으면 한다. 결국 우리들의 삶에도 상당히 비슷하게 적용되는 것 같다. 어쩌면 우리 사회에서 발생하는 많은 문제들이 이기심에서 출발하고 그 해결책은 개인주의적 사고, 하지만 개인에 편재되어 우리 집단을 잊지 않는 것이다. 사람은 사회적인 동물이자 혼자서는 살 수 없기 때문이다.

가상의 주인에게 필요한 리더십

아무래도 위의 우화에만 갇혀 생각하기에는 다소 한계가 있어서 가상의 인물인 소와 개의 주인에 대해 생각해 보려 한다. 개가 위의 행동을 할 이유는 단지 배고픔이라고 생각이 든다. 일반적으로 개가 소 우리에 뛰어들 일이 많지 않다고 생각하고 상당히 비정상적인 행동이기 때문이다. 그렇다면 주인은 개에게 적절히 사료를 주지 못했고 소와 개의 거주 공간을 뚜렷이 구분하지 못했다는 잘못이 성립되는 것이다.

리더가 주인처럼 구성원을 소유하는 개념과는 매우 거리가 있지만 주인에게 필요한 책임감과 희생정신은 리더십의 중요한 요소라고 '리더가 죽어야 리더십이 산다', '정관정요'에서 다뤄지고 있는데, 동의되는 부분에 대해서 말하고 싶다. 만약 주인이 개와 소를 사랑하고 그들에 대해 강한 책임감을 가졌다면 위와 같은 문제들은 발생하지 않았을 것이다. 또 희생을 싫어하는 리더들이 두려움을 조성하는 것인데, 겉으로 보기에는 순조로워 보이지만 원하는 결과는 얻을 수 없다.

내가 비록 국가의 지도자를 목표로 하지 않지만 이 책에 리더십에 대해 이야기하는 것은 내가 앞으로 사회생활을 하면서 올바른 정치를 하는지 항상 눈 여겨 보며 사회의 부조리를 없애기 위함이기도 하면서 연구원으로서 미래에는 여러 분야의 전문과와의 협업과 동료들과의 협동에서 꼭 필요하다고 생각하기 때문이다. 그렇기에 중학교 때부터 부장과 반장을 하면서 리더에 대해 생각해 보고 배운 점들을 실천했고 '정관정요' 같은 책들을 과학과목 책 외에도 깊이 있게 읽고 있다. 앞으로의 국제사회는 여러 분야의 글로벌 리더들이 전문성을 가지고 서로 협업을 이룬다. 이러한 세계의 변화에 적응할 필요가 있다 생각한다. 또한 이러한 관점에서 가상의 주인은 자신이 키우는 동물들에 대한 책임감과 희생정신을 리더십으로부터 배워야 한다.

자연과학(Natural science)
건초의 성분과 육식동물, 초식동물의 소화 작용의 비교

건초는 식물 중 풀로써 주로 탄수화물과 섬유소로 구성되어 있다. 이 중 섬유소는 인간도 소화가 불가능한데 대표적으로 식물 세포벽의 기본조직인 셀룰로스(섬유소)가 있다.

$(C_6H_{10}O_5)_n$

셀룰로스는 β-D-글루코스가 β-글루코시드결합(1-4 글루코시드결합)을 통해 중합체를 이룬 다당류이다. 셀룰로스는 식물 세포벽의 주 구성성분으로 지구상에서 가장 흔한 유기화합물이며 식물은 해마다 이것을 만들어내는데, 이는 지구상의 유기화합물 중 가장 많은 양이다. 또한 식물에 있어서 셀룰로스는 전체 질량의 약 33%를 차지한다. (면화에서는 90%, 목본식물에서는 50% 정도로 나타난다.)

셀룰로스 미세섬유는 세포벽의 견고함과 구조적인 성향을 부여하는 비교적 경직된 구조로 글루칸이 밀접하게 배열되고 서로 결합하여 매우 안정적이고 강인하다. 셀룰로스 미세섬유의 길이나 너비는 식물의 종류에 따라 달라지는데 육상식물의 경우 2~5nm정도의 너비를 보이는데 비해 조류의 경우 폭이 20nm에 이르며 육상식물에서보다 훨씬 질서정연한 구조를 갖는다.

셀룰로스의 성질

셀룰로스는 친수성이고 맛과 냄새가 없으며 물에 용해되지 않는다. 또한 섬유 내 인접한 글루칸의 비공유결합으로 인해 강철과 비슷한 정도의 신장력을 가지며 분해가 잘 되지 않는다. 따라서 셀룰로스를 분해할 수 있는 생물체는 많지 않은데, 대표적으로 달팽이나 특정 균류 혹은 원핵생물의 일부만이 셀룰로스를 분해할 수 있는 셀룰라아제(Cellulase)를 생성해 낼 수 있다. 인간의 경우 셀룰로스는 분해되지 않은 상태로 장을 통과하는데, 장벽을 기계적으로 자극하여 윤활제를 분비하게 만들어 통과를 돕는다. 이렇게 작용하는 셀룰로스는 섬유소라고 부르기도 한다.

육식동물은 주로 살아 있거나 죽어 있는 동물의 고기를 먹는 동물을 일컫는다. 이와 대조적으로 초식동물은 식물을 에너지원으로 삼는 동물을 일컫는다. 포유류를 기준으로 봤을 때 육식동물과 초식동물의 소화기관은 거의 동일하다고 볼 수 있는데 시각적으로 보이는 가장 큰 차이는 '내장의 길이'와 '이빨'이다.

육식동물은 고기가 장에서 부패하는 것을 방지하기 위해 대체로 내장의 길이가 짧고 초식동물은 양에 비해 영양분이 적은 풀을 먹기 때문에 한 번에 많은 양의 먹이를 먹을 수 있도록 창자의 길이가 길다. 이빨의 경우, 각각의 동물은 주식을 잘 소화시키기 위한 첫 번째 과정으로써 소화효소와 함께 음식물의 소화를 돕는다. 하지만 내가 여기서 다루고자 하는 부분은 위에서 설명했던 건초와 같은 풀을 어째서 개와 같은 육식동물이 소화시키지 못함을 알고자 함이기 때문에 두 동물의 소화 작용 중 소화효소에 대해 이야기하려 한다.

풀의 주성분은 미리 얘기했듯 셀룰로스인데 이를 분해하는 효소가 셀룰라아제이다. 하지만 소화기관의 차이가 거의 없는 두 동물 사이에 어떻게 이 효소를 만들어 내는가에 대해 의문이 생겼는데 바로 미생물의 도움이다.

반추위(되새김위)의 첫 번째 위에는 미생물이 공생하고 있어서 풀의 셀룰로오스를 분해한다. 이는 셀룰로스를 분해할 수 있는 효소인 셀룰라아제(cellulase)를 직접 분비할 수 있기 때문이 아니라 소화관 내에 서식하는 미생물이 셀룰라아제를 이용하기 때문이라고 한다.

셀룰라아제는 셀룰로스의 β-1,4 글리코시드 결합을 가수분해하여 분자의 길이를 줄여 나가며 결과적으로 올리고당이나 글루코스 등으로 전환시키기 때문에 초식동물은 풀을 먹고 셀룰로스로부터 에너지를 얻을 수 있는 것이다.

고도호열균[44] (Thermus Thermophilus)

관련 응용 사례들을 찾던 중 위의 미생물과 관련한 서적을 읽게 되었다. 이 미생물은 식물의 섬유소를 주식으로 삼으며 섬유소를 소화시키는 효소(셀룰라아제)는 고온에서 활발하게 활동하는 것으로 밝혀졌다. 과학자들의 관련 실험이 네이처 커뮤니케이션스 저널에서 발표되었다. 실험 결과 중 소화하기 어려운 식물의 섬유로부터 바이오연료를 추출하는 등 산업용도에 쓰일 수 있는 신종효소를 찾던 중 이 고도호열균은 안정성이 매우 높아 산업용도 외에 더 다양한 용도에 쓰일 수 있을 것으로 보인다고 전했다.

위에서는 미생물이 생산하는 케라틴 분해효소를 이용한 화장품 응용개발에 관한 연구를 조사했었다. 화학 공학도를 꿈꾸는 나로서는 미생물학에 관한 흥미를 가질 수 있었고 이 학문이 내 전공분야에 접합되어 널리 인류복지에 기여하는 희망을 가질 수 있었다. 글을 마치지만 내가 목표를 향해 달려가는 여정은 끝나지 않을 것이다.

---

[44] 출처 : tps://en.wikipedia.org/wiki/

53
두 개의 주머니

- 서정오

The two Wallets

Every man carries Two Wallets.

사람들은 모두 두 개의 주머니를 차고 다니는데, 하나는 앞에 차고 또 하나는 뒤에 차고 다닙니다. 그 주머니 두 개는 모두 결점으로 가득 차 있습니다. 앞에 담긴 것은 타인의 결점이고, 뒤에 담긴 것은 본인의 결점입니다. 그래서 사람들은 자신들의 결점은 잘 보지 못하고 남의 결점은 잘 보게 됩니다.

* * *

남의 단점이 유난히 잘 보이는 이유는?

남의 단점은 왜 그리 크게 보일까? 그것이 똑같이 내게 있다면 그 단점이 곧장

자그맣게 변하게 된다. 심리적으로 그렇게 변하는 것일까? 이 우화에 나오는 내용을 깊이 생각해 보면 간단한 문장이지만 인류 역사에서 두고두고 교훈이 될 수 있는 말을 하고 있다. 사람들이 상대방을 긍정적으로 보면 서로의 단점을 덮어주고 격려해 주면서 상부상조의 관계가 될 수 있다. 그러나 현실적으로 다른 사람의 허물을 과장하여 보기 때문에 서로 흉보는 관계가 될 수 있는 것이다. 우리 속담에 '똥 묻은 개 겨 묻은 개 나무란다.' 라는 말이 있듯이 사자성어에도 이와 비슷한, 적반하장이라는 말도 쓰인다. 이러한 말들을 해석하면 자신의 단점은 모르고 다른 사람의 단점을 욕하고 흉보는 어리석은 행동을 뜻한다. 인간들은 자기 자신들의 단점보다는 다른 사람 단점을 찾는 걸 더 잘하고 쉽다는 것을 말해 준다. 그런데 희한하게도 남의 단점도 상황에 따라서는 단점이 덮여져 보이지 않는다.

스티븐 코비의 『성공하는 사람들의 일곱 가지 조건』에 보면 지하철에서 두 아이가 떠들고 장난을 마구 치는 장면이 나온다. 옆에 있는 승객들이 당연히 불만을 터뜨리고 불편한 기색이 완연하다. 그러자 아이의 아버지가 승객들에게 한 마디 건넨다. "한 시간 전에 아이들의 엄마가 사고로 죽었습니다." 승객들의 표정이 숙연해지면서 장난치고 있는 아이들을 연민의 눈빛으로 바라보았다고 한다.

만약 차 안의 승객들이 아이들이 처한 상황을 몰랐다면 그렇게 연민의 눈으로 볼 수 있었을까. 소란스러운 아이들을 바라보면서 아주 못마땅하게 쳐다보던 승객들도 그때부터는 아이들의 상황을 깊이 이해하고 아이들의 삶에 대해 진심으로 걱정하는 마음이 생겼을 것이다. 아이들이 어머니를 잃었다는 현실을 승객들 자신의 상황으로 이해하고 진심으로 동정하고 연민하는 마음이 생기지 않았을까. 우리가 살아가는 현실에서도 마찬가지이다. 상대방의 처지를 이해하면 상대방이 어느 정도 무리한 일을 해도 충분히 이해할 수 있게 된다. 학교에서도 같은 반 친구들의 이해할 수 없는 행위를 목격하면 우린 그 친구의 상황이나 현실을 알아보지도 않고 단번에 부정적인 시각으로 그 친구를 생각하게 된다. 실제로 그 친구의 상황을 제대로 알기만 하면 그리 나쁜 감정으로 볼 필요도 없는 경우도 있을 것이다. 지금까지 살아오면서 나 또한 상대방을 깊이 이해하려고 한 적이 별로 없는 듯하다. 친구의 장점보다 단점을 먼저 보게 되는 것도 그러한 것과 관계가 있지 않을까 싶다.

실제로 대인관계에서 상대방을 좋게 보기 시작하면 상대방이 지닌 장점이 정말 많이 보이게 된다. 조금 전까지 전혀 인식하지 못했던 상대방의 장점들이 거짓말처럼 내 눈앞에 환하게 나타나게 되는 것이다. 그리고 그렇게 발견한 장점을 중심으로 상대방을 바라보게 되면 둘 사이의 인간적 유대 관계도 풍부해지지만 나 자신의 삶도 정말 행복하게 변하는 것을 알 수 있게 된다. 상대방이 조그만 실수를 했다 해도 너그럽게 바라보기 시작하며, 상대방이 뭔가 미흡한 점이 있다고 해도 그 부족한 점이 새삼스럽게 좋게 보이기도 한다. 그렇게 상대방을 전혀 새로운 시각에서 좋게 보기 시작하면 그날부터 삶의 방식이나 양상에 커다란 변화가 오기 시작한다. 학교 생활도 즐거워지고 공부도 잘 되는 것이다. 그러니 가급적 상대방을 긍정적으로 좋게 보자.

54 황소와 굴대

- 서정오

The Oxen and the Axle-Trees

"Hullo there! why do you make so much noise? We bear all the labor, and we, not you, ought to cry out."

황소 두 마리가 큰길 위에서 짐을 가득 실은 짐마차를 끌고 있었습니다. 소들이 멍에를 지고 짐마차를 힘들게 끌고 있을 때 수레에 달린 굴대들이 지독히 삐걱대고 힘들다고 신음 소리를 내는 것이었습니다. 소들은 이 소리를 도저히 참을 수 없었습니다. 그래서 화가 나서 고개를 돌려 굴대들을 향해 큰 소리로 말했습니다.

"어이, 거기 있는 너희들 말이야. 힘든 일은 모두 우리가 하는데, 너희들이 왜 그렇게 힘들다고 시끄럽지?"

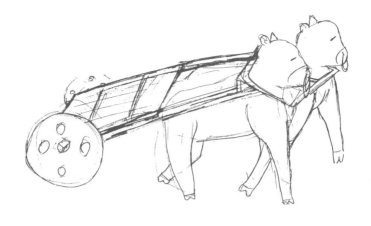

***

같은 상황인데도 보는 관점이 다르다

이 우화에서 황소 두 마리가 굴대를 향해 화를 내는 상황이 특이하다. 자신들만 고생한다는 것이다. 이 내용에서 "고생 제일 적게 하는 자가 불만은 제일 많다."라는 교훈을 제시하고 있는데, 필자는 생각이 달랐다. 어디 굴대인들 시끄럽게 하고 싶어서 그랬나. 무거운 짐을 수송하려면 굴대가 차체를 지탱해야 하고 굴대의 특성상 소리가 나는 것은 당연한 것이다. 같이 고생하면서 자신들만 고생하는 듯 생각하고 다른 구성원들의 사소한 허물은 용서를 할 수 없는 인간의 속성을 풍자하는 듯하다.

실제로 미국 웨이크 포레스트 뱁티스트 의학 센터(Wake Forest Baptist Medical Centre) 연구팀의 연구결과를 보면, 사람의 뇌구조에 따라 느끼는 고통이 다르다고 한다. 필자가 초등학교 6학년 때 다리 수술을 하였는데 같은 병실에 있는 사람들 중에 내가 제일 어렸고 내가 제일 아파했다. 엄살이었을까? 엄살이었을지도 모른다. 연구결과처럼 사람들마다 뇌구조가 다르기 때문에 느끼는 고통이 다를 수 있다고 본다. 이 글로 다시 본다면 굴대는 자기 자신이 고통을 느낀 것이며, 황소가 느끼는 고통보다 더 많은 고통이 느껴질 것이다.

여담으로 황소들이 마차를 끌 때의 일량을 구해 보자

질량에 따른 힘의 크기

질량에 따른 힘의 크기를 물리적인 식으로 간단히 보자면 $F = M \cdot a$ (F = 힘 Force 의 약자 m = 질량 Mass의 약자 a = 가속도 Accel의 약자)라는 식이 나온다. 또한 일량을 구하는 식은 $W = F \cdot S$ (W = 일 Work의 약자 S = 이동 거리 Shift의 약자)이다. 그럼 이 때 마차의 질량을 200kg, 황소가 마차를 끌 때의 가속도2m/S^2를 이라고 가정하고 황소가 뒤돌아 볼 때까지의 거리를 50m라고 가정 해보자. 황소 한 마리가 끌 때의 힘은 위 식에 의해서 400N이다. 황소는 두 마리이므로 800N 위 식에 의해 $800\text{N} \cdot 50\text{m} = 40,000\text{J}$ 이 된다.

위의 물리식을 참고해 보면, 황소들이 마차를 끌 때 감당해야 하는 일량은 상당한 부담이 되었을 것이다. 황소들 자신이 굴대보다 훨씬 힘들고 죽을 지경인데 정작 굴대들이 요란하게 소리내는 것에 분함을 참지 못했다. 이 우화처럼 황소나 굴대가 각각이 힘든 상황에 처해 그런 것인데, 우리 사회에서도 실제로 고생하는 사람에 비해, 정작 불만은 엉뚱한 사람이 터뜨리는 경우가 많다. 실제로 자신의 고통이나 불만을 표시하지 않고 자신의 역할을 묵묵히 해내는 사람들이 있기에 이 사회가 제대로 굴러 가는 것이다. 그런데 말이다. 자신의 고통에 대해 불만을 터뜨리는 사람이 있어야 한다. 비록 실제로 고생하는 사람보다 더욱 강력하게 불만을 터뜨린다 하더라도 그런 사람이 있어야 한다. 그냥 위에서 시키는 대로 말없이 일만 하는 사람만 존재한다며 그 사회는 진보할 수 없다. 자신이든 타인이든 불만 사항이 발생하면 분노의 감정을 터뜨리거나 대신 전해 줄 수 있는 사람이 있어야 한다.

우리 사회에서 자신의 정당한 보상을 받지 못하는 사람이 나오면 누군가 나서서 그 불만을 밝히는 것을 그리 금기시할 일이 아닌 것이다. 예부터 유교 문화권에서 그저 말없이 자신의 역할을 충실히 수행하는 것을 미덕으로 생각해 온 면이 많다. 그것이 체화(體化)되면서 과묵한 사람이 높이 평가받고 조금이라도 불만을 터뜨리는 사람은 경원하는 경우가 많았다. 공명정대한 사회가 되어 고생한 사람이 제대로 평가받고 대우받기 위해선 불만을 거침없이 밝히는 사람이 있어야 한다. 고생의 정도 차이가 있겠지만 그냥 참고 있으면서 불만을 말하지 않는 사람만이 존재한다면 이 사회가 어디로 갈 것인가. 너무 지나치게 불만을 터뜨려 남의 눈살을 찌푸리게 하는 것도 그리 아름답지 못하지만, 그렇다고 불만이 있는데도 그냥 참고 받아들여야 한다는 것을 금과옥조처럼 받아들일 일은 결코 아니다.

55
소년과 개암 열매

– 김명준

The Boy and the Filberts

Be satisfied with half the nuts you have taken and you will easily get your hand out.

한 소년이 목이 긴병 속으로 손을 쑥 집어넣어 가능한 많은 열매를 손에 움켜 잡았습니다. 하지만 열매를 잡은 채 손을 빼려하니, 병의 목 부분이 너무 좁았기 때문에 손을 뺄 수 없었습니다. 열매를 많이 움켜잡은 손을 뺄 수 없게 되어 아까운 마음에 실망하여 울음을 터뜨렸습니다.

그러자 그의 엄마가 말했습니다.

"아들아, 욕심을 너무 부리지 말아라. 지금 손에 잡은 열매의 양을 반으로 줄인다면 쉽게 손을 뺄 수 있단다."

＊＊＊

지나친 욕심이 문제다

이 우화에서 소년은 너무 많은 열매 때문에 손을 꺼내지 못하게 된다. 그러자 그의 엄마가 소년에게 열매를 반으로 줄이면 손을 쉽게 꺼낼 수 있다고 충고해 준다. 여기서 말하는 열매는 욕망의 대상이자 욕심의 표상이다. 소년은 지나친 욕심 때문에 오히려 피해를 보게 되는 상황에 스스로 빠진 것이다. 우리들도 살아가면서 실제로 이런 상황을 적지 않게 경험할 수 있다. 현대 사회에서는 인간의 과도한 욕심으로 인한 안타까운 사건사고들이 발생하고 있다.

네이버 인기 웹툰 "일등 당첨(2014, 미티作)" 역시 과도한 욕심은 득이 아닌 실을 가지고 온다는 내용을 다룬 작품이다. 자신(A)의 누나의 남편(B)의 회사에서 일하던 A는 B가 평소 앓고 있던 병이 악화되어 시한부 인생을 선고 받은 것을 알게 된다. B는 자신의 회사를 아들에게 물려주려고 하지만, A는 자신의 권력으로 이를 막아 스스로 회장이 되려는 음모를 꾸민다. 하지만 이 모든 것은 A의 행동에 믿음과 신뢰가 사라져가고 있던 B의 연극이었고 A의 계획은 수포로 돌아간다. 그렇게 A는 검찰에 구속되면서 절망에 빠지고 만다.

도박과 주식 투기가 사람들의 호기심을 끌고 병리적 현상의 쇄도를 야기할 수 있는 이유는 인간의 욕심을 크게 자극시키기 때문이다. 한 순간에 채을 수 있는 크나큰 욕망! 일확천금의 기회에 인간은 이성을 잃고 무너지게 된다. 영화 "더 울프 오브 월 스트리트(The Wolf of Wall Street, 2013, 마틴 스콜세지作)"의 주인공 조던의 돈을 버는 방식은 쓰레기 주식의 투기 권유이다. 기막힌 말솜씨로 포장된 주식 도박에 투자자들은 5분도 채 되지 않을 전화 한 통으로 수만 달러를 털어버린다. 현실적이지 않은 숫자의 예상 수익에 눈이 뒤집히는 것이다. 물론 그들은 제대로 된 수익을 얻지 못한다. 돈을 벌었다 해도 더 크게 돋아난 새로운 욕심에 투기를 멈추지 못하기 때문이다. 결국 마이너스(−)의 수치를 확인하고 정신을 차리기까지!

만화와 영화 등의 가상세계에서만 일어나는 일이 아니다. 현실세계에서도 분명 욕망의 그림자는 인간사회를 시커멓게 뒤덮었다. 2007년에 발생한 '서브프라임 모기지 사태'는 더 없이 적합한 예시가 될 것이다. 2000년대 초반부터 미국은 경기가 악화되자 초 저금리 정책을 펼치게 되는데, 주택 융자 금리가 인하되었고 따라서 부동산가격이 상승하게 되었다. 서브프라임 모기지는 주택담보대출인데 이 대출금리보다 주택가격이 높은 상승률을 보여 '파산'하더라도 금융회사는 손실을 입지 않는 구조가 일시적으로 만들어지게 되었다. 결국 높은 수익률, 높은 신용등급으로 알려진 주택담보대출은 거래량이 폭등하게 된다. 그러나 이후 미국이 저금리 정책을 종료하면서 주택담보대출의 금리는 상승했고, 금융기관들이 대출금 회수불능상태가 되었다.[45] 이러한 손실이 퍼지면서 기업들과 금융기관이 부실화, 파산에 이르렀고 세계 경제시장에 큰 타격을 주게 된다. 결국 일순간의 허망한 기회를 오독한 인간의 원칙과 도덕의 해이가 야기한 파멸이었던 것이다. 이처럼 과도한 욕심은 오히려 손실의 발생을 가져온다. 인간의 욕심은 끝이 없다. 가지고 싶은 것을 가져도 또 가지고 싶은 것이 생기고, 하고

---

45 양기진, 「서브프라임 모기지론의 부실화와 금융위기 : 대출 관련 문제를 중심으로」, 국제거래법학회, 국제거래법연구 제17집 제2호, 2008, 60~63면

싶은 일을 해도 또 다른 하고 싶은 일이 생긴다. 욕망은 끊임없이 욕망을 낳을 뿐이다. 때문에 우리는 절제와 근면의 미덕이 필요한 것이다 '안분지족(安分知足)'은 자기 분수에 만족하여 다른데 마음을 두지 아니한다는 선비의 자세를 일컫는 말이다. 우리 선조들은 오래전에 욕망의 덧없음을 깨닫고 후손들에게 일러준 것은 아니었을까.

56 왕을 바라는 개구리들

– 김명준

The Frogs who wished a King

They elected a committee that went to Zeus to implore his assistance in finding a king.

개구리들이 자신들을 통치할 지도자가 없어서 신에게 대표를 파견하였습니다. 자신들을 통치할 왕을 구해달라고 요청한 것이지요. 어리석은 개구리들의 요청을 들은 신이 통나무 하나를 연못으로 던졌습니다. 통나무가 왕이 될 것이라는 것이지요. 개구리들은 처음에는 그 요란한 소리에 놀라 연못의 깊은 곳으로 황급히 달아났습니다. 그런데 한참 동안 그 통나무가 가만히 있는 것을 보고 하나씩 용감하게 물 표면으로 고개를 내밀기 시작했습니다. 대표를 보내 더욱 훌륭한 왕을 보내달라고 요청했습니다. 개구리들이 자신을 못살게 군다고 여긴 신이 이번에는 그들을 통치할 황새를 보냈습니다. 황새는 개구리 사이에 도착하자마자 재빠르게 개구리들을 잡아먹기 시작했습니다.

＊＊＊

통치자의 선출과 태도에 관한 고찰

이 이야기는 크게 두 가지 관점으로 해석될 수 있다. 첫 번째는 개구리들의 잘못에 초점을 둔 관점이고, 두 번째는 신의 잘못에 초점을 둔 관점이다.

첫 번째 관점에서는, 개구리들의 통치자 선출 방법과 과정에서 문제점들이 발견된다. 개구리들은 왕이 정말 간절히 필요했다면 그들 중에서 선출해내는 방법도 생각해 볼 수 있었을 것이다. 그러나 개구리들은 신에게 무작정 왕을 보내달라는 방식으로 그들의 통치자를 얻었다. 자신들의 힘과 권한과 전혀 무관히 선정된 통치자를 향한 맹목적 충성, 즉 특정한 지위와 인물에 절대적 권위를 인정하고 추구하는 개구리들의 이러한 태도는 '권위주의'와 상통한다. 권위주의의 가장 큰 맹점은 통치자의 자리에 부적합자가 오를 경우에 나타난다. 아랫사람은 위에서 내리는 판단과 지시에 무조건 따르기 때문에 잘못된 상부에서 잘못된 결정을 내려도 내부적으로 해결할 방법이 존재하지 않는다. 더욱이 개구리들의 사회에서 개구리가 아닌 다른 생명체가 왕이라면 그들을 이해하고 존중하며 통치하는 데에는 분명한 한계가 존재할 것이다. 개구리가 아닌 것이 어찌 개구리를 말하고 온전히 이해할 수 있을 것인가? 권위주의의 반대에는 민주주의가 있다.

자유의 역사가 이러한 권위주의의 태도에 맞서 싸워 벗어나려는 과정들의 집합임을 생각해 본다면 개구리들의 태도가 가지는 함의는 민주사회를 꿈꾸고 살아가는 현대인들에게 분명 타산지석(他山之石)이 될 것이다.**46**

두 번째 관점에서 이야기를 바라보자면, 신이 개구리들의 요청에 보인 태도와 행동에서 잘못이 있다. 신이 개구리들의 요청에 처음으로 보낸 통치자는 고작 통나무였고, 개구리들이 왕을 보내달라는 요구가 계속되자 화가 나 황새를 보내 그들을 먹어치우도록 하였다. 신은 만물의 창조주, 지배자로 모든 사물과 통치권이 있는 만큼 군주·지도자의 책임을 가져야 할 것이다. 이러한 가정 아래 다스리는 백성의 요청을 건성으로 처리하는 것은 명백히 직무 유기이며 사소한 일에 화가 난다고 해서 그들이 죽음에 이르게 만드는 것은 폭정이다. 안타깝게도 현실에서 지도자나 상류층의 부덕한 태도는 과거부터 현재까지 지속적으로 나타나고 있다.

삼국지 등으로 널리 알려진 후한 말의 정치가 동탁(董卓)은 포악함을 무참히 드러냈던 인물이다. 동탁은 태위 승진 후 소제를 폐위, 모후 시해, 진류왕 옹립 등으로 정권을 잡은 뒤에 폭정을 일삼았다. 주민들이 춘절을 즐기는 것을 보고 예를 갖추지 않았다 하여 남자는 목을 베고 여자는 탈취하였다 하니 백성을 대하는 태도가 우화에서 등장하는 신의 개구리 통치와 다를 것이 없었다. 동탁은 이후 낙양을 쑥대밭으로 만드는 지경에 정도가 이르는데, 1800여 년이 지난 지금에도 낙양 사람들이 동씨를 싫어한다는 이야기가 있는 것을 보면 엇나간 태도의 통치자는 시공을 초월해 많은 이들에게 아픔을 남긴다는 사실을 알게 해준다.

현대 사회에서도 이러한 태도는 끊임없이 드러나는데 최근에는 사회적 이슈로 불거져 '갑의 횡포' 라는 신조어가 생기게 되었다. 대한 항공 부사장의 '땅콩

---

46 강명세, 「권위주의, 민주주의 그리고 좋은 민주주의, 복지국가」, 비교민주주의연구센터, 비교민주주의 연구 제10집 1호, 2014, 100~110면

회항 사건[47] 은 갑의 횡포가 극에 달한 대한민국의 현재를 여실히 보여준 사건이었다. 자신의 일희일비에 따라 가진 힘을 남용해 많은 사람들을 크게 곤란하게 만드는 그녀의 태도는 매스컴에 퍼지면서 보는 이들로 하여금 경악을 금치 못하게 하였다. 지금까지도 권위를 이용한 갑들의 횡포가 죄 없는 시민들을 괴롭히는 일들이 계속해서 속출되고 있다. 그러나 아직도 드러나지 않은 부조리들이 우리 사회의 내면에는 얼마나 만연히 남아 있는 것일까.

---

47 2014년 12월 5일 뉴욕발 대한항공 1등석에서 마카다미아를 봉지째 가져다준 승무원의 서비스를 문제삼으며 난동을 부린 데 이어, 이륙을 위해 활주로로 이동 중이던 항공기를 되돌려 수석 승무원인 사무장을 하기(下機)시키면서 국내외적으로 큰 논란을 일으킨 사건 – 출처 : 네이버 지식백과

57
올리브나무와 무화과나무

– 최진우

The Olive-Tree and Fig-Tree

The Olive-Tree ridiculed thee Fig-Tree because, while she was green all the year round, the Fig-Tree changed its leavers with the seasons.

올리브나무가 무화과나무를 조롱하였습니다. 올리브나무 자신은 사계절 잎이 푸르지만 무화과나무는 계절에 따라 잎이 변한다는 것이지요. 그런데 폭설이 두 나무 위에 가득 내렸습니다. 사계절 푸르면서 잎이 무성한 올리브나무에는 눈이 가득 내려앉았습니다. 그렇게 가득 쌓인 눈 때문에 올리브 나뭇가지가 부러지고 말았습니다. 하지만 무화과나무는 겨울이라 잎이 다 떨어져 나뭇가지만 앙상하게 남아 있었지요. 그 덕에 눈이 나무 가지 사이로 다 떨어졌기 때문에 무화과나무는 전혀 다치지 않았습니다.

＊ ＊ ＊

외면만으로 상대를 평가하지 말라

올리브나무와 무화과나무에서 올리브나무는 자신이 그저 아름답다는 이유만으로 무화과나무를 조롱한다. 지금 당장의 자신의 외모가 뛰어나다고 그렇지 못한 상대방을 조롱한 것이다. 여기서 '외모 지상주의'가 떠오른다. 예를 들어 A라는 사람이 키가 크다고 가정했을 때 이 A가 사는 사회에서는 키가 모두가 다 크다면 다른 이들과 다를 것이 없어 키가 크다는 것은 인정도 받지 못할 뿐만 아니라 장점도 되지 못한다. 반면, A가 사는 사화가 키 큰 것이 공통점이 아니라면 A는 B, C, D… 에게 인정을 받고 그리하여 키 크다는 것이 장점이 된다. 이 이야기에서 올리브나무는 아름답다는 '장점'을 가지고 있다. 그 말은 아름다움은 사람들에게 인정받고 반대로 아름답지 못 하면 사람들에게 무시당하거나 조롱을 받는다는 것을 의미한다. 아름다움, 즉 외모만 중요하고 정작 겉으론 볼 수 없는 내면이 무시당하는 사회는 우리 주변에서도 흔히 일어나는 현상이다. 외모를 인생을 살아가거나 성공하는 데 제일 주요한 것으로 보는 사회는 결코 바람직하지 않다.

이와 같은 내용으로 미국의 칼럼니스트인 새파이어가 '루키즘(lookism)'을 새롭게 등장한 차별 요소로 지목하였다. '루키즘'이란 외모가 연애·결혼 같은 사생활은 물론, 취업·승진 등의 사회생활 전반까지 좌우하여 외모, 즉 내면을 가꾸는 데 많은 시간과 노력을 기울이게 된다는 것이다. 이런 사회가 결코 단순한 문제가 아니다. 처음에는 운동이나 가벼운 다이어트로 외모를 가꾸다가, 그래도 안되면 막대한 돈을 들여 성형수술을 하며 외모를 가꾸는 데 열과 성을 다하여 그 과정에서 강박증, 신체변형 장애들이 일어나게 된다.

한국에서도 2000년대 루키즘이 사회문제로 등장하여 체중 증가 및 비만에 대한 강한 공포심으로 먹을 것을 제대로 섭취하지 않고 운동과 날씬함을 강조하는 사회적 경향, 체중이나 체형에 대한 압력이 있는 환경 등에 영향을 받아 나타나는 섭식장애 환자가 매년 증가하고 있다. 외모지상주의에 매몰된 사람들이 정작 중요한 건강을 도외시하니 심각한 섭식장애 환자가 해마다 증가하는 웃지못할 상황을 연출하고 있는 것이다. 물론 사람의 외모야 못난 것보다 잘난 것이 낫다. 누구나 그렇게 되길 원한다. 그렇다고 생명을 잃을 정도로 심각한 장애를 안아야 할 만큼 외모에 치우쳐야 하는지는 의문이다. 그리고 한국 여성들이 세계에서 가장 많은 성형수술을 하는 것으로 집계될 정도로 외모를 중시하는 현상이 일어나고 있다. 또한 다이어트 열풍에 휩쓸려 무리하게 살을 빼다가 죽음까지 이른 경우도 자주 보도되고 있다.

윤리학적 관점에서는 외모지상주의를 성형중독, 과도한 다이어트 등 외모에 집착하는 현상을 말하고 이 현상의 원인을 외모를 경제적 구매동기로 이용하는 상업주의, 경제적 풍요 등으로 본다. 그리고 이것에 대한 해법은 개성을 중시하는 것과 외면보다 내면의 아름다움을 더욱 중시하는 것이다. 만약 내면보다 외면을 중시할 경우 '가치전도현상'이 일어나게 되는데 가치전도현상이란 가치의 우선순위가 뒤바뀌는 것을 말한다. 원래 외면적인 가치보다 내면적인 가치가 중요한데 오히려 내면보다 외면적 가치를 더욱 중시하게 되면 이러한 가치전도현상이 일어나게 되는 것이다.

또 다른 해법인 전통 윤리적 해법으로 도가에서는 무위자연을 강조하여 외모지상주의를 해결 할 수 있다고 말한다. 그리고 자신의 욕망을 극복하고 예를 회복한다는 극기복례의 자세로 해결할 수 있다고 유교에서는 말한다. 그러므로 이 이야기에서 무화과나무는 순수하게 자연의 순리에 따라 자신의 모습 그대로를 인정하였기 때문에 하늘에서 눈을 내려주어 무화과나무에게서 외모지상주의를 해결하여 주었을 것이다. 외면만 중시하는 사회 때문에 인간의 생명까지 앗아가는 현실을 보며 지금까지 살아오면서 외모로 사람을 평가하지 않았는지, 외면을 더 중시하지 않았는지를 되돌아보며 외면 속에 숨겨진 내면이야말로 그 사람의 진정한 아름다움일 수 있다는 것을 깨달았다.

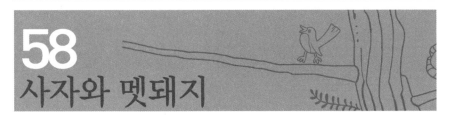

58
사자와 멧돼지

– 최진우

The Lion and the Boar

just then, they looked up in the sky and saw buzzards coming form every direction.

폭염이 내리쬐는 어느 여름날 한낮 때였습니다. 사자와 멧돼지가 타는 듯한 갈증 때문에 물을 마시려고 거의 동시에 작은 샘으로 내려왔습니다. 샘물을 서로 먼저 마시려고 말다툼을 하였고, 그렇게 시간이 흐르면서 격렬한 싸움으로 진행되었습니다. 그들은 극도의 분노를 내뿜으며 서로를 공격했습니다.

한참 싸우다 숨을 돌리려고 잠시 싸움을 멈추고 주위를 보았는데, 대머리독수리가 몇 마리 저편 위쪽 바위에 앉아 있었습니다. 독수리들이 둘의 싸움이 끝날 때까지 지켜보다가 승패가 결정되면 그때 날아와 시체를 먹어치우려고 한 것이지요. 사자와 멧돼지가 그 광경을 보고, 싸움을 멈추고 말했습니다.

"우리가 힘들게 싸우다가 지쳐 죽으면 저 대머리독수리들의 밥이 될 것이니

그냥 싸우지 말고 친구가 되는 편이 좋겠다."

＊＊＊

자신의 처지를 알라

　사자와 멧돼지에서 사자와 멧돼지는 아주 사소한 일로 싸우게 된다. 그러다가 독수리들을 발견하고는 정신을 차리고 싸우는 것이 무의미하다는 것을 알게 된다. 둘 다 죽어서 독수리의 밥이 되는 것보다는 서로 친구가 되어 물을 마시면 서로 싸울 일도 없고 독수리의 밥이 될 일도 없어지게 된다. 사자와 멧돼지 모두 자신의 주장만 내세우다가 자신들의 처지를 알아차리지 못해 독수리에게 잡아 먹힐 뻔 한다. 그렇기 때문에 이 이야기의 교훈은 무작정 자신의 의견만 내세우지 말고 자신의 무지를 자각하여 상대방과 자신 모두 이익이 될 수 있는 상황을 놓치면 안 된다는 교훈을 주고 있는 것 같다. 이와 연관하여 소크라테스가 한 말이 있다. "gnothi seauton" 해석하면 "너 자신을 알라"라는 말로, 우리 자신의 무지를 자각하라는 말이다. 이 세상에서 가장 어려운 것 중 하나가 자신을 아는 것이라고 생각한다. 그러나 우리 자신의 무지를 자각하였을 때에 참다운 지식의 획득은 가능하며, 또 올바르게 행동할 수 있다.

소크라테스의 말처럼 적당한 무지가 있어서 그 무지를 자각하였을 때에 비로소 참 지식을 획득할 수 있다는 것이다. 이 말은 또 다르게 자신의 부족한 점을 인정할 줄 알아야 한다라고도 해석할 수 있다. 그러므로 이 이야기에서는 서로의 무지를 자각하지 못하고 자신의 이득을 위하여 무작정 덤벼들다가 독수리를 보고서야 자신의 무지함을 알고 자신이 부족한 점을 인정하여 서로 화해하고 올바르게 행동하게 된다. 하지만 이 교훈을 무시하다가 일어난 이야기도 있다.

여기 나오는 우화와 달리 서로 이익을 두고 다투다가 둘 다 희생되는 이야기이다. 민물조개와 황새가 싸우다가 상대방과 자신 모두 결국 어부에게 동시에 잡혀버리고 만다. 그리하여 결국 어부만 이득을 보게 된 것이다. 그렇게 되기 전에 이솝우화처럼 서로가 이득이 되는 상황을 한번이라도 생각을 하였다면 이런 일은 없었을 것이다. 어부에게는 뜻밖의 이익을 챙기는 일이 되었을지 모르지만 민물고기와 황새의 입장에서는 위의 우화에 등장하는 사자와 멧돼지와 다르게 아주 어리석게 처신하는 결과가 된다.

이번에 제가 이곳으로 오는 도중에 역수(易水)를 건너오게 되었습니다. 마침 민물조개가 강변에 나와 입을 벌리고 햇볕을 쪼이고 있는데, 황새란 놈이 지나가다 조갯살을 쪼아 먹으려 하자 조개는 깜짝 놀라 입을 오므렸습니다. 그래서 황새는 주둥이를 물리고 말았습니다. 황새는 생각하기를 오늘 내일 비만 오지 않으면 바짝 말라 죽은 조개가 될 것이다 하였고, 조개는 조개대로 오늘 내일 입만 벌려 주지 않으면 죽은 황새가 될 것이다 생각하여 서로 버티고 있었습니다. 그러나 그때 마침 어부가 이 광경을 보고 황새와 조개를 한꺼번에 망태 속에 넣고 말았습니다.

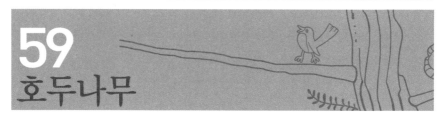

59
호두나무

– 장수웅

The Walnut-Tree

"It is hard." it cried, "that the very persons who enjoy my fruit should thus reward me with insults and blows."

길가에 호두나무 한 그루가 자라고 있었습니다. 어느 때 이 나무에 열매가 풍성하게 달렸습니다. 나무가 길가에 서 있던 터라 지나가는 사람들이 모두 호두를 따려고 막대기와 돌로 나뭇가지를 세차게 때렸고, 나무는 가지가 부러지는 등 참혹한 수난을 당했습니다.

"내 몸에 달린 이 열매를 먹겠다는 그 욕심 때문에 인간들이 이렇게 모욕과 매질을 가하다니 정말 너무 가혹합니다."

나무가 울부짖었습니다.

***

모름지기 은혜를 알아야 한다

이 우화를 접하면서 배은망덕이란 고사성어가 떠올랐다. "은혜를 원수로 갚는다."라는 뜻이다. 흔히 "물에 빠진 사람 구해놨더니 보따리 내놓으라 한다."라는 우리 옛 속담처럼 보은의 정신을 잊고 오히려 받는 것이 당연한 듯 더 많은 것을 요구하거나 오히려 원수로 갚는 행동을 말한다.

한 뉴스에서 이런 '배은망덕한 행동'을 정확히 보여주는 사례가 있었다. 2014년 8월 어느 날 오갈 데 없던 자신을 거둬 준 지인의 중학생 자녀를 살해한 30대 남성에게 법원이 무기징역을 선고했다는 뉴스였다. 당신이 만약 뉴스의 지인이었다면 자신이 거둘 남성이 자녀를 살해할 것이란 사실을 알고도 그를 거두었을까? 혹은 이 뉴스를 보고 가출한 친구를 아무런 거리낌 없이 집에서 재운다거나 하는 비슷한 배려를 베풀려 하는 생각이 들까? 아마 그러지 않을 것이다. 선행이란 금전, 명예 등의 대가를 바라고 하는 행동은 아니다. 단지 배려와 마음의 보람만이 유일한 선행의 동기다. 하지만 위 뉴스와 같은 소식들은 이러한 배려를 좀먹어 사회를 서로에게 굳게 닫힌 문처럼 차갑게 하고 보은의 정신을 잊히게 한다.

토사구팽과 결초보은

중국 고사에 '토사구팽' 이라는 말의 모티브가 된 사건이 나온다. '토사구팽'은 토끼 사냥이 끝나면 사냥개를 삶아 먹는다는 뜻인데, 춘추전국시대 월나라의 왕 구천의 신하 범려의 이야기와 유방을 도와 한나라를 세운 건국공신 한신의 이야기가 있다. 월왕 구천은 오나라를 멸망시킨 후 큰 공을 세운 범려와 문종을 각각 상장군, 승상으로 임명하였다. 그런데 범려는 구천에 대해 평가하면서 고난을 함께 할 수는 있으나 영화를 함께 누릴 수는 없는 인물이라 판단하여 월나라를 탈출하고 이후 문종에게 "새 사냥이 끝나면 좋은 활도 감추어지고, 토끼를 다 잡고 나면 사냥개를 삶아 먹는다."라는 내용의 편지를 보낸다. 하지만 편지를 받고 주저하던 문종은 끝내 구천에게 반역 의심을 받고 자결하고 만다. 또 한신을 초왕에 봉한 유방은 한신을 경계하고 있었는데 그러던 중 종리매를 잡아들이라는 유방의 명을 한신이 거부하게 된다. 이후 한신은 결국 종리매의 목을 바치지만 유방은 한신을 초왕에서 회음후로 강등시킨다. 두 이야기 모두 큰 공을 세운 신하를 의심과 시기로 내친다는 점에서 비슷하다.

또, 위의 고사성어와 정반대의 의미를 가진 '결초보은' 이라는 말도 있다. 진(晉)나라 군주 위무자가 자신이 죽으면 자신의 애첩을 재가시키라는 말을 아들 위과에게 전하지만 죽기 직전 애첩을 같이 묻으라는 유언을 남기고 가버린다. 위과는 두 유언 사이에서 갈등하다 "난 아버지께서 맑은 정신에 남기신 말씀을 따르겠다."며 애첩을 재가시킨다. 오랜 세월이 지난 뒤 한 전투에서 위과가 진(秦)나라 군사를 격파하고 적장 두회의 뒤를 쫓아갈 무렵, 갑자기 무덤 위의 풀이 묶여 올가미를 만들어 두회의 발목이 걸려 넘어졌다. 그리고 그날 밤 한 노인이 위과의 꿈속에 나타나 이렇게 말했다.

"나는 네가 시집보낸 아이의 아버지다. 오늘 풀을 묶어 네가 보여 준 은혜에 보답한 것이다."

우리나라는 지난 2010년 OECD의 하부기관인 개발원조위원회(DAC)에 정식으로 가입함으로써 과거 6.25 전쟁 이후 국제사회의 원조를 받던 수원국에서, 원조를 주는 어엿한 공여국으로 탈바꿈하게 되었다. '받던 나라' 가 '주는 나라' 로 거듭난, 이 우화가 말하는 교훈인 보은을 실현한 세계적으로 전례가 없었던 일인 것이다.

사소한 것이라도 그 은혜에 보답하고 베푸는 행동과 마음가짐은 계산과 이기심이 난무하는 오늘날의 사회에서, 하나의 희망이 될 것이다. 모두 베풂과 보은의 마음가짐을 가지고 살아가자. 너나 할 것 없이 누구나 베풀고, 보은할 줄 아는 사회를 위해, 더 따뜻한 대한민국을 위해.

60
사람과 사자

– 장수웅

The Man and the Lion

"If we Lions knew how to erect statues, you would see the Man placed under the paw of the Lion."

어느 날 사람과 사자가 함께 여행길에 나섰습니다. 둘은 대화 도중에 서로가 강하다고 자랑하기 시작했습니다. 자신의 힘과 용기가 상대방보다 더 우월하다는 것이지요. 그렇게 한참이나 여행길을 함께 하면서 열띤 논쟁을 계속하였습니다. 그러다 어떤 교차로에 도착해서 보니, 그곳에 사람이 사자의 목을 졸라 죽이는 동상이 서 있었습니다. 그 동상을 보고 사람은 의기양양해서 사자에게 말했습니다.

"저 동상을 보시오, 우리가 당신들보다 강하다는 것을 보여주고 있지 않소?"

이에 사자가 충고하듯 한 마디 하였습니다.

"여보시오, 그리 속단할 일이 아니오. 저건 단지 인간들의 관점에서 본 것뿐입니다. 만약 우리 사자들이 동상을 만들 수 있다면 틀림없이 대부분의 동상에서 사자들이 인간을 깔아뭉갠 모습만 보게 될 것이오."

***

관점에 따라 다양한 생각이 나온다

사람은 자신의 관점에서만 인간의 강함을 증명하려 했다. 객관적으로 강함을 증명하기 위해 서로의 신체를 비교해 보거나 하지 않고 오직 인간이 만든 인간의 동상만을 보고 말이다. 자기주장의 근거가 되는 요소가 얼마나 객관적이고 정확한지를 따지지도 않고 그저 입맛에 따라 뽑아온 뒤 근거로 삼는 식의 논쟁은 결국 소모적인 말싸움밖에 되지 않는다. 사람이 만든 동상은 결국 사람의 편을 들어줄 테니까.

리처드 바크 작가의 소설 '갈매기의 꿈'에서는 특이한 갈매기 '조나단'의 일생을 그리고 있다. 다른 동족들이 그저 풍족한 먹이를 먹기 위해서만 살아가며 나는 연습에 열중하는 조나단을 따돌리고 비웃어도 조나단은 자신만의 숭고한 가치를 추구하며 끊임없이 도전한다. 무리들은 조나단을 이해하지 못한다. 자신들은 오직 먹이를 먹는 것만이 삶의 목표고 행복이니까. 그들의 시각에서 보면 조나단은 그저 멍청이, 고생을 사서하는 바보로 밖에 보이지 않을 것이다. 하지만 책을 읽은 독자들은 안다. 조나단의 행동이 꿈에 도전하고 또 도전하며 자기

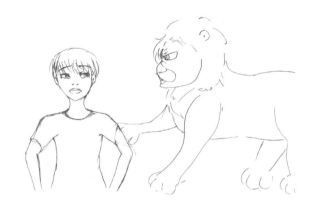

완성을 추구하는 위대하고 숭고한 행동임을, 조나단을 무시하는 무리들이야말로 진짜 멍청이임을.

이렇듯 자신의 관점으로만 보면 들어오지 않을 것이 타인의 관점에서 보면 달라 보인다. 눈에 들어오는 모든 게 새로이 보인다. 편파적인 시선에서 벗어나서 객관적인 안목을 가지게 되는 것이다.

"가장 높이 나는 새가 가장 멀리 본다."

'갈매기의 꿈'에 나오는 유명한 구절이다. 이처럼 더 넓게, 때론 다른 사람의 시각으로 볼 줄 아는 태도는 소모적인 말싸움을 토론으로 바꾸고 배려와 존중의 기초가 된다.

편향된 관점이 낳은 '역차별'

최근 여성차별을 막고, 그간의 차별을 보상하고자 하는 취지에서 시행된, 여성전용 주차장, 지하철 여성전용칸 등의 여성우대정책들이 오히려 남성들에 대한 역차별 문제를 낳고 여성우월주의를 조장하게 되어 문제가 되었다. 한쪽으로 치우친 관점이 만들어 내는 불평등이, 얼마나 우리 사회에 만연해 배려와 존중을 흩트리고 있는지 보여주는 사례라 할 수 있는 것이다. 편향된 제도의 개혁과 함께 대중의 치우치지 않은 객관적인 안목을 기르는 노력이, 제도와 대중이 사회적 약자를 보살피는 '진짜 양성평등'을 실현하지 않을까 싶다.[48]

간단히 다양한 관점을 적용해 보자면, 이 책은 이솝우화 원작을 재해석해서 각자의 교훈을 도출한 것이다. 즉 원작의 이야기를 자신의 관점으로 본 뒤 색을 입힌 다양한 관점 적용의 예시라 할 수 있다. 우리가 찾은 교훈이 반드시 옳다고는 할 수 없다. 이솝이 생각한 교훈도, 우리가 도출해낸 교훈도 결국 하나의 이야기를 달리 본 것에 불과하니까. 여기서 당신은 어떤가. 당신이 본 이솝우화는 어떤 색이었나? 당신만의 관점으로 이야기를 다시 한 번 돌아보길 바란다. 다양한 관점이 다양한 생각을, 당신이 보는 세상을 다채롭게 할 것이다.

---

48 출처 : 2014년 11월 4일 조선일보 기사

61
거북이와 독수리

– 정민규

The Tortoise and the Eagle

"I have deserved my present fates, for what had I to do with wings and clouds."

어느 날 거북이가 하늘을 신나게 날아가는 새들을 부러워하였습니다. 거북이도 새처럼 훨훨 날고 싶었던 것입니다. 그래서 거북이가 하늘을 나는 독수리에게 방법을 가르쳐 달라고 부탁했습니다. 하지만 독수리는 신이 거북이에게 날개를 주지 않았기 때문에 아무리 노력해도 헛수고라고 충고하면서 거북이의 청을 거부했습니다.

그래도 거북이는 포기하지 않고 끈질기게 부탁했습니다. 나아가 독수리에게 선물까지 주면서 계속 부탁하니, 독수리가 거북이를 낚아채서 하늘 높이 올라가 거북이를 놓아버렸습니다. 그러자 거북이는 거꾸로 떨어져 바위에 부딪혀 산산조각 나고 말았습니다.

욕심을 부리는 자 파멸한다

신이 주신 자연의 질서를 부정한 거북이가 정말 슬픈 최후를 맞이하는 이야기를 들으니 여러 가지 생각이 떠오른다. 다시 이 우화를 따라가 보자. 거북이가 독수리에게 부탁하여 독수리가 거북이를 잡고 하늘 위로 올라간다. 그리고 독수리는 하늘위에서 거북이를 놓아 버린다. 그래서 거북이는 산산조각이 나서 죽어 버린다.

이 우화는 그리스 로마신화에 나오는 다이달로스와 아들 이카로스 이야기와 비슷하다. 다이달로스와 아들 이카로스는 미궁에 갇히게 된다. 갇힌 이후, 나갈 궁리를 하던 둘은 깃털을 모아 밀랍을 연결하여 날개를 만들었다. 다이달로스는 아들에게 하늘 높이 올라가면 밀랍이 녹아 떨어져버리니 너무 높이 올라가지 말라고 경고를 한다. 하지만 이카로스는 아버지의 말을 듣지 않고 하늘 높이 올라가 밀랍이 녹아 떨어져 죽어버린다. 이처럼 욕심을 부리면 얻는 것은 없을 뿐더러 이야기처럼 목숨을 잃을 수도 있다.

지상에서 유일하게 만족을 모르는 생명체가 인간이라고 한다. 1억이라는 돈도 만만치 않은 거액인데 막상 1억이 수중에 들어오면 곧장 2억 3억으로 더 큰 금액을 바란다. 그리고 자신의 능력 이상으로 무리하게 일을 벌이다 애초에 모은 1억뿐만 아니라 제 몸과 마음까지 상하게 하는 사례가 너무도 많다. 참으로 안타까움 인간의 무한정한 욕심이여!

현대사회에서 사람들이 횡재를 하고 싶은 마음에 도박을 하여 돈을 모두 탕진하는 경우가 많다. 자신이 가진 능력을 바탕으로 정신적, 혹은 육체적 노동을 통해 정당한 임금을 받으면서 자산을 축적해야 하지만 도박에 젖은 사람은 그러한 정상적인 과정 대신에 일확천금을 노리는 욕심이 앞선다. 지나친 욕심과 한탕주의에 매몰되면서 개인의 파멸을 초래한다. 도박에서 아무리 욕심을 부려도 마지막은 반드시 파멸한다. 그 파멸이 단순히 도박을 하는 당사자에만 그치는 것이 아니라 가족을 비롯한 친척 등 수많은 사람들에게 심각한 피해를 초래하게 된

다. 탐욕이 파멸을 부르니 도박의 심각성은 매우 심각하다. 가끔은 주위 사람들이 심심풀이로 도박을 한다. 판돈이 적으니 별 문제가 되지 않는다고 그 행동을 합리화하면서 카드도 치고 화투도 친다. 그런데 말이다. 바늘 도둑이 소 도둑 된다는 말이 있지 않은가.

어느 선생님께서는 평생 카드나 화투를 손에 대지 않는다고 하셨다. 어린 시절 안 그래도 가난한 농부의 집안에서 가장인 선친이 도박에 손을 대는 바람에 온 가족이 큰 고통을 겪었기 때문이란다. 어느 날 논이 남에게 넘어가 버리던 황당한 이야기를 해 주시며 도박은 절대 하면 안 된다고 강조하시던 기억이 눈에 새롭다. 그리고 우리가 잘 알고 있는 흥부전에서 놀부가 벌을 받는 것도 유사한 사례가 되겠다. 흥부가 제비의 부러진 다리를 고쳐주어 금은보화를 얻었다는 말을 듣고 멀쩡한 제비 다리를 부러뜨린 놀부가 벌을 받는다는 이야기 말이다. 그것도 전형적인 탐욕의 사례에 해당한다. 고전 소설이 주는 교훈이 결국 우리 선조들의 삶의 경험에서 나온 결과물이니 지금이나 조선 시대나 그렇게 탐욕을 부린 사람이 많았는가 보다. 그리고 그렇게 욕심을 부리다 패가망신한 사례를 들어 사람들에게 교훈을 주려고 하였다.

거북이가 스스로의 천성을 인정하지 않고 욕심을 부린 사실 그 자체를 비난만

해선 안 된다. 자신에게 주어진 신체적 약점을 극복하고 새로운 차원의 세상을 살아가겠다는 노력을 꼭 나쁘다고만 볼 수 없다는 말이다. 물론 뇌물을 쓰면서까지 자신의 목적을 달성하겠다는 그 행위도 용납하자는 것은 아니다. 사람이 살아가면서 천부적으로 받은 육체에만 맞게 살아가라는 법은 없다. 스포츠 선수들이 새로운 기록에 도전하는 것이나 자신의 핸디캡을 극복하고 높은 목표를 향하여 달려가려는 사람이 뭐가 다른가. 오히려 장려해야 할 일이 아니던가. 비록 이 우화에서는 인간에게 천성을 부정하고 욕심을 부리다가 결국 심각한 결과를 초래한다는 교훈을 주려 하지만 꼭 그렇게만 볼 일이 아닌 것을 강조하고 싶다.

거북이가 받는 충격량은 얼마 정도일까

거북이가 하늘에서 떨어졌을 때 받은 충격이 어느 정도인지 알아 보았다. 독수리가 거북이를 잡고 약 100 높이로 올라갔다고 가정해 보자. 독수리가 100 높이에서 거북이를 놓으면 거북이가 받는 충격량은 얼마 정도일까? 여기서 거북이는 악어 거북이고 거북이의 무게는 70g이라고 가정한다. 거북이가 땅에 부딪혔을 때 충격량을 계산하기 위해서는 공식들이 필요하다. 우선 퍼텐셜에너지라는 공식이 필요하다. 퍼텐셜에너지 공식은 $E = mgh$다. 중학교를 졸업한 사람이라면 대부분이 아는 공식이다. 여기서 m은 질량을 나타내고, g는 중력가속도 (9.8m/s²) h는 높이를 나타낸다. 이제 문자를 대입해 보자. $E = 70 \times 100g = 7000g$이다. 그리고 속력을 구하기 위해서는 운동에너지 공식이 필요하다. 운동에너지 공식은 $E = 0.5mv^2$이다. $7200g = 0.5 \times 70v^2 = 35v^2$ 이므로 v^2은 200g이라는 식이 나온다. 그러므로 $V = 10\sqrt{2g}$ 이다. 그리고 충격량을 구하는 공식은 충격량 = 질량×(나중속력−처음속력)이므로 $70 \times (0 - 10\sqrt{2g})$ 이므로 거북이가 받는 충격량은 $70 \times 10\sqrt{2g}$ 이다. 그렇게 해서 계산하면 약 4382.7kg ◦m/s이다.

4382.7kg ◦m/s이라 엄청나지 않은가. 하늘을 날겠다는 그 욕심 때문에 이런 어마어마한 충격을 받고 그 몸조차 산산조각나버리는 거북이의 상황이 어찌 어리석은 우리네 인간들과 그리 흡사한지 참으로 신기하다. 거북이가 지상에서 자신의 역할을 충실히 수행하여 만족하면서 살아간다면 그 삶도 그리 힘들지 않았을

것이다. 우리들도 마찬가지이다. 금융 패권주의가 팽배한 현실에서 과도한 빚을 져서 주택을 급하게 사다보니 그 이자를 감당하지 못해, 이러지도 저러지도 못하는 진퇴양난의 지경에 이른 현대인들이 얼마나 많은가. 집을 비롯한 부동산을 사두면 가격이 급격하게 올랐던 지난 날의 왜곡된 자본 시장의 학습 효과 때문일 것이다. 그러나 지금은 그렇게 무리한 대출로 집을 사두다간 집값도 오르지 않고 오히려 빚만 잔뜩 져서 심각한 문제를 초래하게 되어 버린다. 그래도 그렇게 대출하여 부를 축적한 사람들이 있으니 우리들도 그렇게 무리한 욕심을 내는 것인가.

62 지붕 위의 새끼 염소

- 정민규

새끼 염소 한 마리가 높다란 초가지붕에 올라가 여유롭게 풀을 뜯어 먹고 있었습니다. 그리고 마당에 서서 자신을 쳐다보는 늑대를 내려다 보았습니다. 새끼 염소는 늑대가 초가지붕 위에 올라올 수 없다고 생각하였습니다. 그래서 걱정이나 두려움도 없이 편안한 마음으로 늑대를 놀려댔습니다. 그러자 늑대가 지붕위를 올려다보면서 이렇게 말할 수밖에 없었습니다.

"새끼 염소 이 녀석! 난 지금 너의 말 잘 듣고 있다. 그렇지만 나를 조롱하는 건 네가 아니라 네가 서 있는 지붕이란다."

***

환경이 승패를 결정할 수 있으니

이 우화에서 때와 장소에 따라 약한 자도 강한 자에게 도전할 수 있다는 교훈을 주고 있다. 염소처럼 약한 자가 늑대처럼 강한 자에게 한번 도전해 본다. 이런 상황은 정글 같은 약육강식의 세계에게는 거의 일어나기 어렵다. 위의 우화처럼 지붕이라는 특수한 상황에서 늑대가 도저히 올라 올 수 없다고 생각하여 염소가 그렇게 깝죽대고 있지만 우린 한 치 앞을 모른다. 만약에 말이다. 태풍이라도 불어 지붕이 날아가고 염소가 떨어져 늑대 앞에 놓인다면 어떻게 될까. 그때도 염소가 지금처럼 늑대에게 할 수 있을까. 환경이라는 것이 불변의 상황이 아닐 수도 있다. 언제든 변할 수 있다. 그런 상황을 생각해서라도 염소는 미래를 대비해야 하며, 늑대를 조롱하는 짓을 하면 바람직하지 않다. 그것이 비단 동물 세계에만 그럴까.

언젠가 어느 글에서 일본 도쿄대학교 교수의 실험 사례를 접한 적이 있다. 쥐의 천적은 고양이인 것을 천하가 다 아는 사실이 아닌가. 그런데 통제된 공간에 고양이는 마음껏 먹이고 쥐는 이틀 정도 굶긴 뒤에 같은 장소에 두었단다. 실험을 위해 인간이 잔인한 방법을 동원한다는 비난은 별도로 치자. 결과는 어찌되었을까. 고양이는 꾸벅꾸벅 졸고, 배가 고팠던 쥐가 고양이 머리 위에 올라가 고양이를 공격하기 시작하더란다. 결과는 충분히 예상할 수 있을 것이다. 이렇게 환경이 바뀌면 천적 관계도 불변의 진리가 아니게 된다.

그런데 우리가 살아가는 현대사회에서는 약한 자가 강한 자를 잘 이기지 못한다. 한국영화 '미쓰 와이프'에 엄정화가 맡았던 주인공 연우는 대한민국 최고의 변호사로 나온다. 연우가 한 사건을 맡는데 그 사건은 부잣집 아들이 여자를 성폭행해서 돈이 없는 여자와 여자의 엄마와 합의를 하는 장면이 나온다. 이 장면에서 여자의 엄마는 합의를 하지 않으려고 한다. 하지만 연우가 어차피 합의를 하지 않아도 부잣집 아들이 해외로 나가서 생활을 하면 사람들의 기억에서 없어질 거라면서 협박을 한다. 그러자 여자의 엄마는 오열을 하면서 합의를 해주지 않을 거라고 한다. 하지만 여자가 어차피 이길 수 없다면서 그냥 합의를 하자고 한다. 이처럼 돈 있는 자가 아무리 범죄를 지어도 처벌을 받지 않는 일들이 참 많다. 피해자는 어떤 수를 써 보고 싶어도 결국 가해자에게 저자세를 보여야 하는 이 사회를 정말 잘 보여주고 있었다. 당시 영화를 보면서 우리 사회에 만연한 물질만능주의를 깊이 생각해 보았다. 나도 어차피 그런 물질을 추구하면서 살아

갈 것이다. 돈 앞에 인간의 중요성은 아예 사라지고 인간이 소외되는 현실을 보면서 살아갈 것이다. 그런데 과연 그렇게 되어야 하는가. 내가 그 피해자가 되었어도 그런 현실을 당연하게 받아들일 수가 있을까?

새끼염소 너 자신을 알라

소크라테스의 명언 중에 이런 말이 있다. "너 자신을 알라." 이 말은 이 우화에 나오는 새끼염소에게 하는 말인 것 같다. 새끼염소가 자신의 처지를 알았더라면 늑대를 놀렸을까? 아마도 자신이 늑대의 먹이가 될 수 있는 존재라는 것을 생각을 했었더라면 늑대를 놀리지 않았을 것이다. 늑대가 화가 나서 염소가 내려올 때까지 기다렸었다면 아마도 새끼염소는 저 세상을 갔을 것이다. 일본의 작가 곤노 빈이 지은 경찰소설 '은폐수사'에 보면 상황의 변화에 따른 사람의 입장이 잘 드러난다. 일본의 최고 명문 도쿄대학교 출신으로 국가 고위 경찰공무원에 우수한 성적으로 합격한 주인공 류자키의 경찰 동기로 사립대학 출신인 초등학교 친구 이타미를 만난다. 동기이지만 도쿄대 출신의 천재인 류자키가 직급이 높다. 그런데 초등학교 시절 이타미와 그룹들이 류자키를 괴롭혔던 기억이 선명하게 떠오른다. 그 장면을 보면 우리네 삶에 어떤 변화가 올지 아무도 모른다. 우리도 소크라테스의 말처럼 자신을 알고 행동을 하자. 남을 욕하기 전에 자신이 어떤지 생각하고 또 생각하고 말을 하자.

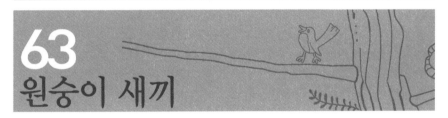

63
원숭이 새끼

- 김현우

The Mother Monkey and the Twin Monkey

However, the mother often holds the favored baby too tightly in her arms so the baby can't breathe and dies.

원숭이는 새끼를 낳을 때마다 두 마리씩 낳는다고 합니다. 그런데 그중 한 마리만 그야말로 정성을 다하여 아낀다고 합니다. 새끼가 제대로 성장할 수 있도록 젖을 충분히 주면서 온갖 노력을 기울입니다. 그런데 다른 한 마리는 괜히 미워하고 전혀 돌보아 주지 않는다고 합니다.

그런데 어미가 지극정성을 기울여 애지중지하며 키우던 원숭이 새끼는 그것 때문에 질식해서 죽게 되고, 어미가 돌보아주지 않은 다른 새끼는 오히려 무럭무럭 아주 건강하게 잘 자라게 됩니다.

***

넘치는 건 모자라느니만 못하다

방치된 새끼가 잘 자랄 수 있었던 이유는 뭘까? 어미로부터 방치된 원숭이는 아마 이곳 저곳을 마음대로 돌아다닐 수 있었을 것이다. 맹수들을 만나거나, 독이 든 풀을 먹는 위험한 상황에도 처해봤을 것이고, 다른 동물들과 함께 생활을 해봤을지도 모른다. 또 지평선 너머로 해가 뜨고 지는 경이로운 모습을 나무위에서 지켜봤을 수도 있다. 그 속에서 원숭이는 스스로 많은 것을 보고 배웠을 것이다. 새로운 상황을 만나면 스스로 노력하여 이겨내 왔기에 잘 성장할 수 있었던 것이다.

반면에 관심을 독차지한 원숭이는 사랑과 관심을 당연하게 여기게 되며 위기에 마주하였을 때나 새로운 환경에 놓여졌을 때 대응하지 못하고 죽게 된다. 예를 들자면 부모님의 지나친 관심을 받고 짜여 진 계획대로만 생활하는 아이는 분명 그 당시엔 계획표대로만 생활하면 되니 편할 것이다. 그러나 사회에 나가게 되었을 때 이 아이는 스스로 자기 앞가림을 해야 하는 사회에서 살아남지 못할 것이다.

필자는 지나친 관심은 모자라느니만 못하다는 것을 말하고 싶다. 어려서부터 자신이 하고 싶은 일을 찾아서 하며 자유롭게 자란 아이는 분명 지나친 간섭을 받은 아이보다 실패와 좌절을 배로 겪었을 것이다. 그러나 자기 스스로 실패나 좌절을 이겨 낸 아이는 더 빨리 성숙해질 것이다. 그리고 스스로 자신의 삶을 개척해 나갈 것이며 사회에 나가게 되어도 어렵지 않게 적응하며 위기를 극복할 수 있을 것이다. 반면에 자율적으로 생활하지 못한 아이들은 자신이 실패하거나 좌절하게 되었을 때 자신의 주변 환경이나 남을 탓하게 되어 자신의 문제점을 찾지 못하고 결국 좌절감에 빠져 헤어나오지 못할 것이다.

그러나 여기서 이 두 유형의 아이를 보고 우리가 한 가지 고려해 보아야 할 점은 우리는 자유를 누릴 권리가 있다는 것이다. 물론, 우리는 그 자유에 대한 책임의식을 가져야 하며, 책임의식을 갖게 되기까지 부모님의 적절한 관심이 필요하다. 여기서 적절한 관심이란 아이를 올바른 방향으로 지도해 주는 부모의 관심을 뜻한다. 부모는 아이의 기본적인 자유를 침범하지 않는 선에서 아이에게 적절한 관심을 주며, 걸어야 할 올바른 길을 만들어 주는 역할이 아닌, 올바른 방향으로 안내해 주는 역할이 되어야 한다. 그리고 자유에 대해 책임이 따른다는 것을 인지할 수 있도록 책임의식을 심어주어야 한다. 만약 아이가 책임의식을 가지지 못하고 자유를 누리게 되면 자신의 자유를 위해 남의 자유를 침범하는 일이 생길 것이다.

위에서 언급하였던 자유는 부모의 관심에서 완전히 벗어난, 방치해두는 자유가 아닌 적절한 관심 속에서의 자유를 말한다. 앞서 말했듯이 지나친 관심은 도리어 독이 될 뿐이다. 그러니 우리는 적절한 관심이란 종이 위에 자유라는 물감으로 우리만의 올바른 길을 그려나가야 한다.

원숭이 어미의 교육철학

옛 속담에 '미운 놈 떡 하나 더 준다.' 라는 말이 있다. 이 말을 두고 사람들은 다양한 관점으로 해석을 내놓는데, 그중에서도 '애정이 가는 아이는 강하고 바르게 키우기 위해서 엄하게 다루고, 미운 아이는 방치해 두며 대충 기른다.' 라는 해석이 가장 지지받는다. 사랑하는 아이를 올바르게 키우고 교육하기 위해서 조금은 엄격하게 사회규범이나 행동양식 등을 가르치는 것은 이미 아주 먼 옛날부터 부모들의 교육철학의 공통분모였다. 그리고 그러한 교육방식은 대개 아이를 사랑하는 바람직한 방식이라고 여겨져 왔다.

하지만, 원숭이 어미의 교육철학은 이와 상반되는 것으로 보인다. 원숭이 어미는 애정이 많이 가는 아이에게 먹이를 떠먹여주고, 그를 하루 종일 품어주고 있다. 반면에, 미운 아이는 스스로 먹이를 찾아 먹게 하고, 품어주지도 않고 있다. 공교롭게도, 이는 원숭이 어미의 가슴을 찢어지게 하는 결과를 낳게 된다. 애지중지하던 아이는 죽고, 미워 방치하던 아이는 아주 건강하게 잘 자라게 되는 것이다.

무엇이 잘못된 것일까? 결론부터 말하자면, 원숭이 어미는 그릇된 교육철학을 가지고 있었다. 원숭이 어미의 교육으로 말미암아 '오냐오냐' 하며 키운 아이는 자립심을 기르지 못하고 약하게 자라게 되어, 험한 야생의 환경에서 살아남지 못하게 되었고, 애정 없이 방치해둔 아이는 스스로 살아남기 위해 애쓰고 끙끙대는 과정에서 살아남는 방법을 배우고 어미로부터 완벽한 독립을 할 수 있게 되었다. 원숭이 어미는 그릇된 방식으로 사랑을 했던 것이다.

이제 우리는 이 우화를 쓴 작가가 하고자하는 말은 무엇인지 알 수 있다. 이 이야기 속에는 '바람직한 자녀교육이란 무엇일까?' 에 대한 고찰이 담겨 있다. 모든 동물은 그들의 부모로부터 태어나고 자라나 누군가의 부모가 된다. 그것은 자연의 섭리이며, 우리도 언젠가 한 아이의 부모님이 될 것이다. 인생은 스스로 헤쳐 나가는 것임은 분명하지만, 부모가 아이의 인생에 적지 않은 영향을 준다는 것 또한 분명하다. 부모는 아이의 인생을 어느 정도 책임져야 한다는 것이다. 그렇다면, 우리는 훗날 부모가 되기 전에 우리의 자녀를 어떻게 키울지, 가르칠지에 대하여 깊은 고민을 하고 나름의 바람직한 교육철학을 갖춰야 한다. 작가는 아마 이 말을 하고 싶었을 것이다.

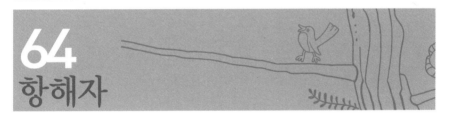

64
항해자

― 김현우

몇 사람이 배를 타고 항해에 나섰습니다. 그런데 깊은 바다에 이르렀을 때, 갑자기 거센 폭풍이 불어 배가 침몰할 지경에 이르렀습니다. 배에 탄 사람들은 절망에 빠져 눈물과 비탄에 잠겼습니다. 그들은 신께 기도를 올렸습니다. 자신들을 살려주고 배를 구해만 준다면 감사의 제물을 바치겠다는 약속과 함께. 그러자 신기하게도 폭풍이 가라앉고 바다가 잠자는 듯 다시 조용해졌습니다. 뜻하지 않은 위험에서 살아난 사람들은 기뻐 춤추며 날뛰었다. 그때 한 편에 있는 키잡이 선원이 일어나 외쳤습니다.

"여러분들, 우리 모두 기뻐합시다. 그러나 앞으로 항해 도중에 언제 또다시 폭풍을 만날지도 모른다는 사실을 잊어서는 결코 잊어서는 안 됩니다."

***

기쁨을 만끽하는 법

위 글에서 사람들은 예상치 못한 위험을 겪었다. 그 후 기쁨을 만끽하던 사람들은 키잡이의 말을 듣고 다시 폭풍을 마주하였을 때를 대비하게 될 것이고 다시 폭풍을 마주하였을 때 처음보다 더 피해를 최소화하고 잘 빠져나갈 수 있을 것이다.

우리도 분명 배에 탄 사람들처럼 위기를 여러 번 마주하게 될 것이다. 그리고 처음에 위기를 맞닥뜨렸을 때에는 그 위기에 대처하지 못하고 속수무책으로 당하고만 있을 수도 있다. 하지만 그런 위기를 겪으면 겪을수록 우리는 그런 위기에 대해 노련해 질 것이고 잘 빠져 나갈 수 있게 될 것이다.

그러나 만약 사람들이 키잡이의 말을 무시하고 기쁨에 도취하여 춤을 추며 놀기만 하다 다시 한번 폭풍을 맞닥뜨린다면 분명 사람들은 속수무책으로 당하여 모두 휩쓸려 가게 될 것이다. 우리도 이와 다르지 않다. 우리가 어떠한 일에 대해 큰 성과를 내었을 때나 위기를 극복하였을 때, 기쁨이나 성취감에 도취되어 우리가 하던 일에 대해 나태해지고 그 위기에 대해 다시 생각해 보지 않는다면 우리는 그러한 상황이 닥쳤을 때 대처하지 못한 채 그저 손 놓고 바라만 보게 될 것이다.

물론 사람들은 대부분 성공을 한다면 나태해지기 마련인데, 예를 들어 사업에 실패하여 돈을 잃은 사람이 로또에 당첨된다면 분명 자신이 위기를 겪고 있던 것은 새하얗게 잊고 순간의 기쁨을 만끽하며 자신이 하고 싶었던 일에 흥청망청 돈을 쓸 것이다. 그러다 돈이 바닥나고 또 다시 그런 위기를 맞닥뜨린다면 분명 그 사람은 후회할 것이다. 만약 로또 당첨금을 다 쓰지 않고 자신이 위기를 겪고 있었단 것을 인지하여, 당첨금에만 의존하지 않고 일자리를 구하는 등 최소한의 노력을 하였다면 기쁨을 장기적으로 누리면서 위기를 다시 마주하지 않았을 것이다.

이 또한 지나가리라

어느 날, 다윗왕이 궁중의 세 명의 공인을 불러 명을 내렸습니다.

"나를 위해 아름다운 반지 하나를 만들어 다오 그 반지에는 내가 전쟁에서 승리를 거두어 환호할 때, 교만하지 않게 하며 내가 절망에 빠져 낙심할 때, 좌절하지 않으며 내 자신에게 용기와 희망을 줄 수 있는 글귀를 새겨다오."

세 명의 공인은 다윗왕의 명에 따라 아름다운 반지를 만들었지만 정작 반지에 새길 마땅한 글귀가 떠오르지 않아 몇 날 며칠을 고심하다가 지혜롭기로 소문난 솔로몬 왕자를 찾아가 도움을 요청하였습니다.

"솔로몬 왕자님! 다윗 왕께서 큰 기쁨 중에도 자신을 절제하게 하며, 절망 중에도 용기를 잃지 않게 할 수 있는 글귀가 무엇일까요?"

이때 솔로몬 왕자가 말하기를

"이 또한 지나가리라."

세 명의 공인이 이 글귀를 반지에 새겨 왕에게 올리니 왕이 크게 기뻐하였다.

위 글은 '이 또한 지나가리라'의 유래인 다윗왕의 일화이다. 여기서 '이 또한 지나가리라' 라는 말은 '큰 기쁨 중에서도 이 기쁨도 언젠가는 지나갈 것이니 자만하지 말고 절망 속에서도 이 절망도 언젠간 지나갈 것이니 용기를 잃지 마라' 라는 뜻을 담고 있다. 이솝우화 '항해자'를 읽고 '이 또한 지나가리라'가 떠올랐다. 사람들은 폭풍을 마주하였을 때 신께 기도를 하여 그 폭풍을 한 번 이겨내었다. 어두운 밤이 있지만 그 밤 후에는 새벽이 오듯이 불행이 있더라도 그 불행이 지속되지는 않을 것이다. 행복 또한 마찬가지다. 사람들은 행복을 주는 이 평온함도 언젠가는 지나가리라는 것을 깨닫고 기쁨 속에서는 현재를 더 즐기나, 해이해지지 말고 절망 속에서는 용기를 가지고 그 시련을 뚫고 지나가야 한다.

사회적 측면으로 본 항해자

이 글을 읽고 한때 지구에서 가장 부유한 나라였던 나우루 공화국이 떠올랐다. 나우루 공화국은 오스트레일리아 북동쪽에 위치한 조그만 섬이다. 1980년 나우루 공화국의 1인당 국민소득은 2만 달러로 미국의 1만 91달러보다 2배 가까이 많았다고 한다. 또한 나우루 공화국의 국민들은 각종 세금 면제뿐만 아니라 결혼을 하면 국가에서 집도 무상으로 제공해 주었다고 한다. 이렇게 부유하고 복지도 잘 되어 있는 나라는 우리나라 울릉도의 1/3 크기에, 인구가 2002년 기준으로 총 1만65명인 작은 섬나라이다.

그런데 이렇게 전 국민이 일을 하지 않는 작은 섬나라가 어떻게 지구에서 가장 부유한 나라로 불릴 수 있었을까? 그 이유는 나우루 섬 영토 전체가 바다 새들의 똥이 오랜 기간 퇴적되어 만들어진 인광석으로 이루어져 있기 때문이다. 나우루 공화국은 고급비료의 연료인 인광석을 고가에 수출하면서 엄청난 돈을 벌게 되어 국민들에게 좋은 복지를 해줄 수 있었던 것이다.

이렇게 지구에서 가장 부유한 나라로 불리게 된 나우루 공화국은 자원을 무분별하게 채광하며 사치스러운 생활을 하였다. 나우루 공화국이 흥청망청 돈을 쓰며 사치스러운 생활을 할 때 주변에서는 인광석의 고갈과 나중을 대비하여 채취량을 줄이고 인광석에만 의존하지 않고 다른 소득원도 마련해야 한다는 지적이 있었다. 그러나 나우루 공화국은 이런 진심어린 충고를 무시한 채 물 만난 물고기마냥 그 상황을 즐겼다. 그 결과 2003년에 인광석이 공식적으로 고갈되었고 현재는 농사지을 땅도 없을 정도로 상황이 악화되어 세계에서 가장 가난한 나라로 전락하였다.

 나우루 공화국을 예시로 든 이유는 만약 키잡이의 말을 듣지 않고 춤을 추며 즐기기만 한 사람들이 나중에 다시 폭풍을 만나게 되었다면 이러한 상황을 맞이하였을 것이라고 생각하였기 때문이다. '항해자'에선 그 이후에 사람들이 키잡이의 말을 들었는지 안 들었는지는 나와 있지 않다. 하지만 나우루 공화국을 배에 탄 사람들 그리고 주변국의 충고를 키잡이라고 가정한다면 키잡이의 말을 따르지 않은 사람들의 뒷 이야기는 대충 짐작이 갈 것이다. 나우루 공화국이 그 충고들을 새겨들어 자원에 의존치 않고 다른 소득원을 다양화하였다면 지금 나우루 공화국은 지구에서 가장 부유한 나라가 됐을 것이다. 하버드대학의 석좌교수인 에드워드 윌슨은 나우루 공화국을 지구의 축소판이라고 표현하였다. 맑은 물과 다양한 자원이 가득한 지구를 사람들은 개발이라는 미명 아래 무자비하게 파괴하였다. 나는 사태의 심각성을 인지하지 못하고 개발을 위해 환경을 마구잡이로 파괴하는 우리의 모습을 보면서 우리도 나우루 공화국과 다를 바 없다고 생각하였다. 우리나라는 이러한 문제점을 깨닫고 지속가능한 발전을 위해 노력하여 나우루 공화국처럼 한순간 반짝하고 지는 별이 아닌 환하진 않더라도 영원히 반짝이는 별이 되었으면 한다.

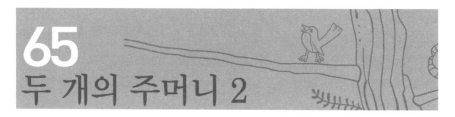

65
두 개의 주머니 2

- 윤주원

Two pockets

So people are not seeing their flaws will see other people's shortcomings without abjection.

사람은 누구나 두 개의 주머니를 차고 다니는데, 앞주머니에 담긴 것은 이웃 사람의 결점이고 뒷주머니에 담긴 것은 본인의 결점입니다. 그래서 사람들은 자신들의 결점은 보지 못하고 남의 결점은 영락없이 보는 것입니다.

***

다른 사람의 허물도 너그러이 받아주어야 한다.

이 이야기는 원문에서 말하는 바가 드러나 있다. 사람들에게는 누구나 앞뒤로 두 개의 주머니가 있는데 여기서 앞주머니에는 나의 결점은 없이 이웃사람들만의 결점이 담겨 있다. 그렇기 때문에 보지 않으려 해도 볼 수 밖에 없는 앞주머니에는 이웃사람들의 결점만 보일 뿐 나의 결점은 찾을 수가 없다. 그러나 뒷주머니에는 오로지 나만의 결점들이 담겨 있다. 모든 사람들이 이렇게 주머니를 차고 다니기 때문에 다른 사람들의 결점만 보게 될 뿐 자신은 결점이 있다는 생각조차 하지 못할 것이다.

이것을 흑백의 논리로 들여다 보자. 모든 사람이 a,b라는 두 개의 주머니를 차는데 한 주머니(a)에 자신의 결점이 담겨 있고, 다른 한 주머니(b)에 이웃의 결점이 담겨 있다면 장점 또한 두 주머니에 각각 담겨 있다는 말이다. 그렇다면 자신의 결점이 담긴 주머니(a)에는 이웃들의 장점이 담겨있고, 이웃의 결점이 담긴 주머니(b)에는 자신의 장점들로 차 있다. 여기서 내가 볼 수 있는 주머니는 100% 이웃의 결점과 함께 자신의 장점이 담긴 주머니(b)밖에 보지 못한다. 주머니에 담긴 결점과 장점을 작은 공으로 보자. 이웃의 결점으로 이루어진 공 2개와 나의 장점으로 이루어진 공 3개가 주머니에 있다. 여기서 공을 한 개만 꺼낸다고 가정하였을 때 공하나가 나의 장점으로 이루어진 공일 확률은 3/5이다. 또한 공 하나가 이웃의 결점으로 이루어진 공일 확률은 2/5이다. 만약 공의 개수가 무한이라고 가정한다면 아마 수학적 확률로 1/2에 근사한 값이 나올 것이다. 하지만 이 확률들은 사실 무의미하다.

이 주머니(b)에는 자신의 결점은 하나도 담겨 있지 않기 때문에 주머니(a)를 볼 수 없는 자신은 자신의 결점을 깨달을 수 없게 된다. 앞서 말한 것처럼 앞주머니에 담긴 내가 아닌 이웃사람들의 결점을 볼 때 대부분의 사람들은 생각할 것이다. "어쩜 저 사람들은 저럴까?", "저렇게 밖에 못하나?", "나처럼만 하면 될 텐데."와 같은 생각들을 하게 될 것이다. 마찬가지로 다른 사람의 기준에서 보았을 때도 자신 또한 "저렇게 밖에 못하나?"에 속하는 사람일 것이다. 그럼에도 불구하고 사람들은 다른 사람들의 단점만 찾게 되고 그렇게 다른 사람을 깎아 내리면서 나를 조금 더 높이고 더 나은 사람이라고 자만하게 될 것이다.

하지만 제 3자가 보았을 때는 두 사람의 생각과는 달리 별반 차이가 없을 수도

있다. 두 사람의 장단점이 다 보이기 때문이다. 마치 자기가 좀 더 잘났고 좀 더 높아지기 위해서 자기만족 하는 것 뿐 이라고 생각한다. 사람들은 자기보다 잘난 사람을 보게 되면 잠시나마 "부럽다.", "나도 같아지고 싶다."처럼 생각할 뿐 시간이 지나면 "내가 저 사람보다 더 잘하는 게 있을 거야.", "저 사람은 이게 문제야."처럼 내가 그 사람보다 잘난 점을 찾거나 그 사람의 단점을 찾게 된다. 그렇기에 우리는 자신의 결점을 잊게 되어 간다.

우리가 뒷주머니를 볼 수만 있다면 앞주머니에서 생각했던 것들과 달리 "나도 이러한 단점들이 있었구나.", "저 사람이랑 나랑 비슷한 단점을 가졌네?" 등과 같이 내가 항상 우월하다는 생각을 떨쳐낼 것이다. 또한, 남의 결점을 보는 것과 남의 장점을 찾아주는 것이 자신의 결점을 발견해냄과 동시에 자신의 장점을 찾게 해줄 것이다. 이 우화에서 제시하고 있듯이 자신의 결점을 발견하는 것은 어려워 보인다. 뒷주머니에 달려 있기에 발견하는 것은 쉽지가 않다. 자신의 결점이 뒷주머니에 담기게 된 것은 자신이 결점을 발견하였음에도 고치기는커녕 숨기고 드러내지 않으려고 했기 때문에 눈에 보이지 않는 곳에 점차 쌓인 것으로 생각이 든다.

속담에 '똥 묻은 개 겨 묻은 개 나무란다.'가 있다. 비슷한 처지임에도 자신의 허물이 더 크면서도 다른 사람부터 잘못을 비난하는 것을 의미한다. 대부분의 사람들이 이런 생각을 갖고 살아간다면 이 사회는 어떻게 될 것인가. 지금 우리가 겪고 있는 현실에서는 남의 작은 결점까지 찾아서 확대시켜 일방적으로 비난하는 사례가 많다. 하지만 소수의 사람들이 겸손할 줄 알고 다른 사람들을 먼저 치켜세워 주기도 한다.

또 '남의 속눈썹은 잘 보이고 나의 속눈썹은 보이지 않는다.' 라는 말도 있다. 사람들은 남을 비방하고 비난하기에 앞서 자신의 잘못된 점을 보려고 하지 않고 남의 잘못된 점만을 부각하려는 경향이 강하다. 요즘은 SNS상에서 자신과 조금이라도 다른 견해가 나오면 여지없이 엄청난 비난이 쏟아진다. 도를 넘는 인신공격도 서슴지 않는다. 같은 사람인데 저렇게 무자비하게 비난할 수 있을까 하는 생각이 들 정도로 그 뱉어내는 말들이 사람들의 마음을 베어내는 섬뜩한 칼들로 넘쳐난다. 인간을 이롭게 하려고 탄생한 인터넷 문화가 이제는 인간을 옥죄이고 외통수로 몰아가는 경우가 왕왕 발생하는 현실을 맞이한 것이다.

어떤 사람들은 인터넷의 위력으로 득을 보고, 어떤 이는 인터넷으로 엄청난 피해를 보기도 한다. 시간이 지날수록 직접적인 접촉과 만남의 대화는 단절되고 문명의 이기인 인터넷을 통하여 가상공간에서 얼굴을 숨기고 비수를 품고 독설을 내뱉기도 한다. 사람은 누구나 일정 부분 약점이나 단점을 갖고 살아간다. 그래서 인간이 완벽한 신의 경지에 오르지 못한다고 한다. 그런데도 오직 자신의 관점에만 의존하여 남을 평가하고 비난하는 것이 과연 온당한 일일까? 한번쯤은 자신도 그런 단점이나 문제점을 지니고 있다고 볼 수 없었을까? 그러면 남의 단점도 너그러이 보아주었을 것이다.

그런데도 사람들은 자신의 단점에는 너무나 관대하다. 구차한 변명이나 합리화의 수단으로 상대방의 흉을 보는 사람도 있다. 그렇게 자신의 결점을 숨기려고 남의 약점을 공격하다 보면 그것이 결국 부메랑처럼 자신을 겨누고 있다는 것을 알아야 한다. 그래서 지난 날 어른들께서 남의 아들에 대한 흉을 함부로 보면 안 된다고 했었단다. 그 이유는 자신의 아들이 그런 잘못을 저지르지 않았으리라 장담할 수 없기 때문이다.

학교 폭력사태가 발생하면 대부분의 부모님들은 폭력 가해자 학생을 일방적으로 비난한다. 가해자들이 비난을 받아야 하는 것은 당연하다. 하지만 그러한 사회 분위기를 만든 사람들은 누구인가를 조금이라도 생각해 본다면 남을 비방하는 그 손가락을 접어야 할 경우도 있을 것이다. 또 자신의 아이가 가해자가 되어 있을지 모른다는 생각을 해야 한다. 그런데도 대부분의 부모들은 자신의 아이는 절대 그런 가해자가 아닐 것이라고 확신한다. 오히려 피해자가 될까 봐 노심초사한다. 그래서 항상 남의 입장에서 나 자신을 바라볼 수 있는 시각을 가지고 겸손한 자세를 유지해야 한다. 역지사지란 말이 있듯이 결코 나한테 일어나지 않을 일들이 일어날 수도 있기 때문이다.

우리가 즐기고 좋아하는 스포츠인 축구를 보면 서로가 자신의 정해진 위치가 있고 자신의 의무들이 있다. 경기를 하다 보면 질 수도 있고 이길 수도 있다. 이기든 지든 경기를 하다보면 동료의 실수가 쉽게 눈에 띈다. 그렇게 동료의 경기를 보고 비난한다면 그 동료의 입장에서도 나의 실수가 더욱 크게 느껴질 것이다. 그렇게 되는 순간 경기는 엉망이 되어 있다. 상대방이 문제가 아니라 아예 내 동료가 경기를 그르치게 되는 고약한 존재가 되어 버리는 것이다. 잘되는 팀은 분위기가 아예 다르다. 경기 중에 실수하였다고 해도 큰 소리로 격려하고 박수쳐 주는 모습이 쉽게 눈에 띈다. 그렇게 경기가 끝나 승패가 갈리고, 우리 팀이 이기면 이기는 대로 지면 지는 대로 경기 중에 한껏 피어오른 동료애로 뭉쳐질 것이다. 물론 경기에 이기는 것과 지는 것의 정신적인 결과는 다를 것이다. 설령 경기에 진다고 해도 경기 중에 저지른 실수에도 동료의 격려를 받은 그 마음은 오래 갈 것이다. 우리가 살아가는 사회도 그렇게 가야 하지 않을까? 살아가면서 실수하지 않는 사람은 정말 드물 것이다. 물론 치명적인 살인이나 방화 사기 등 중죄를 저지른 사람은 격려해서는 안 된다. 사소한 실수를 침소봉대하여 상대의 의지를 아예 잘라 버리는 우를 범하지 않아야 한다는 것이다. 따라서 사람들의 결점을 너그러이 덮어주고 다른 장점을 찾아내서 격려해 줄 필요가 있다.

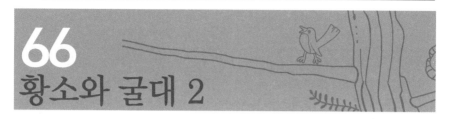

66
황소와 굴대 2

– 윤주원

The Oxen and the Axle-Trees

"Hullo there! why do you make so much noise? We bear all the labor, and we, not you, ought to cry out."

황소 두 마리가 큰길을 따라 짐을 가득히 실은 마차를 끌고 있었습니다. 소들은 수레에 붙어 있는 굴대들이 지독히 시끄럽게 삐꺽대는 소리를 참을 수 없어 소리를 질렀지요. 일은 소들이 하는데 왜 굴대들이 시끄럽게 소리내느냐고요.

***

황소의 불만
이 이야기는 단순하게 보면 황소 두 마리가 무거운 짐이 실린 마차를 끌고 있고 마차 사이에 굴대들이 바퀴와 맞물려서 삐꺽대는 소리가 나는 것뿐이다. 하지만 이야기 속으로 들어가 보면 황소를 의인화하여서 표현하였다. 황소 두 마리는 짐을 가득 실은 짐마차를 끌면서 무거워서 힘이 들고 고통을 느끼고 있는데 굴대들은 일을 하지 않으면서도 시끄럽게 삐꺽거려 황소들의 신경을 건드린 것 같다. 그래서 황소들은 분에 이기지 못하여서 굴대들에게 "일은 모두 우리가 하는데, 너희들은 왜 그렇게 시끄럽게 구는 거지?"라고 말하였다. 황소들은 일도 하지도 않고 힘도 들지 않는 굴대들이 시끄럽게 구는 것이 마땅치 못하였던 것 같다.

가족 여행 시에 나도 굴대였다

우리 주변에서도 황소와 굴대와 비슷한 경험들을 누구나 겪었을 것이다. 우리 모두가 어릴 적 부모님들과 여행을 갈 때 차량을 이용하게 되는데 아버지나 어머니께서 운전을 하셔서 경로를 정하여 놀러가게 된다. 그런데 차가 막히거나 오랜 시간 달리게 되면 어렸던 우리들은 불평불만을 하였다. 단지 우리는 편하게 뒷좌석에서 잠을 자거나 또는 다른 무언가를 하고 있었을 터 따분하게 운전하고 계시던 부모님은 정작 짜증이나 불평을 내지 않으시고 편하게 도착해서 놀 생각뿐인 우리들이 더 짜증을 내곤 했다. 어딘가로 걸음을 많이 걸어야 했을 때 우리들은 오래 걸어서 다리가 아프다며 투정을 부리면 부모님들은 우리를 업거나 목마를 태워가며 걸으셨다. 이 순간에도 부모님들은 오래 걸어 힘이 드셨을 텐데도 우리의 투정을 달래며 묵묵히 걸어가셨다.

이와 비슷하게 주변에서도 다 차려놓은 밥상에 숟가락만 얹히는 사람들이 있다. 하지만 그런 사람들은 결국에는 불상사를 당할 것이다. 비슷한 이야기로 개미와 베짱이를 보면 개미는 여름에도 땀을 뻘뻘 흘려가면서 열심히 음식 나르는 일을 하지만 베짱이는 덥다면서 노래를 부르면서 편하게 쉰다. 결국 겨울이 다가왔을 때 여름에 열심히 일을 했던 개미들은 굶지 않았지만 놀기만 하던 베짱이는 먹을 음식이 부족하여 개미에게 얻어 보려고 하지만 개미는 여름에 놀면서 멍청하게 일을 한다고 놀려대던 베짱이가 괘씸하여서 거절을 하고 베짱이는 결국 배고픔에 굶주려 죽게 된다. 베짱이는 아무 일도 하지 않고 놀았던 행동을 죽기 직전에 와서 후회하게 된다. 애초에 개미 따라 열심히 일을 했더라면 겨울을 힘들게 보내지 않았을 것인데 말이다. 이 외에도 우리 실생활에서 비슷한 일을 보거나 겪을 수 있다.

SNS를 보면 대학에서 비슷한 사례를 볼 수 있다. 조별과제라고 여럿이서 한 주제를 정해서 그에 알맞게 여러 자료를 조사해서 발표를 하는 것인데 협동이 잘 돼서 서로의 분담에 맞게 하는 조가 있는 반면에 핑계를 대면서 결국 잘하는 한 사람이 다 조사하고 발표 할 때만 동행 하는 그러한 사람들이 있다. 조별과제는 아쉬운 사람이 더 한다고 참여율이 적고 자료를 많이 찾았다고 개별 점수가 아닌 결과물에 조별 모두의 점수를 반영하는 것이 안타까울 따름이다.

이 우화의 교훈은 '고생은 제일 적게 하는 자들이 불평은 제일 많이 한다.' 라고 흔히 알고 있다. 하지만 나는 이 이야기를 다른 면으로 접근해 보았다. 황소 두 마리가 짐을 가득 실은 짐마차를 끌고 가는데 굴대가 지독히 삐걱대고 신음 소리를 낸다고 화를 낸다. 만약 굴대가 없었다면 짐마차의 바퀴는 어떻게 지탱을 했을 것이고 황소들은 무거운 짐들을 굴대들 없이 수월하게 짐을 옮길 수 있었을까? 하는 생각이 들었다. 황소는 일을 한 것이고 굴대는 일을 하지 않았던 것이었을까? 내 생각에는 굴대들이 짐을 다 짊어지고 있고 그것을 황소 두 마리가 단순히 끌고 가는 것으로 보였다. 그렇기 때문에 둘 다 일을 한 것으로 보인다.

물리학에서 일이라고 하는 것은 일반적으로 힘이 가해진 방향으로 물체가 이동한 거리로 정의된다.(W : 일, F : 힘, S : 힘의 방향으로 이동한 거리)라는 수식이 있다.

일이란 스칼라의 양이기 때문에 양의 일 또는 음의 일이 가능하다. 힘과 운동 방향이 같을 때와 다를 때가 있기 때문이다. 그렇기 때문에 힘을 가졌더라도 일은 0의 값을 가질 수가 있다. 예를 들어 등속 원운동에서 구심력은 항상 일의 값을 0으로 가진다. 운동방향과 힘의 방향이 수직이기 때문이다. 황소와 굴대에서 둘이 같은 방향으로 힘을 가하고 운동하지 않았다면 수레가 움직였을까? 물론 황소 두 마리는 힘이 들었겠지만 굴대의 바퀴와의 연결고리와 짐마차의 짐들을 지탱해 준 덕분이 아닐까? 라고 생각한다.

　사실적으로 봤을 때는 굴대는 연결만 하는 물체일 뿐 일과는 관련이 없지만 굴대가 있기 때문에 일이 가능한 것이다. 굴대가 없었더라면 수레 또한 움직이지 않기 때문이다. 황소 입장에서는 꼭 고생을 적게 하는 사람이 불평을 많이 하는 것이 아닌 자기는 고생하고 있는데 타인은 그렇지 않고 소리만 요란한 것에 대한 불평이라고 생각한다. 그러나 다시 강조하지만 황소도 굴대도 수레에 실린 무거운 짐을 옮기기 위해서는 서로 격려해 주어야 한다. 이 세상일도 마찬가지다. 사람은 사회적 동물이라고 하지 않는가. 나 혼자는 결코 존재할 수 없는 법 다른 사람의 단점을 너그러이 봐 주었으면 좋겠다.